MAGIA CRÍPTICA

TRILOGÍA DE LA PROFECÍA OCULTA LIBRO 1

LILY SKYY

Segunda Edición: Septiembre 2022
ISBN 978-1-959039-37-2 (E-Book)
ISBN 978-1-959039-38-9 (Paperback)

Publicado por Books to Hook Publishing, LLC. www.BooksToHook.com

ÍNDICE

PRÓLOGO

RHAPTA

Tahir se encontraba al final del Gran Salón, mirando hacia la ciudad de Rhapta. Los amplios escalones se extendían bajo él, pero no descendió.

No, él no lo haría. Su lugar estaba en el Gran Salón, como el de todos los ancianos en tiempos de lucha. Se colocó en medio de los dos últimos pilares y miró hacia afuera.

La ciudad de piedra caliza se extendía ante él en una simetría casi perfecta, con el Gran Salón a la cabeza de la plaza central. La única estructura más grandiosa era el magalkan'a que se encontraba en el centro de la propia plaza. La enorme piedra azul palpitaba de energía, y la gente acudía a diario a poner las manos sobre su cálida superficie.

Ha sido confirmado, dijo una voz como la oscuridad en su mente. Un momento después, la sombra de un hombre se materializó junto a los hombros de Tahir; la luz que entraba por el arco parecía alejarse.

Tahir dejó escapar un largo y profundo suspiro. Había pasado años de su vida, cerca de un siglo, dedicando tiempo y esfuerzo a proteger a su pueblo. Todos los Ancianos lo hacían, pero él más que otros; lo supieran o no. Se enorgullecía de ser capaz de tomar las decisiones difíciles que los otros Ancianos se negaban a tomar, y lo volvería a hacer.

¿Estás seguro? preguntó. Tenía que estarlo. Los recursos que había dedicado a descubrir secretos largamente enterrados dejarían perpleja la mente de un hombre inferior, pero él sabía lo que cuesta el conocimiento.

Sí, lo está, respondió la voz. El hombre esperó pacientemente sus órdenes. Esperaría hasta que el sol se pusiera y volviera a salir cien veces o hasta que la inanición acabara con él. La obediencia había sido el núcleo de su entrenamiento. Pero Tahir lo necesitaba un tiempo más y no encontró ninguna utilidad en dejar que se pudriera. *Ocúpate de él entonces.*

El hombre de la sombra se movió para irse.

¿Y Yusuf? dijo Tahir, volviéndose para mirar por encima de su hombro. El hombre de las sombras se detuvo. *Asegúrate de llegar antes que el chico.*

El hombre de las sombras hizo un gesto casi imperceptible con la cabeza y desapareció entre los charcos de oscuridad que se adentraban en el Gran Salón.

Tahir respiró de nuevo y dejó que la familiar frialdad se liberara. Se deslizó por sus piernas hasta crepitar sobre el suelo de mármol. La escarcha se extendió a su alrededor en patrones fractales, subiendo por los pilares hasta los lados de la sala. La liberación se sintió bien, y se deleitó con la sensación. Sería su último momento de paz durante un tiempo.

CAPÍTULO I

SOMBRAS RETORCIDAS

Señoritas, "¿Ya han terminado con los baños?" preguntó Karin por tercera vez en diez minutos. Kinza no tuvo que mirar; sabía que su jefa estaba de pie justo fuera del baño público, con la nariz arrugada porque los puestos de limpieza estaban por encima de ella. La delicia de fregar los baños de la empresa se otorgaba a los empleados más nuevos, si es que los tres años y medio de Kinza como limpiadora podían considerarse "nuevos".

"Sí, Su Excelencia. Saldremos en un momento", dijo Mitra con voz cantarina desde el puesto de al lado. Kinza se rió por el tono. Mitra había sido contratada unos meses después que Kinza, ambas tenían quince años, y rápidamente se habían hecho amigas, compadeciéndose del desprecio que sentían por las tendencias microgestionarias de Karin.

Mitra tenía tendencia a aligerar el ambiente sombrío que creaba Karin. Los meses anteriores a su incorporación, Kinza había trabajado con otra chica mayor a la que le gustaba ponerse los auriculares para escuchar música a todo volumen durante todo el turno. No es que a Kinza le molestara, pero se sentía un poco sola sin nadie con quien hablar.

Mitra tenía una forma de hacer pasar el tiempo siempre que estaba cerca.

El trabajo tampoco era el mejor pagado, pero "encontrar un buen trabajo a su edad era difícil con tantos otros adolescentes en la zona", y ambas chicas necesitaban el dinero. Por eso, durante los últimos años, la limpieza de oficinas corporativas en el centro de Chicago después de la escuela había sido agridulce.

El cliente de esta noche era una pequeña organización de alimentos saludables que alquilaba un espacio en uno de los lujosos rascacielos. Los paneles de madera, los fregaderos de la cocina, las máquinas de café ecológicas, todo olía a lujo de alta gama. Tenían clientes diferentes casi todos los días de la semana. Todos los martes, Karin y su equipo se presentaban después de que los empleados se hubieran ido, y los tres no salían hasta cerca de las nueve.

Karin resopló y se colocó un pelo imaginario en su moño. Siempre venía a trabajar con el pelo castaño claro recogido en un moño tan apretado que hacía que sus rasgos, ya de por sí duros, fueran casi amenazantes. Después de asignar a las dos chicas las tareas más difíciles, siempre dejaba para ella las que requerían menos esfuerzo físico. Así, cuando terminaban sus turnos, su ropa nunca estaba arrugada y nunca tenía una gota de sudor. "Voy a pasar la aspiradora por la sección junto al ascensor y luego me voy, así que será mejor que hayan termi-nado para entonces", dijo, y Kinza oyó sus pasos en retirada por el pasillo.

No tenía energía para replicar; estaba agotada por otra pesadilla, la sexta en la última semana. ¿Quién iba a saber que se podía estar cansada estando despierta y dormida a la vez? La pesadilla era siempre la misma. Pasaba arrastrándose por una barrera de aire brillante, un denso bosque a su alrededor y una montaña coronada en la distancia. Nunca sabía por qué tenía que ir, simplemente lo hacía. En cuanto pasó la barrera, la escena cambió. Había formas oscuras y retorcidas en una gran sala de estatuas divinas y puertas de mármol.

Recordó que eran de mármol porque la luz de la luna brillaba en las puertas del tragaluz de arriba. Algo siniestro emanaba del grupo de formas oscuras, una intención que le dejaba la piel aceitosa y el pecho pesado a la mañana siguiente. Incapaz de hablar o moverse, se limitaba a observarlos hasta que, de repente, todos se volvían hacia ella, con los ojos clavados directamente en ella. Era entonces cuando se despertaba y seguía sintiendo que la miraban.

"Te juro que cree que nunca hemos hecho esto antes", dijo Mitra, asomando la cabeza en el puesto que Kinza estaba limpiando. Llevaba el pelo largo hasta la cintura en una trenza y unas pestañas largas y oscuras que enmarcaban unos profundos ojos marrones. Era ridículamente injusto el buen aspecto que tenía, incluso después de horas de trabajo limpiando retretes, vaciando la basura y subiendo y bajando aspiradoras por las escaleras.

Kinza se limitó a poner los ojos en blanco. "Está claro", fue todo lo que dijo. Tiró el jabón por el retrete y cogió el cubo, pero Mitra le impidió salir de la caseta con las manos en la cadera. Tenía una mirada de complicidad. Sinceramente, Mitra podía leerla como un libro, así que no estaba demasiado lejos. Cuando Kinza quería desahogarse, era genial, pero cuando solo quería cerrarse como una almeja, Mitra estaba allí, intentando sacar la perla por su propio bien.

"Has vuelto a tener una de esas pesadillas, ¿verdad? Ni siquiera hace falta que lo digas; tienes unas bolsas de lo peor bajo los ojos. Podría venderlas como Gucci de imitación y jubilarme antes. Sabes que mi madre tiene un té muy bueno que puedes..."

"Sheeeesh, Mitra. Relájate, estoy bien", dijo Kinza, pasando por delante de ella para salir del puesto. Por supuesto, sólo lo había mencionado vagamente hace unos días, y ahora Mitra estaba tratando de curarla por sí sola de todas las dolencias posibles. Era conmovedor, pero a veces podía ser asfixiante.

Pasó por delante de los enormes espejos retroiluminados al salir del baño.

Al mirar su rostro, se dio cuenta de que Mitra tenía razón: las ojeras rodeaban unos ojos aún más oscuros. Tampoco ayudaba el hecho de que la luz fosforescente desdibujara su piel morena, normalmente suave. Aquella mañana, antes de irse a la escuela, se había recogido el pelo en una coleta baja y elegante en la nuca. A diferencia de Mitra, Kinza tenía que pasar horas planchando sus rizos habituales para que quedaran así de lisos. Pero ahora, al final del día, los mechones errantes se le pegaban a la cara, y la coleta se salía a medias.

"Bueno, pareces una caca. Así que siento discrepar", dijo Mitra, sacando sus cosas del baño para reunirse con Karin junto a los ascensores.

Kinza se rió. "¿Caca? ¿Quién dice caca? Da igual, vámonos de aquí. Tengo muchos deberes que hacer esta noche". Siguió a Mitra por los pasillos hasta el vestíbulo junto a los ascensores, donde Karin estaba esperando, envolviendo el cable de la aspiradora. Por el camino, pasaron junto a una pared de ventanas que iban del suelo al techo, y en el décimo piso tenían una vista espectacular del centro de Chicago por la noche. A esta altura, no se podía ver nada de la suciedad, sólo las luces de neón del ambiente nocturno de la ciudad, el reflejo del lago Michigan, y el siempre presente ruido del tráfico en la autopista.

"¿No has empezado las clases hace una semana?" preguntó Mitra. "Sí, pero aparentemente, no hay una 'primera semana fácil' con cursos universitarios", dijo Kinza, lanzando comillas al aire. "Ya hemos tenido dos exámenes. Me voy a morir", dijo dramáticamente.

"Uff", hizo una mueca Mitra.

Ambas chicas se habían graduado el pasado mes de junio, y mientras Mitra se tomaba un año sabático para ahorrar dinero, Kinza había comenzado su licenciatura en National Louis. La beca de cuatro años en el programa de Servicios Humanos no fue del todo una sorpresa, ya que Kinza tenía un promedio de A+ y una extensa lista de horas de voluntariado y horas de trabajo voluntario y extracurricular, pero la hizo bailar en la cocina cuando le llegó el correo electrónico de aceptación. La abuela trató de ocultar sus lágrimas de felicidad, pero fracasó estrepitosamente. Antes de morir, los padres de Kinza querían que fuera a la universidad, pero, al no tener casi dinero, la perspectiva era sombría. La vida había decidido ponerla en el "modo difícil", pero ella no iba a dejar que eso la detuviera.

Los tres apagaron las luces y bajaron en el ascensor hasta el vestíbulo principal. Al salir saludaron a Phil, el guardia de seguridad nocturno. Phil tenía unos cuarenta años, era padre soltero de un desagradable divorcio. Tenía la barriga de alguien que se pasaba las tardes bebiendo cerveza y comiendo cenas congeladas delante de la tele. Sin embargo, amaba a sus hijos y con frecuencia trabajaba el doble para poder comprarles cosas bonitas. Lo último que quería era que se burlaran de sus hijos por ser pobres, como le ocurrió a él cuando era joven.

Kinza sabía todo esto porque le hablaba al oído mientras ella y Mitra esperaban la llegada de Karin los martes. Siempre se mostraba amable con ellas y les aguantaba la puerta si las veía llegar y se despedía con la mano cuando terminaban.

Las chicas arrastraron sus cosas hasta la furgoneta de Karin, aparcada en la calle, justo unos minutos antes de que expirara el contador.

"Muy bien, señoritas, gran trabajo esta noche, pero intentemos terminar un poco antes mañana, ¿Sí?". dijo Karin. Como si no hubieran estado tratando de terminar lo más temprano posible.

"Sí, claro, Karin", dijo Kinza. Tuvo que rascar el fondo del barril para reunir incluso esa pizca de entusiasmo. Ella y Mitra cogieron sus bolsas y sudaderas de la furgoneta y se despidieron con un gesto de la mano, dirigiéndose calle abajo hacia la parada del autobús. Kinza se quitó la coleta del pelo, dejando que los mechones "fluyeran libremente".

"Claro que sí, Karin", se burló Mitra, agitando su trenza de un lado a otro.

"Termina un poco antes mañana, ¿Sí?". Kinza se burló, sacudiendo la cabeza como Mitra, haciendo que su pelo se desordenara.

Ambas chicas se miraron y estallaron en carcajadas histéricas. En cuanto una se calmaba, la otra volvía a reírse, y tardaron hasta el final de la manzana en poder pronunciar otra palabra sin reírse. Algunas personas las miraban con fastidio al pasar, pero no les importaba. Era Chicago y todo el mundo estaba molesto.

Se detuvieron en la parada del autobús, Mitra sacó su teléfono para mostrarle las fotos de Instagram del chico con el que estaba hablando en ese momento. Le había estado hablando a Kinza sobre él antes de que Karin les dijera que "hablaran menos y trabajaran más". "En serio, Kinz, míralo. Es tan *liiiindo*". Suspiró. Mitra estaba constantemente a la caza de un novio; tenía "va justo en el instituto". Kinza no sabía cómo podía gustarle a alguien tanta gente.

Kinza miró la foto sin camiseta de un tipo de su edad, con el pelo castaño perfectamente peinado, sentado en los asientos de cuero de un coche que claramente no podía permitirse.

Tenía una mandíbula que podía cortar el cristal. "Vale, sí. Es guapo. ¿A qué se dedica?"

"Umm..." Mitra pasó a otra foto, con las uñas naranjas que saltaban por la pantalla. "Tiene un trabajo, ¿verdad? ¿O está en la escuela o algo? ¿Cualquier cosa?" Desgraciadamente, Mitra atraía a un tipo de hombre muy específico. El tipo que tenía todo el encanto del "oro" y se apoyaba en la buena apariencia y en la cuchara de plata con la que habían nacido. Kinza no sabía lo que veía en ellos.

Mitra se limitó a lanzarle una mirada que decía *que eso no me importaba.*

"¡No! Pase duro", dijo Kinza. "Está claro que es un jugador, Mitra". El autobús se detuvo y subieron. Estaba bastante vacío. Dos hombres mayores se sentaron a la izquierda, y una mujer y un bebé a la derecha. Las chicas se sentaron más o menos en la parte de atrás, evitando el asiento con la mancha, y el autobús dio un bandazo hacia delante, llevándolas fuera del centro y hacia el lado oeste de la ciudad.

"No te veo tratando de encontrar a alguien. ¿No quieres un novio? Tú y Max rompisteis hace más de un año". Las imágenes de unos magníficos ojos verdes y una sonrisa deslumbrante aparecieron en la visión de Kinza. Max había sido su novio del instituto. Cuando empezaron a salir en el primer año, él la adoraba, llevándole siempre bombones y chocolates a la escuela. Cuando se sacó el carné de conducir (y un coche reluciente del papá), la recogía todos los días y la llevaba al instituto. Siempre le decía lo bonita, hermosa, simpática y dulce que era. Estaba bastante segura de que eso era lo único que le gustaba de ella, porque lo único que recordaba ahora era el tono irritado de Max cada vez que levantaba la voz o se reía demasiado fuerte. Habían terminado la relación el año pasado, Max declaró que necesitaba pensar en su futuro y que necesitaría a alguien un poco más "reservado". Kinza estaba bastante segura de que quería una alfombra decorativa como novia. Silenciosa y decorosa.

Sin embargo, la ruptura le había dolido. Echaba de menos tener a alguien que se riera de sus chistes y se comiera los pepinillos que no le gustaban, y a alguien que creyera en ella. Tras la muerte de sus padres, diez años atrás, decidió que quería cambiar el mundo. Quería alojar a los sin techo, alimentar a los pobres, establecer una mejor educación para los niños del centro de la ciudad, etc. Max le había dicho que era una quimera y que las carreras de servicios humanos no daban suficiente dinero. En cualquier caso, cuando ella y Max empezaron a salir, pensó que tenía la relación perfecta. Fue una bonita imagen durante un tiempo, pero se negaba a ser un trofeo, aunque la expresión de desagrado de Max apareciera cada vez que ella se hacía oír.

"¿Cuándo tengo tiempo para un novio? Tengo deberes de cuatro materias que hacer, luego tengo que volver a levantarme mañana para la escuela, y luego tenemos que trabajar por la noche otra vez. Pareciera que no me he duchado en meses, y estoy bastante segura de que esto es una mancha de lejía en mi manga", dijo, hurgando en los hilos de su sudadera gris.

"¡Chica, las dos sabemos muy bien que si te dieras una siesta, una ducha, algo de maquillaje y una muda de ropa serías la persona más sexy, como siempre!". dijo Mitra, levantando una mano. Kinza sabía que estaba exagerando, pero apreciaba el esfuerzo que había hecho. Se limitó a poner los ojos en blanco y a apoyar la cabeza en el hombro de Mitra.

A medida que se alejaban del centro de la ciudad hacia el oeste, los brillantes rascacielos daban paso a los barrios de moda del Chicago Loop. Tiendas, restaurantes, parques y algunos edificios de apartamentos más pequeños pasaron por las ventanillas del autobús. Con el tiempo, se desvanecerían las zonas de viviendas de la Sección 8 y los parques desvencijados. La gente seguía fuera a estas alturas, disfrutando de los últimos días de buen tiempo de principios de septiembre. Mientras Kinza miraba por la ventana, sintió un cosquilleo en la nuca. Probablemente era el viento que soplaba a través de la ventana abierta, pero por instinto, giró la cabeza y se llevó una mano al cuello.

No había nada

Pero, para su sorpresa, había alguien sentado en la parte trasera del autobús. *Qué raro*, pensó. *Sé que no vi a nadie más detrás de nosotros cuando subimos. Tal vez se había acostado.* No era raro ver a alguna persona borracha desmayada en los asientos traseros a altas horas de la noche. Pero esta persona no parecía borracha. Estaba envuelto en franjas de tela oscura desde el tobillo hasta la muñeca. Parecía que tanto los pantalones como la camisa podían estar hechos de un solo trozo de tela. Una capucha le cubría los ojos y una máscara le tapaba la nariz. Sin embargo, Kinza podía sentir que la miraba. La luz parecía alejarse de él como si le repugnara, arrojando la parte trasera del autobús a la sombra. Sinceramente, no podía saber qué aspecto tenía con lo cubierto que estaba. Tal vez era un nuevo estilo de ropa tecnológica. Intentaba mantenerse al día con las tendencias de la moda, pero su presupuesto la mantenía con una estricta correa.

Rápidamente se dio la vuelta.

"¿Qué?" preguntó Mitra, mirándola y luego lanzando una rápida mirada por encima del hombro. Mitra no pareció pensar nada del hombre.

"Nada, sólo un mosquito o algo así", respondió Kinza. Pero durante las siguientes paradas, sintió que los ojos se clavaban en su espalda y que la piel de gallina le subía por la columna vertebral. Le costó mucho esfuerzo no darse la vuelta. Había algo en él que le resultaba extraño.

Haber crecido en la zona oeste de Chicago le había enseñado a manejarse y a reconocer cuando se encontraba en una situación sospechosa. Aunque su vecindario era relativamente seguro, cualquier gran ciudad tenía sus puntos débiles, y los acosadores espeluznantes eran uno de ellos.

En tercer curso, una noche una amiga recibió una paliza de camino a casa desde el colegio. Un grupo de niños mayores había salido de la nada. Había aprendido a volver a casa con otra persona siempre que podía. Cuando cumplió los quince años, empezó a recibir gritos de hombres despreciables mientras caminaba hacia la parada del autobús. Desde entonces, llevaba en el bolso una pequeña navaja con mango de plástico verde por si acaso. Nunca había necesitado usarla, pero le hacía sentir mejor llevarla encima.

Mitra se bajó unas paradas más tarde, prometiendo buscarle un novio a finales de mes". Kinza, aún distraída, dijo distraídamente: "Sí, claro".

El pequeño chillido que soltó Mitra la devolvió al presente, y se dio cuenta demasiado tarde de que esa misma noche iba a recibir un montón de prospectos.

Mientras el autobús se alejaba de nuevo, Kinza miró por la ventana con la esperanza de vislumbrar a la persona sombría, pero no pudo ver nada. Se deslizó un poco más abajo y se asomó casualmente por encima del hombro, fingiendo que se ajustaba el pelo.

No había nadie. *¿Quizás se había bajado?* Envió un mensaje rápido a Mitra, diciéndole que le avisara cuando llegara a casa sana y salva. Mitra le respondió casi inmediatamente que lo haría.

Se relajó un poco ahora que la persona se había ido. Metiendo la mano bajo la camisa, se rascó ligeramente el tatuaje de la parte superior del abdomen. Era un mandala del tamaño de la palma de la mano con dos círculos más pequeños en el centro que parecían ojos simbólicos. El conjunto estaba rodeado de delicadas cadenas y gemas entintadas que se extendían a los lados de su estómago. Sus padres le habían dicho que la habían llevado a hacérselo cuando era pequeña, pero llevaba ahí desde que tenía uso de razón. Y no había forma de que ningún artista del tatuaje con licencia en el estado de Illinois tatuara a una niña. Había renunciado a preguntar a sus padres la verdad y lo aceptaba como una especie de marca de nacimiento. A veces sentía un suave cosquilleo, como el que sentía en la nuca hacía unos minutos.

Se bajó dos paradas después y se echó la mochila azul claro sobre los hombros. La parada del autobús estaba en la esquina de un pequeño parque. En la siguiente manzana había un pequeño centro comercial con una tienda de tabaco, una licorería y un salón de belleza. Su casa estaba a la vuelta de la esquina. Conocía todo el barrio como la palma de su mano y empezó a caminar hacia su casa.

Sólo tardó unos pocos pasos en sentir de nuevo el cosquilleo en la nuca. Levantó la cabeza y miró a su alrededor. No había nadie detrás de ella. La única luz provenía de una farola del otro lado del parque.

Por un segundo, le pareció ver una sombra que se movía por debajo de la luz. Probablemente era un gato callejero o algo así. Últimamente había visto algunos vagando por ahí.

Caminó un poco más rápido y cruzó la calle hacia el centro comercial. Atravesó el aparcamiento de asfalto roto hasta el toldo que colgaba sobre los escaparates, queriendo permanecer a la luz. Las tiendas acababan de cerrar, los empleados cerraban sus puertas y se dirigían a sus coches. La sensación de hormigueo nunca abandonó su cuello. Para estar segura, echó la mano atrás y sacó la pequeña navaja de su mochila y se bajó las mangas sobre las manos. De todos modos, le quedaba un poco grande.

Al pasar por delante del salón de manicura, oyó un movimiento de raspado en la parte superior de la marquesina del edificio. Levantó la cabeza, pero, por supuesto, sólo vio la parte inferior del toldo. Con el corazón acelerado, volvió a mirar a su alrededor.

Allí.

A través del reflejo del escaparate, pudo ver a alguien caminando por la acera del otro lado del aparcamiento, al ritmo de su propio reflejo. Miró por el rabillo del ojo.

Era él, el tipo envuelto en tela oscura, la luz de las farolas se apagaba al pasar. Ahora la miraba abiertamente, aunque ella no podía ver sus ojos bajo la capucha.

El corazón de Kinza empezó a palpitar en su pecho. Sabía que la seguían, pero sabía que no debía correr. Había visto demasiados documentales de Animal Planet en los que, en el momento en que la gacela se ponía en movimiento, el león saltaba por la hierba para alcanzar al asustado animal en unos pocos saltos, rompiéndole el cuello con sus poderosas mandíbulas.

Al diablo con ser una gacela. Pensaba ser un tigre con traje de gacela. Aunque un tigre *asustado* con traje de gacela.

Una vez que doblara la esquina de la licorería, sólo le quedaría una manzana más hasta su casa, y la abuela siempre mantenía la luz exterior encendida hasta que llegaba a casa. Aumentó la velocidad y miró a su alrededor para ver si había alguien más. Había un grupo de personas en el patio trasero de alguien a unas cuantas casas de distancia, pero parecía una fiesta. La música salía de unos altavoces viejos y chasqueantes. Lo más probable es que no pudieran oírla si gritaba. El aparcamiento estaba casi totalmente vacío.

La esquina de la tienda estaba justo delante. Miró a su izquierda, sin perder de vista la figura, y giró a la derecha, doblando la esquina.

Se estrelló contra una pared humana de músculos y retrocedió un paso. Jadeando, levantó la vista y, por un momento, pensó que la figura oscura se había materializado frente a ella. Pero cuando la persona gruñó y se apartó de ella, se dio cuenta de que sólo era un hombre que llevaba una sudadera con cremallera y capucha negra. Era demasiado alto para ser el personaje que había visto en el autobús, que sólo parecía ser unos centímetros más alto que ella. Cuando él no la agarró inmediatamente, ella murmuró un rápido "cuidado" y siguió avanzando.

A medida que se alejaba del centro comercial y entraba en su manzana, se esforzaba por sacar el estómago de la garganta y devolverlo a su sitio. Se reprendió a sí misma por no haber pensado en el cuchillo mientras chocaba con el hombre. Miró por encima del hombro para ver si la figura oscura la seguía, pero no había nadie, sólo la calle vacía. Suspiró aliviada pero mantuvo los oídos abiertos el resto del camino a casa.

Nada de este trabajo estaba saliendo como estaba planeado. Y Zaid *odiaba* que las cosas no salieran como las había planeado.

Subiendo de nuevo al tejado de la licorería, observó a la chica caminar por la calle, con pasos apresurados. Debería haberla atrapado cuando se topó con él, pero algo en la última semana había estado mal. En los siete años que llevaba como *Venari*, como cazarrecompensas, nunca había metido la pata con un objetivo, y no iba a hacerlo hoy.

Llevaba una semana siguiéndola, recorriendo la ciudad y regresando a su casa. Normalmente tardaba una semana, como máximo, en atrapar a un grupo de Ubir. Tal vez dos días para uno solo, pero nunca tanto tiempo para uno solo. Lo primero que le sorprendió fue la falta de Aura. Todos los Ubir con los que se había encontrado tenían un aura que irradiaba una energía caótica. Sus pensamientos eran siempre imprecisos y erráticos, destacando entre las silenciosas mentes humanas como perros rabiosos en un rebaño de ovejas. Cuanto más tiempo llevaban siendo Ubir, más destrozadas y corruptas estaban sus mentes.

Pero su Aura era silenciosa. Era como si no fuera Anunnaki en absoluto. Sólo humana.

Lo segundo fue *otra* Aura que venía del otro lado del estacionamiento. Su rutina diaria había sido minuciosa, pero mientras caminaba hacia su casa esta noche, algo había cambiado. Por lo que Zaid sabía, no había ningún otro Venari en la zona; siempre trabajaban solos, ya no había suficientes para trabajar en pareja. Pero era evidente que el aura de la otra figura era constante. Cuando Zaid se acercó con su propia aura, manteniéndola visualmente controlada, se encontró con una mente envuelta en una fortaleza de hierro. No lo dejaban entrar. Las costumbres Anunnaki dictaban que, al menos, debían reconocerse mutuamente, a pesar de su desagrado por la comunicación innecesaria.

Lo último que hizo que este objetivo fuera tan extraño fue que le dieron un nombre.

Kinza Solace.

Nunca se le había dado un nombre específico. Su superior directo siempre le proporcionaba una ciudad, una edad y una lista de posibles habilidades a tener en cuenta si se conocían. Eso es todo. Esta vez, el nombre y la ciudad fueron lo único que se le dio. Si tenía que adivinar, debía ser porque este Ubir era especialmente peligroso. Le costaba imaginar que la chica fuera más peligrosa que un chihuahua. Sabía que algunos de ellos tenían habilidades para ocultarse a la vista, ocultar sus auras e incluso controlar las mentes de los humanos que los rodeaban. Los Ubir conservaban sus habilidades de cuando aún eran Anunnaki; sólo que eran más inestables, incluso mortales. De ahí la necesidad de los Venari.

Zaid rechinó los dientes con frustración, haciendo que le doliera la mandíbula. El dolor le hizo concentrarse de nuevo. Ladeó la cabeza como si quisiera escuchar, pero en lugar de ello se acomodó a una rutina conocida, sintiendo los latidos del corazón en la zona. Lo había hecho mil veces en su vida y lo haría fácilmente miles de veces más. Esta habilidad era una de las muchas razones por las que era tan bueno en su trabajo. No tenía mucho en la vida, pero al menos era muy bueno en lo que hacía.

Esperó hasta que pudo sentir las pulsaciones constantes de las casas del barrio, decenas de ellas procedentes del interior de los hogares, de los coches que pasaban por allí y de un grupo que se agrupaba fuera, en un patio trasero cercano, con una música detestable que sonaba en unos altavoces defectuosos. Sintió los latidos de la chica que caminaba por la calle, alejándose de él. El latido de la otra figura oscura se desvaneció con su dueña, fundiéndose en las sombras en cuanto notaron el aura de Zaid.

No tenía intención de seguirlos. Estaba dispuesto a acabar con este estúpido objetivo.

Atravesando la azotea para saltar por la parte trasera del edificio, se movió más rápido de lo que el ojo humano podía rastrear, saltando por encima de las vallas, en los patios traseros, pegándose a las sombras.

Alcanzar a la chica le llevó unos instantes. La observó desde su propio patio trasero mientras ella se daba la vuelta para abrir la puerta, subir el camino por las escaleras y entrar en su casa.

Agazapado, esperó, silencioso como el viento de medianoche, de espaldas a la derecha de la ventana de la cocina. Estaba abierta menos de un centímetro. Lo sabía porque él mismo lo había hecho ese mismo día, esperando a que la anciana se echara la siesta para abrirla. Se acomodó en el suelo, Zaid esperó, con la oreja pegada a la ventana, para escuchar el nombre de su objetivo. Quería comprobar que era ella por última vez antes de llevarla de vuelta a Rhapta.

CAPÍTULO 2

PESADILLAS DE LUZ

Kinza empujó la puerta de la valla metálica y dejó que se cerrara con estrépito tras ella. Aunque no vio a nadie más durante el resto del camino, quería entrar. Nunca se sabe quién anda por ahí, acechando entre los arbustos.

La casa era pequeña, de una sola planta con un ático, con unos cuantos escalones de hormigón desgastados que conducían a un pequeño porche. Un ventanal que daba al césped delantero. La abuela había tomado el escaso espacio de hierba y lo había convertido en un jardín silvestre, con hortensias y helechos desordenados, y algo que se parecía sospechosamente a una mala hierba que se arrastraba hasta el borde del paseo lateral. Un pequeño gnomo era apenas visible entre los altos tallos junto a la valla.

Subió corriendo los escalones y entró en la casa, tocando el grabado en forma de remolino que había en el marco de la puerta. Parecía una serie de signos de identidad superpuestos, sin un principio ni un final claros. No tenía ni idea de si eran realmente de la suerte, pero habían estado allí desde que tenía uso de razón. Una vez, cuando tenía doce años, tocó el grabado antes de ir al colegio, rezando para que le fuera bien en el examen de matemáticas. Una semana después, recibió los resultados: un perfecto cien. Ahora la tocaba siempre, por si acaso. La puerta mosquitera crujió al cerrarse, e inmediatamente echó el cerrojo en la cerradura y respiró aliviada.

"Cariño, ¿eres tú?" La abuela llamó desde la cocina. "Sí, voy a cambiarme rápidamente", respondió ella, saliendo al pasillo. Sólo eran ellas dos, pero el reducido espacio les obligaba a ser creativas con lo que tenían. En la entrada había zapatos amontonados bajo un pequeño banco cubierto de cajas, correo, bolsas de plástico y algunos de los libros de texto de Kinza. En el suelo de al lado había cajas de refrescos, y encima había un perchero con un paraguas colgado en los ganchos. Kinza tiró sus zapatillas desgastadas bajo el banco y se dirigió a su habitación para cambiarse. Odiaba llevar la ropa sucia del día en la casa.

El vestíbulo se abría al salón, a la derecha, con el ventanal que daba al frente. Unos sofás anticuados, pero peligrosamente cómodos, se enfrentaban a un televisor de pantalla plana en la pared lateral. A un lado, había estanterías con una colección de artículos pegados en ángulos estratégicos. En ellas había libros de sus padres, marcos de fotos de ellos y de Kinza cuando ella era pequeña, una medalla de un concurso de deletreo que había ganado en octavo curso, un dibujo que había hecho cuando tenía diez años y una lista de compras olvidada.

Siguió recto por el pasillo, pasando primero por el cuarto de baño y luego por su dormitorio a la izquierda. La habitación de la abuela estaba justo después, y al final del pasillo estaba la puerta trasera.

Después de cambiarse rápidamente a un par de calzoncillos de hombre que había comprado sólo por comodidad y a una camiseta de gran tamaño, bajó por el pasillo a la derecha y entró en la cocina. Como el resto de la casa, era compacta, pero era la habitación favorita de Kinza.

En las paredes amarillas brillantes que su madre había pintado quince años antes, colgaban adornos. Recordaba cómo se sentaba en el suelo mientras sus padres pintaban algunos colores de prueba en la pared. Había una pequeña ventana sobre el fregadero, que daba al patio trasero, y una mesa de madera apoyada en la pared adyacente.

La abuela estaba sentada en la mesa, con el pelo envuelto en un pañuelo de seda, atando flores secas con trozos de cordel. Le gustaba coger las flores secas y colgarlas en el techo, diciendo que así se sentía como si viviera en una casita de hadas. Kinza nunca se burlaba de ella, ni siquiera cuando los pétalos secos caían sobre el linóleo.

"Lasaña en la nevera", dijo, sin levantar la vista.

"Mmm." Kinza tarareó, abrió la nevera y sacó un enorme trozo de lasaña antes de meterlo todo en el microondas. Se sentó frente a la abuela y dejó caer la cabeza entre sus brazos.

"Así de mal, ¿eh?" preguntó la abuela.

Kinza se limitó a gemir contra la mesa antes de "levantar la cabeza". Cuando era pequeña, juraba que la abuela era un ser de otro mundo y omnisciente. Siempre parecía saber cómo se sentía Kinza, aunque no hubiera pronunciado una sola pala-bra. La abuela solía tener tiritas preparadas cuando Kinza volvía a casa después de haber estado fuera todo el día, sabiendo que se habría raspado el tobillo con el pedal de la bicicleta. Los días en que a Kinza le dolía el estómago de tanto preocuparse por sus notas, la abuela tenía preparada una taza de té de jengibre y manzanilla cuando llegaba a casa. Siempre estaba ahí, especialmente en los momentos más difíciles de la vida de Kinza.

Recordaba haber tenido una infancia relativamente feliz y unos padres estrictos pero cariñosos. Nunca tuvieron mucho dinero, pero era suficiente para salir adelante. La abuela siempre había vivido con ellos, haciendo de niñera cuando sus padres estaban trabajando.

Siempre había alguien con quien Kinza podía hablar, reírse o, en raras ocasiones, discutir. Los cuatro se amontonaban en la cocina las noches de la semana, todos tratando de comer algo antes de acostarse, Kinza riéndose del caos. Pero eso era antes.

Sabía, por el hecho de que el recuerdo surgía una y otra vez y por el hecho de que no podía reprimirlo nunca, que era un síntoma del trastorno de estrés postraumático. Lo había buscado una vez, y ahí estaba, bien etiquetado con una ordenada fila de síntomas. Sin embargo, el hecho de conocer la palabra no la hacía sentir mejor. Había ido a terapia, había visto a los consejeros, pero eso no podía borrar el pasado.

En los cumpleaños y las fiestas, a veces se dormía con el recuerdo de la abuela sollozando en el pasillo, gritándole a Kinza que volviera a salir. Tenía nueve años, jugando en el parque con sus amigas. Con el estómago revuelto por la necesidad de comer, corrió a casa con la esperanza de que su padre le hiciera un sándwich con rodajas de plátano. Lo único que encontró fue a la abuela llorando en el piso, haciéndole señas frenéticas para que saliera. Recordó que estaba muy confundida, ya que nunca había visto a la abuela así.

Al volver a salir por la puerta, vislumbró la mano de su madre asomando desde el salón; sus siempre limpias uñas se enroscaban en la palma. Las sirenas de la policía se oyeron en el barrio unos minutos después.

Aquella noche, después de que lo que parecía un centenar de personas entrara y saliera de la casa, después de que los agentes de policía le hicieran un millón de preguntas, después de que los cuerpos fueran introducidos en una furgoneta, la abuela la había llevado a pasar la noche a casa de un amigo de la familia. Durmieron allí en la misma cama y la abuela le dijo que sus padres habían sido asesinados.

Kinza sabía lo que eso significaba, pero no por ello dejó de estar confundida. ¿Por qué alguien iba a asesinar a su madre?

¿La misma mujer que cantaba a pleno pulmón cada vez que salía su estrella favorita de American Idol? ¿Por qué iba alguien a asesinar a su padre? ¿El mismo hombre que asentía estoicamente junto a su madre cuando la regañaba pero que después le metía una chocolatina por debajo de la puerta? No podía entenderlo, y los detectives tampoco encontraron al sospechoso. Lo absurdo del asunto la había enfadado.

No fue hasta su décimo cumpleaños cuando se dio cuenta de que sus padres no volverían a cantarle el "Cumpleaños feliz". Aquel día lloró durante horas en el regazo de la abuela, dejando salir meses de dolor reprimido. Con el paso de los años, la rabia y la tristeza se convirtieron en agallas, y las agallas acabaron convirtiéndose en determinación. La palabra que utilizaban los consejeros era "resiliente", y ella sabía que era cierto. Aunque estaba resignada al hecho de que nunca sabría por qué habían matado a sus padres, tenía la intención de vivir una vida que hiciera sentir orgullosos a sus padres.

Bueno, al menos lo intentaba.

En ese momento, con tarea de cuatro clases, la "gentil" petición de Karin de trabajar más duro mañana, y el olor a lasaña recalentada, le estaba costando un poco.

Kinza se lanzó de su silla, esperando que la comida no hubiera salpicado demasiado en el microondas. La abuela la tendría fregando todo durante horas si lo hacía. "Es que tengo muchos deberes", dijo.

"Me refería a esas pesadillas", contestó la abuela, juntando paquetes de flores secos.

Kinza se quedó helada, con el tenedor a medio camino de la

boca mientras se ponía en medio de la cocina. "Uf, ¿te has dado cuenta? No creí que hiciera tanto ruido".

"Nena, me despierto por la caída de un alfiler al otro lado de la ciudad. Seguro que puedo oírte dar vueltas en la cama y parlotear mientras duermes". La abuela la miró, observándola de pies a cabeza con una expresión de complicidad. "Pronto se acabará. Sólo tienes que beber más de ese té de lavanda que dejé en el mostrador". Kinza miró y, efectivamente, junto a la tostadora había una taza humeante de té ligeramente morado. Suponía que llegaba a casa a la misma hora todos los martes, pero el hecho de que estuviera a la temperatura perfecta a esa hora exacta era impresionante.

"¿Cómo sabes que terminará pronto? Estoy bastante segura de que están empeorando, no mejorando. Quizá sea alérgica a ese té o algo así". Volvió a sentarse frente a la abuela, y unos mechones de pelo se metieron en su lasaña, así que los echó hacia atrás.

"No, no. Sólo bebe el té. Estarás bien", dijo la abuela crípticamente y recogiendo los pétalos sueltos en un montón.

"¿Todos las pesadillas se mejoran cuando bebes té?". dijo Kinza con la boca llena de lasaña.

"Mastica tu maldita comida, chica". La abuela se rió. Se levantó para colocar sus flores secas en el rincón donde otros paquetes esperaban a ser colgados.

Kinza terminó su comida y lavó su plato en el fregadero, dejándolo secar en la rejilla. Había decidido levantarse temprano para hacer los deberes. "Muy bien, estoy estúpidamente cansada, así que me voy a la cama. Buenas noches, abuela", dijo, dándole un beso en la mejilla. Se dirigió a su habitación.

"¿Kinza?" Dijo la abuela.

Kinza volvió a asomar la cabeza por la esquina. "¿Sí?" "Bébete el té". Kinza tomó la taza y se la bebió de un trago.

Después de un rápido viaje al baño, volvió a su habitación. Su habitación era la más pequeña de las dos, la abuela tenía la principal, pero a ella le gustaba lo acogedor de la suya. Las paredes de color mandarina que ella misma había pintado hacían que la habitación pareciera siempre luminosa. Su cama estaba metida en una esquina, con un montón de almohadas y mantas encima. En el otro lado de la habitación había un escritorio repleto de tareas, maquillaje y una plancha, y junto a él una vieja cómoda. En la parte superior había piezas de joyería alrededor de papeles, monedas sueltas, demasiados productos para el cabello y una foto de ella y sus padres en Navidad, cuando era pequeña. La abuela decía que en su habitación parecía haber explotado una bomba, pero Kinza consideraba que era más bien un caos ordenado. Las cosas estaban exactamente donde ella necesitaba que estuvieran.

Justo antes de meterse en la cama, volvió a sentir un leve cosquilleo. Por precaución, se acercó a la ventana que había sobre la mesita de noche y separó las persianas, asomándose.

No vio más que la valla de alambre que rodeaba su patio, la casa de al lado y un trozo de calle, iluminado por la farola cercana. Incluso a esa hora de la noche, podía oír los ladridos de un perro, los gritos de los vecinos de dos casas más abajo y el débil sonido de una ambulancia en la autopista.

Sin embargo, cuando se alejó, una sombra cruzó la calle.

Subió las persianas, tratando de ver. Al cabo de unos instantes, con los ojos entornados, no vio nada más y decidió que todo estaba despejado y se metió en la cama. Se echó el pelo por encima de la cabeza, se puso un gorro de seda y se subió las mantas hasta la barbilla mientras se acomodaba en su montón de almohadas, con la esperanza de conseguir un merecido descanso.

KINZA ARRASTRÓ SUS PIES HACIA ADELANTE, incapaz de detenerse. Atravesó una densa selva llena de árboles altos y retorcidos y helechos más grandes que ella. La luz amarilla del sol atravesaba las copas de los árboles y casi llegaba al suelo. La niebla se acumulaba en el suelo de la jungla, arrastrándose entre las raíces y la hierba.

Supo que lo había encontrado cuando se topó con él.

Un tótem clavado en el suelo entre dos árboles, lejos de cualquier camino. El tótem era una rama larga, desgastada, envuelta en cuentas y coronada por una calavera con plumas brillantes alrededor del hueso. Al pasar por delante de él, encontró la barrera brillante que ondulaba en el aire. La atravesó, sintiendo sólo una ligera presión sobre su piel antes de que cediera.

En lugar de ser transportada como de costumbre, continuó siguiendo el camino, ya que sus pies conocían la ruta. Las enredaderas y el follaje goteaban agua sobre su piel a medida que iba pasando, hasta que la jungla cedió de repente y se abrió a un gran bulevar de brillante piedra plateada. Estaba inmaculado y vacío. Siguió el camino, mirando los baobabs que se alineaban a cada lado con perfecta uniformidad. Eran más pequeños de lo normal, pero seguían siendo majestuosos e imponentes. No podía ver más allá de los baobabs porque todo lo que había más allá estaba cubierto por la niebla, pero sabía que el bulevar dividía una gran ciudad. Su destino estaba en el centro.

Después de caminar durante años y, al mismo tiempo, sólo unos instantes, llegó a la plaza del centro. Le llamó la atención el enorme tamaño de los edificios que la rodeaban. Altas estructuras rectangulares de piedra caliza brillante rodeaban la plaza, palmeras estaban colocadas a intervalos regulares, y una estatua imponente en el centro estaba sentada dentro de una fuente. Sin embargo, no pudo enfocar sus ojos en ella.

Antes de que pudiera dar un paso más, salieron guerreros de entre los edificios. Cada uno de ellos era alto, con una piel brillante y oscura cubierta de marcas blancas. Las marcas casi parecían tatuajes, pero más viejos, más antiguos. Todos llevaban distintas armas de obsidiana: espadas, lanzas, cimitarras y dagas, todas tan hermosas como el cielo nocturno y terriblemente afiladas. Se movían, algunos más rápido de lo que ella podía ver, con las armas en alto y expresiones vengativas. El terror estalló de repente en Kinza, y uno de los guerreros extendió un brazo con una espada oscura apuntando hacia ella. Su abdomen ardió como un rayo mientras una luz blanca estallaba a su alrededor, arrojando a sus atacantes como muñecos de trapo para que cayeran sobre la piedra plateada.

Gritó.

KINZA SE DESPERTÓ DE GOLPE, jadeando, con el sudor cayendo por su cara.

Algo iba mal.

Le pitaban los oídos, tan fuerte que apenas podía concentrarse en lo que la rodeaba. Sus ojos se ajustaron y observaron su dormitorio destruido. Las persianas arrancadas de la ventana, los cristales rotos, los papeles y libros esparcidos por la habitación, el polvo y los escombros flotando en el aire. Pero lo que encontró al otro lado de la cama le hizo creer que seguía soñando. Toda la puerta de su habitación, y la pared, habían desaparecido. La madera y las placas de yeso habían desaparecido, y los restos estaban en el suelo del salón, al otro lado del pasillo. La casa seguía a oscuras, por lo que apenas podía distinguir nada con la única luz de la luna.

Un gemido de dolor salió de entre los escombros.

¡Abuela! Kinza se levantó de la cama, con las mantas cayendo de su cabeza. Corrió a través de su dormitorio destrozado, saltando por encima de los fragmentos de cristal hasta llegar al sonido.

"¡Kinza!" La voz de la abuela gritó alarmada. El sonido era sordo, pero procedía del dormitorio de la abuela, a la izquierda, al final del pasillo. Entonces quién era...

Una "figura" demasiado grande se movió bajo una sección de la pared, gimiendo de nuevo. Sólo entonces se dio cuenta de que la voz era demasiado grave para ser la de la abuela. El pánico le invadió las venas mientras retrocedía, jadeante, fuera de la habitación, por el pasillo hasta llegar al lado de la abuela. Kinza pudo ver cómo se encendían las luces de la casa del vecino a través de la ventana.

La abuela se debatía entre un montón de mantas, con los ojos muy abiertos y moviendo los labios. Los oídos de Kinza seguían zumbando, lo que dificultaba la comprensión de lo que la abuela decía mientras la agarraba del brazo. Por suerte, no parecía herida, sólo alarmada.

"¡¿Qué?!" gritó Kinza. Intentó poner en pie a la abuela, "¡Tenemos que irnos! Hay alguien en el salón".

La abuela apartó el brazo de Kinza y le agarró la cara. El zumbido empezaba a remitir. "¡Cariño, tienes que irte!" La abuela le gritó en la cara.

"Lo sé, ¡vamos!"

"No, cariño. ¡Están aquí por ti! Tienes que correr". Empezó a empujar a Kinza y se dirigió a su mesita de noche, sacando algo del cajón superior.

"¿Qué? No. ¿De qué estás hablando? Hay un *hombre* en

nuestro *salón*, abuela". No debió de darse cuenta de lo que estaba pasando. Kinza sólo tenía que sacarla.

La abuela había sacado del interior de una bolsa de terciopelo negro un pequeño trozo de piedra turbia, atado al extremo de un cordón, con una grieta en el centro. La cabeza de Kinza empezó a palpitar inmediatamente y se agarró las orejas de dolor. La abuela cubrió la piedra y la acercó a su pecho, aparentemente sin afectarla como a Kinza. Al cubrir la piedra, el dolor disminuyó momentáneamente. "Kinza, escúchame *ahora mismo*, ¿me oyes? Sal de aquí inmediatamente y corre todo lo que puedas. Lo retendré todo lo que pueda, pero cariño, tienes que irte. Lo siento mucho. Pensé que nunca volverían".

"¡¿Abuela, qué?!" Kinza realmente sentía que ahora seguía en una noche nocturna. Volvió a agarrar el brazo de la abuela, pero la anciana la apartó de un empujón, con ojos frenéticamente suplicantes.

En la sala de estar, los trozos de la pared cayeron al suelo y la señora se esforzó por ponerse en pie. Un golpe seco llegó desde la puerta principal. Presumiblemente, los vecinos comprobando qué era la explosión. Sin embargo, no se atrevió a correr en esa dirección, ya que tendría que pasar por delante del hombre en la sala de estar.

"Kinza, *VETE AHORA*!" La abuela casi gritó.

Kinza retrocedió, aterrorizada por la reacción de la abuela, y salió a trompicones al pasillo y a la puerta trasera en dirección a la noche. Corriendo hacia el patio trasero, miró a su alrededor, sin saber a dónde ir. Parecía de noche. Todavía podía ver la luna en lo alto del cielo. Necesitaba esconderse y volvería más tarde a buscar a la abuela. No quiso ir muy lejos. Los vecinos de su derecha estaban de pie en el patio trasero en bata, gritándole. Estaba demasiado asustada para prestar atención a lo que decían. Rezó para que ya hubieran llamado a la policía.

Corrió y saltó la cerca trasera, con los eslabones metálicos clavándose en el muslo, y giró a la derecha para meterse en el callejón que atravesaba el barrio. Sus pies golpeaban el hormigón, pero ignoró el escozor por el momento. Corrió hasta el final del callejón, cruzó la calle y atravesó el patio de alguien, saltando por encima de una bicicleta y de algunos juguetes de niños. Un perro ladraba con fuerza desde el patio de al lado.

Una serie de gritos se oyeron detrás de ella, y el miedo se apoderó de su pecho al pensar en la abuela. Sin embargo, tenía demasiado miedo de lo que el hombre pudiera hacer como para dar la vuelta y regresar. Así que siguió corriendo, con la esperanza de perderlo. Había conseguido una buena ventaja.

Cinco minutos más tarde, en el límite de su barrio, se detuvo, con el aire entrando y saliendo de su pecho. *No estoy preparada físicamente para esto*, pensó. Podía ver la silueta del centro de la ciudad en la distancia, pero sabía que no podía correr todo el camino. Había otro centro comercial, un poco más grande que el otro, a una manzana de distancia. Podía esconderse en el callejón hasta la mañana y luego usar uno de los teléfonos de la tienda para llamar a la policía. Se maldijo a sí misma por no haber cogido su teléfono móvil de inmediato.

Empezó a correr hacia el otro lado de la calle y oyó el ruido de una cerca a unas cuantas casas detrás de ella, demasiado fuerte para ser un perro. Al volverse para mirar, se sintió aterrorizada al ver la gran figura que saltaba por encima de la cerca como un corredor de vallas borracho en las Olimpiadas. Estaba claro que estaba herido, pero el gran tamaño y la ferocidad de sus movimientos la horrorizaron. Kinza soltó un pequeño grito y se alejó tan rápido como sus pies le permitieron. Las lágrimas empezaron a aparecer en las esquinas de sus ojos y corrió por la carretera, volcando los cubos de basura a su paso y saltando por encima de las cercas y los caminos de entrada. Ahora podía ver el centro comercial, justo al otro lado de la calle, pero las luces seguían apagadas. Esperaba que hubiera alguien en el aparcamiento, alguien que pudiera ayudarla, pero esa esperanza era algo agonizante.

Un gruñido llegó detrás de ella cuando la figura tropezó con uno de los cubos de basura. Kinza quería llorar, pero el terror que la asfixiaba hizo que sus pies se aceleraran, golpeando el suelo mientras cruzaba la calle, con el edificio asomando delante de ella.

Un veloz viento agitó las puntas de su cabello mientras una sombra se materializaba ante ella, demasiado rápida para comprenderla. Kinza no tuvo tiempo de gritar cuando las manos se posaron sobre ella y el mundo se oscureció.

CAPÍTULO 3

LUNÁTICOS Y DEMENTES

Zaid arrojó el cuerpo sobre su hombro con facilidad y salió corriendo por la calle, murmurando una serie de maldiciones.

Esta semana no debería haber transcurrido así.

Tendría una larga discusión con Tahir cuando llegara a casa. Ya había sido apuñalado, forzado, engañado, golpeado y superado por Ubir, pero todas eran situaciones casi idénticas. La misma inquietud maníaca y desenfocada tras sus ojos, un comportamiento apenas controlado. No podían pasar mucho tiempo sin derramar sangre; de lo contrario, sus habilidades empezarían a desvanecerse y la curación sería lenta.

Nunca había visto a un Ubir tan tranquilo y *humano*. Había llegado a la conclusión de que había desertado recientemente. No había otra explicación.

Las rarezas se acumulaban. ¿También era capaz de obligar a los humanos que la rodeaban de forma tan rotunda a que la defenderían con una sartén? Todavía le dolía el lugar del hombro donde la anciana le había golpeado. Estaba bastante seguro de que había sido de hierro fundido. También tenía una piedra de la muerte. El dolor punzante en su cabeza era inconfundible y casi le hizo arrodillarse cuando la sartén se balanceó. Incluso después de destrozarla, el efecto posterior le hizo vomitar en el patio y las articulaciones se le agarrotaron de dolor.

Zaid no había encontrado rastros de ningún Aura en la casa. Ni Ubir, ni Anunnaki, nada. Se había introducido por la ventana de la cocina, moviéndose silenciosamente por toda la casa, y había entrado en la habitación de la niña. Ella había estado dando vueltas en la cama, con el sudor empapando las sábanas. Ahora, esto era más bien una Ubir. La visión le había calmado un poco, asegurando que no todo era tan extraño como parecía. Pero en el momento en que había extendido la mano para agarrarla, una luz blanca y radiante estalló desde la cama, haciéndole chocar contra las paredes.

En cuanto se estabilizó, ella ya se había ido. Le había llevado casi diez minutos someter a la anciana, evitar a los vecinos y volver a alcanzar a la chica. La anciana se había movido más rápido de lo que él hubiera esperado, sacando la maldita sartén de debajo de su cama y blandiendo la piedra de la muerte en la otra. Incluso ahora, seguía teniendo puntos en su visión por la piedra. La había sujetado, le había aplicado presión en el cuello en los ángulos correctos, y en unos momentos su cabeza se había desplomado.

Mientras avanzaba por las calles con su marca sobre el hombro, se dirigió de nuevo al almacén. Estaba a pocos kilómetros, un poco más cerca del centro, pero en un barrio más sombrío. Cuando llegó por primera vez, había unas cuantas personas acurrucadas en las esquinas, mostrando escasos dientes amarillos hacia él, con agujas esparcidas por el piso. Le bastó una hora para ahuyentarlos. Sabía que le observaban desde la otra manzana y desde el interior de las casas cercanas utilizadas para el mismo fin, esperando a ver si volvía a salir. Pronto lo haría.

El edificio en sí era anodino, de dos plantas, pero todas las ventanas se habían caído y partes del tejado se habían derrumbado. Parecía que había estado en construcción en algún momento, pero el dinero se había acabado a mitad de camino. Pasó por delante de los cristales rotos que colgaban de la puerta y subió corriendo las escaleras. Sólo llevaba una pequeña bolsa de cosas, no necesitaba mucho. Dejándola en un rincón de la habitación, le ató rápidamente las manos y los pies con unas cuantas bridas. No es que ella pudiera con él, pero tampoco sabía cuáles eran sus habilidades. Si esa luz blanca era un indicador, no quería averiguarlo.

Cuando se sentó de espaldas a la pared, por fin pudo verla de cerca y se dio cuenta de lo joven que parecía, probablemente no más de diecisiete o dieciocho años. Supuso que había sido atraída por los Ubir mayores con promesas de poder y libertad para ver el mundo en lugar de estar encerrada en Rhapta. Los más jóvenes siempre eran fáciles de convencer. Él lo sabía mejor que nadie.

Miró su forma inclinada, observando el espeso cabello negro que se extendía alrededor de su cabeza. Algunos mechones habían caído sobre su rostro. El delicado puente de su nariz, entre los ojos, se curvaba hasta ser más ancho cerca de la punta, que se asentaba sobre unos labios carnosos, actualmente relajados por el sueño. Zaid la admiró con el mismo desprecio que le daba a la mayoría de las cosas.

Cuando ella no se removió de inmediato, él apoyó la cabeza en la pared, con la esperanza de descansar un poco, aunque no necesitaba mucho.

Sería un largo viaje de vuelta a Rhapta.

KINZA DESPERTÓ con un rayo de sol en particular que le quemaba la parte posterior de los párpados, haciendo que su fuerte dolor de cabeza fuera mucho más fuerte de lo necesario. Siempre cerraba las persianas antes de acostarse, así que ¿por qué entraba el sol? ¿Había olvidado el despertador?

Abrió un ojo y se esforzó por comprender la visión de las paredes de hormigón en mal estado y el suelo polvoriento en el que estaba tumbada.

"Hay una botella de agua", dijo una voz grave con acento de la otra punta de la habitación.

Los ojos de Kinza se abrieron al recordar lo ocurrido la noche anterior, e inmediatamente se incorporó, con el dolor de cabeza palpitando con más fuerza. Al otro lado de la habitación había un hombre con pantalones negros, capucha negra y botas de combate negras, de espaldas a la pared. Era el hombre que había volado su casa. Incluso desde su posición, podía ver que se elevaba por encima de ella, con una larga pierna extendida ante él. Los musculosos antebrazos "jugueteaban con algo en su regazo". No tenía ni idea de cómo había pensado que podría huir de eso. Tenía que escapar. ¿Por qué no la había matado todavía?

Kinza retrocedió, chocando con la pared detrás de ella con un resoplido. "¿Quién demonios eres?", se atragantó, con la garganta en carne viva. "¡Al diablo con eso, AYUDA!", gritó como pudo. "¡AYUDA! ¡AYUDAAAAAAAAAA!", gritó hacia las ventanas, sin perder de vista al hombre.

"Deja de hacer eso", dijo el hombre, girando la cabeza en su dirección. "No hay nadie alrededor, así que estás perdiendo el aliento. Bébete eso", dijo y señaló con la barbilla la botella de agua que tenía delante. Se dio cuenta de que parecía mucho más joven de lo que ella había pensado en un principio, tal vez unos veinte años como mucho. Su piel morena brillaba con la luz del sol y pudo ver un débil tatuaje que asomaba por el cuello de la camisa. También tenía una sutil barba alrededor de la mandíbula, lo que le daba una sensación de que no se había afeitado en un par de días, pero que estaba muy tranquilo al respecto. En el fondo de su mente, sabía que si Mitra estuviera aquí, le habría puesto ojitos. Sin embargo, algo en él le resultaba extrañamente familiar a Kinza.

Su despreocupación por secuestrar a alguien empezaba a cabrearla. Anoche esperaba estar muerta, pero ahora estaba atada y él estaba *sentado* como si acabaran de despertar de una fiesta de pijamas.

Sin importarle si estaba envenenada, Kinza agarró con rabia la botella de agua a través de sus manos atadas con bridas y la engulló. Fue un dulce alivio para su garganta reseca. Levantó los brazos por encima de la cabeza y lanzó la botella vacía a la cabeza del hombre. Él levantó el brazo tan rápido que fue un espectáculo. Recordó la forma en que se había movido la noche anterior. "He *dicho* que ¡¿Quién *diablos* eres?!", gritó ella, mucho más claramente ahora. Golpeó el suelo con los pies, tratando de romper las ataduras.

En el tono más despreocupado, respondió como si estuviera recitando: "Me llamo Zaid. Soy un Venari, un cazarrecompensas de la tribu Anunnaki encargado de capturar Ubires como tú. Como mi objetivo, te llevaré de vuelta a Rhapta para que te juzguen por tus crímenes".

Kinza se detuvo. *¿Este hombre era un enfermo mental?* Debía de estarlo para atacar a una anciana y secuestrar a una joven.

¡Abuela! Las lágrimas se acumularon en sus ojos mientras apretaba los dientes. "¿Qué le has hecho a mi abuela? ¿Qué has hecho?" Casi no quería saber la respuesta. No podía soportarla.

Zaid puso una expresión de asco y resopló. "Deja de actuar. Fuiste tú quien la obligó a atacarme con una sartén. De cualquier manera, la puse a dormir y la dejé en esa casa", dijo, agitando una mano en una dirección imprecisa, con los ojos cerrados. Y luego, como una idea tardía: "Yo no mato humanos".

Su respuesta desconcertó a Kinza. ¿De qué estaba hablando? En serio, debía de ser una especie de psicópata, y la idea de estar cerca de un lunático tan desquiciado le devolvió una sensación de miedo. "Escúchame ahora mismo", dijo con una voz tan mortal como el pecado. Era la misma voz que su madre había utilizado cuando Kinza se había pasado de la raya durante una discusión. "Vas a cortar estas estúpidas ataduras, y luego vas a dejarme salir de aquí, y nunca más vas a acercarte a mi familia y a mí. Hazlo "¿Tú entender me?"

Zaid resopló de nuevo y jugueteó con la cosa en su regazo. Finalmente pudo ver lo que era, una daga de obsidiana de aspecto malvado. La empuñadura parecía hecha de oro y envuelta en cuero.

¡Obsidiana!

El recuerdo de los guerreros de su pesadilla le vino de golpe. El hombre que tenía delante se parecía a ellos, aunque con ropas normales y sin pinturas de guerra. "Mira", dijo, abriendo los ojos. "No sé a qué clase de juego estás jugando, pero si pudieras estar en silencio el resto del camino, te lo agradecería mucho".

"¿El resto del camino? ¿A dónde me llevas?" ¿Así que este maníaco no iba a matarla de inmediato? La mente de Kinza empezó a descender en espiral hacia un lugar oscuro.

"Como *te acabo* de decir", dijo como a un niño. "Vamos a volver a Rhapta, donde vas a ser juzgada por tus crímenes, como hacen todos los Ubir". Le apuntó con la hoja durante el último comentario.

"¿Ubir qué? ¿Dónde diablos está Rhapta? ¿En México?" Ella volvió a luchar contra las ataduras, pero el hombre estaba claramente despreocupado por sus esfuerzos, y ni siquiera levantó la vista. Ella soltó otro grito de frustración.

Él puso los ojos en blanco y se levantó. "Nos vamos dentro de unas horas. Siéntete libre de descansar hasta entonces". Se dio la vuelta y se dirigió a una bolsa de lona que había en el lado opuesto de la habitación, sacó algo de ella y se dirigió a una escalera decadente que había en el centro del piso.

Kinza trató de ponerse en pie, mirando la bolsa de lona. Tal vez hubiera algo afilado dentro que pudiera utilizar para liberarse. En cualquier caso, según la vista de la ventana, estaba en el segundo piso y no creía que pudiera saltar por la ventana sin torcerse el tobillo o romperse la espalda.

"No te molestes", la voz de Zaid llegó desde el piso de abajo. "Lo sabré en cuanto te muevas".

Kinza regresó al piso, con la realidad a cuestas. Aquel hombre estaba realmente loco y pretendía llevarla a dondequiera que estuviera Rhapta. No tenía ni idea de lo que estaba hablando. No tenía, literalmente, ningún sentido.

Las lágrimas volvieron a brotar de sus ojos y esta vez no se molestó en detenerlas. Siempre había esos programas de crímenes en la televisión, con los malvados asesinos con pasamontañas y los inocentes que secuestraban. Cuando empezaba cada episodio, la víctima ya estaba muerta, y sí, era triste. Pero nadie hablaba nunca del tiempo intermedio, mientras la víctima esperaba a morir, indefensa y sin saber si ese día era el último. Ella no podía soportar el suspenso de no saber qué pasaría después.

Inhaló profundamente, y luego exhaló, y luego volvió a inhalar. No iba a ser un corderito indefenso. Si ese psicópata pretendía matarla, ella saldría a por todas. Oyó sus pasos en la planta baja, caminando entre los escombros del edificio. Los pasos resonaron y acabaron por desvanecerse, tal vez hasta marcharse.

Mirando a su alrededor en busca de algo cercano, observó una roca afilada bajo un montón de polvo y yeso. Se inclinó en silencio y estiró los brazos todo lo que pudo hacia la roca. La agarró por la punta y la acercó, rozando el borde con el suelo.

Se quedó paralizada y esperó a ver si el hombre, Zaid, volvía corriendo a las escaleras, pero la habitación seguía en silencio. Recogió el trozo, lo acercó y lo colocó entre las palmas de sus manos, usando la brida para apretarla. Una vez satisfecha, dobló las rodillas a ambos lados, estirando la atadura alrededor de las piernas lo mejor que pudo. Volvió a levantar los brazos por encima de la cabeza, aspiró un poco de aire y bajó la piedra de golpe.

Oyó el sonido lejano del tráfico, pero ningún asesino subió las escaleras.

Al mirar hacia abajo, vio que sólo había rozado la atadura; no se había cortado. Tardó quince minutos y varios intentos en liberar sus tobillos. Sus manos estaban en carne viva y sangrando cuando terminó. Pero un hilo de orgullo creció al ver sus piernas liberadas. Se dispuso a empezar con las muñecas, pero el leve roce de un zapato sobre el cemento llegó desde el exterior de la ventana.

Se dio la vuelta y se encorvó contra la pared, lejos de la escalera, fingiendo que estaba llorando. Oyó los sólidos pasos de Zaid subiendo las escaleras y un crujido. Su corazón empezó a latir frenéticamente en su pecho.

Zaid se congeló al otro lado de la habitación. "Te he dicho que sólo te voy a llevar a tu juicio. No voy a matarte". Pudo oír cómo se acercaba y arrojaba a sus pies un montón de lo que parecía ropa y un par de zapatos. Había olvidado que lo único que llevaba puesto eran unos calzoncillos de hombre y una camiseta de gran tamaño. ¿De dónde había sacado eso tan rápido? No había ningún centro comercial cerca. Sin embargo, no tuvo tiempo de ser consciente de sí misma y se agarró bien a la roca, esperando el momento adecuado.

Cuando ella no respondió, Zaid se acercó.

Su mano se aferró a su hombro, y ella golpeó. El gruñido que salió de él fue casi tan satisfactorio como el impacto que la roca hizo en su pómulo, apareciendo un gran corte. Tropezó con el suelo y se apoyó en una rodilla, llevándose una mano a la mejilla. La rabia violenta brilló en sus ojos.

Kinza no perdió tiempo en ponerse en pie y se lanzó a través de la habitación y casi cayó por las escaleras, con las manos aún atadas. Al llegar al último escalón, oyó un ruido de raspado en el piso superior y supo que estaba muerta. Imposiblemente rápido, un momento después, los brazos se cerraron alrededor de su pecho, inmovilizando sus bíceps a los lados. Echó la cabeza hacia atrás con toda la fuerza que pudo y escuchó un fuerte crujido. El hombre soltó un gruñido frustrado y la levantó, con los pies muy por encima del suelo. Empezó a dar patadas y a agitarse en el aire con todas sus fuerzas.

No iba a morir así. La imagen de la mano flácida de su madre acudió a su mente de forma espontánea.

"¡Ayudaaa!", gritó. "¡Que alguien me ayude, por favor!", gritó y sollozó, con la garganta en carne viva de nuevo. No conseguía agarrarlo mientras intentaba arañarlo.

"¡Para!" gritó Zaid, con su profunda voz retumbando en su espalda. Retrocedió a trompicones y se sentó al pie de la escalera, rodeando a Kinza con las pantorrillas y levantando la barbilla para que no pudiera volver a darle un cabezazo.

Se agitó una y otra vez, sin conseguir ninguna tracción. Era como tratar de levantar un caballo encima de ella, y finalmente se detuvo, con lágrimas recorriendo su rostro.

"¿Ya has terminado?" preguntó Zaid.

Kinza se limitó a soltar otro grito como respuesta.

"Bien. Puedo sentarme aquí todo el día, pero puedes hacer esto más fácil para ambos".

Ella no respondió y se quedó sentada, sintiéndose derrotada. Después de cerca de diez respiraciones, Zaid soltó su agarre una fracción de pulgada, pero no más. "¿Por qué?", murmuró ella, más para sí misma que para nadie. "¿Qué he hecho?" Las lágrimas no paraban ahora que habían empezado. La furia se había desintegrado rápidamente en desesperanza.

"Ya te lo he dicho probablemente cuatro veces. Los Ubir van a Rhapta para sus pruebas. La magia de sangre es ilegal y peligrosa".

"No tengo ni idea de lo que estás hablando, *lunático*", sollozó ella. "No sé lo que es un Ubir ni dónde está Rhapta, y te aseguro que no juego a ningún juego de magia". Resopló un poco. "Creo que te has equivocado de chica".

Zaid guardó silencio por un momento. "Te llamas Kinza Solace, ¿no es así?"

Las lágrimas cayeron por su cara, pero asintió.

"Entonces te buscan por ser una Ubir. Es posible que tus padres te hicieran cumplir el rito de la sangre cuando eras una niña, pero puedes explicarlo en tu juicio. A veces ocurre".

Kinza inclinó la cabeza hacia un lado, tratando de mirarlo, pero lo único que pudo ver fue la manga de su camisa. "Amigo. Hermano. Señor. Mis padres están *muertos*. Mi madre era auxiliar de odontología y mi padre se dedicaba a las ventas. Eso era todo. Nunca he oído hablar de ninguna de las cosas de las que hablas".

"No sé qué decirte. Es mi trabajo traerte, y puedes defenderte en el juicio".

"¿Y qué pasa si me declaran culpable en el juicio?

¿Aún me dejan ir a casa?"

Zaid dudó. "No... todos los que son declarados culpables son condenados a muerte". Sonaba tan definitivo, tan absoluto.

Unas lágrimas silenciosas siguieron cayendo por el rostro de Kinza, que asintió como si aceptara. "De acuerdo, entonces", dijo en voz baja. Estaba demasiado cansada para seguir luchando.

"Si te suelto, ¿te quedarás tranquila?" preguntó Zaid.

Kinza volvió a asentir. La soltó un momento después, deteniéndose para ver si volvía a agitarse como un animal rabioso. Pero ella se quedó sentada. "¿Y ahora qué?", preguntó.

"Puedes subir y ponerte la ropa que te he traído". Agarró la mano y cortó con vacilación las ataduras de las muñecas.

"Ah. Queremos que la prisionera tenga un aspecto presentable", dijo con sarcasmo. "Tiene sentido". Sin mirarlo, volvió a subir las escaleras.

ZAID MIRÓ la chica subiendo las escaleras. Le dolía la mejilla por el corte y la nariz, pero sabía que ya se estaba curando, la piel estaba volviéndose a tejer. Aunque ahora estaba tranquila, no creía que fuera a continuar con esa actitud hosca durante todo el camino. Era sólo cuestión de tiempo hasta que el volcán de ira volviera a entrar en erupción. Agarró su nariz con su mano.

Sí. Definitivamente está rota.

Al inhalar, la volvió a colocar en su sitio, con oleadas de dolor en la cara, pero lo ignoró. Al cabo de unos instantes, pudo sentir la cálida y punzante sensación de curación comenzar de nuevo.

Tenía que encontrar una forma de mantenerla tranquila hasta que llegaran. Entonces la depositaría en las celdas de espera de los Ancianos y se lavaría las manos y quizás se tomaría unas buenas vacaciones o algo así. Hacía tiempo que no iba a Tahití.

Zaid subió las escaleras en ruinas cuando ya no oyó el roce de la ropa. Cuando subió, ella estaba vestida y sentada de espaldas a la pared, con los antebrazos apoyados en las rodillas. Le miró: "Si no puedo convencerte de que no soy un Ubir o lo que sea, ¿Cómo voy a convencer a un grupo de jueces? ¿Hay siquiera un jurado?".

Él soltó un suspiro y se sentó en el alféizar de una ventana abierta, la brisa entraba agradablemente. La miró y se encogió de hombros, tratando de no exacerbar su estado de ánimo.

"¿Podemos jugar a un juego?", preguntó ella. "¿Un juego?", preguntó él con incredulidad.

"Sí", se limpió las lágrimas que se secaban en su rostro. "Responderé una pregunta por cada pregunta que tú me respondas".

Zaid pensó por un momento. Las respuestas a las preguntas que él suponía que ella quería no tendrían ninguna importancia. La única parte de su trabajo que era secreta era mantener los asuntos tribales fuera del conocimiento humano. La noche anterior, con todo el vecindario despertándose, no le fue muy bien en esa última parte, pero sería... Los Ummanu se encargarían de ello. Mientras tanto, podría intentar averiguar cuáles eran sus habilidades. Todavía no tenía idea de lo que había sido esa ola de energía de luz blanca en la casa. ¿Tal vez era una nueva habilidad? Esta podría ser la forma de averiguarlo.

"De acuerdo", dijo con un movimiento de cabeza.

Se mostró un poco más alegre ante el acuerdo. "Bien, ¿A dónde me llevas?"

"A Rhapta", dijo él, no por primera vez. "Vale, pero ¿Dónde está eso?"

"Tanzania, al sur del Monte Kilimanjaro, pero también en otro plano de existencia, en cierto modo. Está aquí, pero sólo los Anunnaki pueden llegar allí". Ella frunció el ceño pero lo miró expectante. "Ah, ¿Cuáles son tus habilidades?"

Ella se limitó a parpadear. "Puedo hacer malabares y mover las orejas, y nunca he perdido una partida de Mario Kart. Bueno, está bien, tal vez sólo un par de veces. ¿Qué es un Ubir?"

Se cruzó de brazos. "Un Ubir es un Anunnaki que ha roto con el Aura colectiva mediante el uso de la magia de la sangre, normalmente a través de un sacrificio de rito de sangre". Su cara se torció de disgusto. "¿Qué edad tienes?"

"Dieciocho. ¿Cuántos años tienes tú?"

Zaid se detuvo un momento, sin anticiparse a las preguntas personales. "Veintiuno. Háblame de tus padres".

Ella frunció el ceño. "No es el mismo tipo de pregunta".

Él no respondió, sólo la miró y esperó su respuesta.

Ella resopló. "Ya te lo he dicho. Mi madre era una dentista nacida en Chicago y conoció a mi padre, que se dedicaba a las ventas, en una fiesta el verano después del instituto. Estuvieron juntos desde entonces, básicamente como mejores amigos". Apartó la mirada, sumida en sus propios pensamientos por un momento. "Murieron cuando yo tenía nueve años. ¿Qué es un Anunnaki?"

"Somos una tribu ancestral, crmás antigua que la civilización más antigua. Los Anunnaki han existido a lo largo de la historia de la humanidad, y tenemos varios mitos sobre cómo llegamos a ser, pero ninguno de ellos es igual. Los humanos han notado nuestra existencia, pero tratamos de evitar que eso suceda, así que terminamos como historias que ellos cuentan por las hogueras. Piensa en los dioses mesopotámicos, los Tuatha de Danann de Irlanda, los ángeles de la Biblia. Los Anunnaki son más fuertes y se curan más rápido, viven más tiempo que los humanos, además de los... dones que cada uno tiene. Aunque parezcamos humanos, somos diferentes. Vivimos en Rhapta como una mano que guía a la humanidad, aunque desde dentro de la ciudad. No podemos irnos. Causaría demasiado caos en el mundo. ¿Cómo murieron?"

Ella lo miró con los párpados entrecerrados. "No acabas de llamarte dios. Y elige otra pregunta".

Zaid miró hacia el techo como si pusiera los ojos en blanco. "¿Con qué me atacaste en la casa?"

Ahora Kinza parecía sinceramente confundida. "¿Yo? ¿Atacarte? Viniste a mi casa, ¿recuerdas? Y volaste mi habitación. No es mi culpa que la hayas estropeado". Se rasgó una costura de los pantalones cargo verdes que él le había traído.

"¿No recuerdas la luz blanca? Y yo no he volado nada. No es una de mis habilidades".

Sus ojos oscuros se alzaron. "¿Habilidades? ¿Qué significa eso en realidad? ¿Cómo qué?"

"Todavía es mi turno. ¿De verdad no tienes ni idea de lo que era esa luz?"

Sacudió la cabeza, con las cejas bajas. "Recuerdo haber tenido una pesadilla, y luego me desperté, y mi habitación estaba destruida, y un bicho raro estaba en mi salón". Levantó una ceja hacia él. El nivel de astucia que emanaba de cada uno de sus poros debía ser una habilidad en sí misma. "Bien, mi turno. ¿Cuáles son tus "habilidades"?", preguntó.

Zaid suspiró. "Además de las habilidades pasivas de los Anunnaki, puedo moverme a la velocidad del sonido, y puedo sentir los latidos del corazón hasta un radio de 400 metros. ¿Por qué la anciana tenía una Piedra de la Muerte?"

"Uh-huh.... Yo no tengo idea de lo que es eso".

Zaid se estaba frustrando por su falta de conocimiento. "Bien, ¿Dónde está tu marcador tribal?"

Su cara era un signo de interrogación apenado.

"Tu tatuaje, ¿Dónde está?" La sorpresa se reflejó en su rostro y sus ojos se entrecerraron.

"¡Me has visto cambiarme! Pervertido".

"No, todos los Anunnaki los tienen. Entonces, ¿Tienes uno?"

Dudó un momento antes de decir: "Desde que tengo uso de razón, tengo un tatuaje. No tengo ni idea de dónde me lo hice". Esperó otro momento antes de levantarse la camiseta azul claro para mostrar el tatuaje en la parte superior del abdomen. Zaid se quedó helado, el símbolo circular de la tribu estaba allí, pero había algo más en el tatuaje. Pequeñas cadenas y lo que parecían piedras preciosas se extendían a ambos lados en un intrincado diseño. Nunca había visto uno así.

El suyo era más grande de lo normal, pero eso se debía al pacto Venari; todos lo tenían cuando aceptaban el trabajo. Les permitía conservar sus habilidades cuando abandonaban la ciudad, pero sólo durante un mes. Había límites, por supuesto.

"Ah. Así que ya está", dijo, sin dar más detalles sobre la rareza del tatuaje. "Eres Anunnaki. Caso cerrado. Ahora, por muy divertido que haya sido este juego, tenemos que irnos pronto. ¿Te vas a portar bien o tengo que atarte de nuevo?"

Ella inhaló tan rápido ante la amenaza que él pensó que estaba a punto de abalanzarse, que un ceño fruncido torció su cara de rabia. Honestamente, la velocidad con la que sus emociones podían cambiar pondría en vergüenza a un tifón. Era casi glorioso. Pero chasqueó los dientes y dijo: "¿Así que todavía tengo que ir contigo?".

Él asintió.

Ella bajó la mirada. "Vale, no te arrancaré la cara con tres condiciones. Una, podemos seguir jugando. Dos, no vuelvas a noquearme como lo hiciste anoche. Y tres, tenemos que parar en Walgreens o algo así. Me muero de hambre, mi pelo es un desastre, tengo migraña y necesito un poco de lápiz de labios".

Zaid se limitó a gruñir en señal de conciliación. No esperaba que ella mantuviera ese acuerdo en lo más mínimo. "Nos vemos abajo en cinco minutos".

CAPÍTULO 4
UNA BENDICIÓN AGRIDULCE

Zaid se situó en el borde del campo de prácticas, observando cómo los chicos mayores intentaban todas las maniobras posibles para tirarse al suelo. La suave arena hacía poco para amortiguar las caídas, pero aun así era más que las espadas de hueso sin filo que hacían crujir contra sus delgados brazos.

Zaid corrió a lo largo de la verja, intentando seguirles el ritmo y ver a través de los tablones. Su respiración se aceleraba, pero de todos modos sonreía todo el tiempo. El campo de prácticas y los barracones que lo rodeaban se encontraban en el lado norte de la ciudad, en un apretado grupo de piedra caliza. Allí se encontraban los militares y los alumnos más jóvenes que aún no habían recibido las marcas rojas de un guerrero completo.

Mientras corría observando a los alumnos practicar, Zaid se imaginaba a sí mismo, unos años mayor y entrenando junto a ellos, blandiendo enormes espadas de hueso estriado y caminando por la ciudad con marcas de pintura roja. La gente lo miraba con asombro al pasar, y su madre y su hermano sonreían al llegar a casa y lo elogiaban... Una leve mano cayó sobre su hombro, sacándolo de su ensoñación.

¿Qué haces aquí, hermanito? Amir se colocó detrás de él, tapando el sol que intentaba cegar a Zaid. Tuvo que protegerse los ojos contra el halo que brillaba alrededor de su hermano.

Sólo miraba, dijo Zaid tímidamente. En realidad, sólo los alumnos debían estar en el campo de entrenamiento, y Zaid no era un alumno. A los once años, aún no había manifestado ninguna de sus habilidades, lo cual era un año más tarde de lo normal. La mayoría de los niños se manifestaban durante su décimo año, y su latencia era el único punto de mira de sus compañeros.

Amir se había manifestado a los nueve años, algo casi inaudito. Y su capacidad para calmar hasta al más enloquecido de los comportamientos era algo que su madre apreciaba en su constante preocupación por su hijo menor. La habilidad de Amir era un poco más amplia que eso; podía sentir las emociones de los que le rodeaban. Hasta ahora, no había sido capaz de influir en ninguna de esas emociones más que como bálsamo tranquilizador, pero eso era suficiente. *Mejor ser amable que hacer algo de lo que te arrepientas*, diría su madre.

Ven, no debes estar aquí, dijo Amir, intentando ser severo. Pero a los quince años, le costaba mantener la ligera sonrisa de su rostro cuando su hermano pequeño estaba cerca, aunque ya no estuviera casi nunca para verlo. Cuando eran más jóvenes, habían estado mucho más unidos.

Su padre había muerto cuando Zaid era un bebé, pero su madre se las arreglaba sola. Al menos desde sus ojos. Corrían por la ciudad descalzos y robaban fruta a los vendedores de la calle principal. Se subían a los árboles baobab y a las Piedras de alma y se bañaban en las cálidas y claras piscinas de agua de las plazas.

Por supuesto, los guardias no tardaban en ahuyentarlos. Fue

en una de esas excursiones que Zaid había decidido que quería estar en la clase de los guerreros. Mientras él y Amir huían de un guardia de aspecto amenazante con una lanza con punta de obsidiana, chocaron con un muro de músculos y cayeron al suelo. Al levantar la vista, se encontraron con un hombre gigantesco. Con casi dos metros de altura, el guerrero parecía un dios cincelado de la mitología. Las marcas rojas de pintura de guerra se arremolinaban sobre su pecho y bíceps en intrincados patrones.

Sin embargo, no había tantos guerreros como uno podría pensar. Por sus estudios, Zaid sabía que la población Anunnaki estaba disminuyendo, y la ciudad que podía albergar a millones de personas sólo contaba con unos pocos cientos de miles. También era difícil entrar en la clase de los guerreros. Había que tener habilidades útiles para el ejército y un estado de ánimo fuerte. Todo el mundo sabía lo difícil que era convertirse en alumno, así que cuando los guerreros vestidos de rojo atravesaban la ciudad, todos se detenían con asombro. Muy parecido a Amir y Zaid en ese momento.

El guerrero les había regañado y les había dicho que no subieran más a las Piedras de alma, pero lo único que Zaid recordaba era la mirada de los que les rodeaban. El guardia que los había perseguido se había detenido y había inclinado la cabeza en señal de respeto. Un vendedor del otro lado de la calle dejó de gritar, y una mujer que llevaba un niño también se había detenido a mirar. Zaid quería que alguien le mirara como miraban ahora al guerrero. Como si fuera alguien.

En cuanto Amir tuvo la edad suficiente, empezó a "desempeñar el papel de padre que no había en sus vidas". Bueno, al menos lo intentó. Su madre trabajaba como sastre en las afueras de la ciudad, lo más lejos que se podía ir sin dejar de estar en la barrera psíquica. Un poco más lejos, y estarías en los barrios bajos, no es que le importara vivir allí. De todos modos, era más interesante. Pero tenían lo justo de su trabajo para comer y mantener su casa. Sin embargo, Amir se volvió ambicioso, queriendo ganar más dinero y aumentar su posición lo suficiente como para mudarse a una de las plazas más céntricas. Todas las casas de allí eran enormes.

Amir empezó a pasar más tiempo fuera de casa reuniéndose con gente que juraba que podría ayudarles, y pronto estarían nadando en chelines, y Madre podría vestir las mejores piezas. Lo irónico era que mamá no tenía intención de irse. Se había casado con su padre y había pasado el principio de sus vidas en su pequeño hogar. Era pequeña pero luminosa y no estaba demasiado cerca de los campos de entrenamiento que olían permanentemente a sudor.

Mientras Amir dirigía a Zaid lejos de los campos de entrenamiento y de vuelta hacia uno de los largos bulevares que atravesaban la ciudad, mantuvo una mano en su hombro. La calma constante que emanaba de la mano de su hermano era reconfortante después de haber visto a los alumnos luchar. Se detuvieron ante un vendedor y Amir les compró unos cuantos *guakales*, frutos del tamaño de una moneda, de color verde lima y con pequeños picos rojos en el exterior. Una vez que lo partieron, Zaid hincó los dientes en el dulce y fresco interior del *guakal*.

Se sentaron en el borde de la calle, a la sombra de un baobab, y observaron a la multitud de personas que se movían. Los mercaderes vendían sus productos, los mineros regresaban de las canteras de Piedras de alma y los eruditos con pinturas azules se movían en grupos. Desde donde estaban sentados, podían ver la cima del Gran Salón asomando por un conjunto de edificios en el centro de la ciudad. Zaid sabía que los Ancianos residían en el salón y que nunca salían de él, pero su mejor amigo, Khalil, había jurado que la noche anterior había visto a uno de ellos caminando por una calle adyacente. Zaid se había reído de él.

De repente, la gente empezó a murmurar y a apartarse a los lados de la calle, enviando miradas furtivas hacia el hombre que caminaba. Zaid tuvo que levantarse para ver de quién se trataba y casi dejó caer su *guakal*.

Un hombre de baja estatura caminaba por el centro del bulevar con ropas humanas. Y si la ropa no lo delataba, pudo ver la marca del hombre en su brazo derecho. Tenía el mismo aspecto que el de los demás, un mandala con un par de ojos en el centro, pero se extendía en todas las direcciones, los bordes del mandala se retorcían más allá era una abundancia de detalles para cubrir la mayor parte de su brazo.

Venari. Eran los únicos con marcas así y los únicos que llevaban la tela rígida y opaca de las ropas humanas.

Cuando el hombre pasó por delante de donde estaban sentados, la gente empujó para alejarse de ellos. Los Venari eran pocos, menos que nunca. Sus inusuales tatuajes y su conexión con el mundo humano los convertían en algo... Sucio en la mente de los Rhaptanos. Se mantenían al margen y sólo regresaban entre misiones, que eran frecuentes. Nadie sabía exactamente cómo se convertía uno en Venari, pero Kahlil le había dicho a Zaid una vez que si tenías una habilidad que les interesaba, se presentaban en tu puerta y te llevaban allí mismo. Rara vez dejaban que alguien se librara de ello; era necesario tener circunstancias atenuantes bastante extremas o un indulto de uno de los propios Ancianos.

Si te llevaban, tu familia empezaba a recibir el mismo trato por ser considerada desafortunada. Zaid sabía que el trabajo era importante. Muchos Ubir salían y causaban estragos en el mundo humano, amenazando la precaria posición de Rhapta, pero el estigma que conllevaba ser Venari era prácticamente desagradable.

Zaid observó la espalda del hombre en retirada y rezó por la habilidad de un guerrero.

UNAS POCAS SEMANAS DESPUÉS, Zaid se arrastró por la parte trasera del barracón, vigilando por si algún entrenador le echaba de nuevo.

Era el único día de la semana que no tenía colegio. Todos los niños de la Rhapta iban seis días a la semana hasta que cumplían los quince años. En ese momento, podían continuar sus estudios para convertirse en un erudito o comenzar un aprendizaje. Era entonces cuando muchos jóvenes intentaban demostrar sus habilidades en el campo de entrenamiento de los guerreros, con la esperanza de ser elegidos como alumnos. Se acercaba el final del año escolar, con un mes de descanso pronto, y muchos chicos estaban haciendo precisamente eso ahora.

Zaid sólo quería echar un vistazo. No le haría daño a nadie.

Sólo un vistazo.

Se estaba formando una multitud alrededor de uno de los campos de entrenamiento, mientras los entrenadores se encontraban justo en el interior, ladrando órdenes a un par de adolescentes que combates de práctica en el campo. Mientras Zaid se abría paso entre la masa de gente, pudo ver "cenizas de luz seguidas de un murmullo de risas entre la multitud". Era raro oír tanto sonido en esta parte de la ciudad. La gente, por lo general, sólo hablaba a través de auras y dejaba el discurso verbal para los barrios bajos. Finalmente se abrió paso hasta el frente y vio de qué se reían todos.

Un chico desgarbado intentaba mostrar su habilidad a los guerreros más veteranos, pero, por desgracia, parecía que lo único que hacía era "lanzar chispas de luz" en la cara de su oponente cuando se acercaba. No hizo más que distraer momentáneamente a su oponente.

El oponente, por otro lado, sonrió antes de que los colores de su piel cambiaran y se desvaneciera. Era Feroz. El público jadeó y aplaudió. Feroz era uno de los varios chicos mayores que con frecuencia metían a Zaid en problemas. Les gustaba humillarlo recordándole que aún no había conseguido su habilidad. Zaid esperaba que perdiera, pero no lo esperaba.

El primer chico giró buscando a Feroz, y Zaid pudo ver una onda en el suelo. No era exactamente invisible, sólo cambiaba los colores a su alrededor como si fuera un camuflaje. El primer chico gruñó de repente y cayó al suelo agarrándose el estómago. Había perdido.

Feroz volvió a aparecer, levantando un brazo en señal de triunfo. El público volvió a aplaudir. No cabía duda de que sería elegido para entrenar como alumno.

Zaid retrocedió, tratando de perderse de vista antes de que Feroz lo viera. Si lo hacía...

¡Zaid Hatem! le llamó una voz. Se debatió entre salir corriendo, pero la multitud se volvió para mirar hacia donde apuntaba Feroz, que resultó ser justo hacia Zaid. *Maestro*, dijo Feroz, mirando hacia el entrenador más cercano. *Parece que el pequeño Zaid quiere demostrar sus habilidades*. Algunas personas que conocían la condición de Zaid... Se rieron.

El entrenador apareció. Era Maheer, un hombre fornido con el pelo rapado cerca de la cabeza. Zaid sabía que sus manos estaban cubiertas de cicatrices por años de entrenamiento con las armas de obsidiana. Esas manos lo habían expulsado con frecuencia del campo de entrenamiento.

Maheer asintió con la cabeza. *Hatem*, dijo. *Si pasas tanto tiempo aquí, debes tener algo que mostrarnos.* Feroz sonrió perversamente detrás de él. *Entra aquí y practica un poco de combate con... Parwez.*

Zaid gimió internamente. Esto iba a doler. Volvió al campo y se subió a los barrotes mientras Parwez hacía lo mismo desde el otro lado. Parwez no sólo era cinco años mayor que él, sino que su habilidad también era la fuerza. Una vez, varios años atrás, Zaid le había visto atravesar de un puñetazo la rama de un baobab en un reto. Toda la rama se rompió y cayó al suelo con un fuerte estruendo. Uno sólo podía imaginar lo que eso habría hecho a una persona.

El corazón de Zaid empezó a latir frenéticamente cuando el otro chico se acercó. Era de complexión media, pero, por supuesto, eso era engañoso. Llevaba el pelo recogido en un mechón corto y estrechó los ojos cuando Zaid se detuvo en el centro del campo. La suave arena se movía bajo los pies de Zaid y las palmas de sus manos empezaron a sudar. Esto sí que iba a doler.

Maheer silbó para que comenzaran.

Zaid trató de pensar rápido mientras Parwez empezaba a correr hacia él, pero el miedo tenía su mente en blanco. Parwez se acercó, levantó el brazo y dio un golpe. Zaid se lanzó hacia la izquierda, y un nudillo apenas le rozó la mejilla.

Parwez se giró y lanzó otro puñetazo dirigido a sus entrañas, pero Zaid se desvió instintivamente hacia la derecha. La falta de impacto hizo que Parwez se tambaleara, y Zaid casi sonrió, pero su corazón seguía latiendo con fuerza, y toda su concentración estaba en no ser golpeado.

Parwez se puso de pie, esta vez con la ira retorciéndose en sus rasgos. Sabía que los entrenadores lo estaban observando, y aunque era poco probable que lo expulsaran como alumno, no quería que su reputación se viera empañada por un niño sin habilidades. Así que se colocó en una postura, y Zaid volvió a quedarse congelado en su sitio. Parwez se lanzó dos pasos hacia adelante, se retorció y lanzó su brazo a la cara de Zaid.

Zaid casi podía oír la satisfacción colectiva a través de las auras colectivas de la multitud, sabiendo que no podría esquivar este golpe, Parwez estaba demasiado cerca esta vez, y Zaid había esperado demasiado para moverse.

En un abrir y cerrar de ojos, Zaid volvió a reaccionar por un instinto primario y esquivó el golpe. Mientras se movía, observó a cámara lenta cómo el golpe de Parwez pasaba por delante de él, y en cuanto Zaid dejó de moverse, las cosas volvieron a acelerarse.

La multitud jadeó. Zaid no entendía lo que había pasado.

Parwez tropezó y cayó al suelo. Se giró y se puso en pie, mirando a Zaid con incredulidad. Enfurecido, volvió a acercarse a él. Esta vez Zaid corrió varios pasos hacia la derecha en el último segundo posible. Volvió a ver cómo se movía; Parwez giró a cámara lenta hasta que Zaid se detuvo a varios metros de distancia.

El parloteo mental de la multitud era cada vez más fuerte. Pero Zaid seguía con este baile. Parwez se acercaba a él, lo golpeaba y, para cuando terminaba, Zaid se paraba a varios metros de distancia, habiéndose movido demasiado rápido para que Parwez pudiera golpear.

Después de varios minutos, Maheer gritó: *¡Basta!* Ambos muchachos se detuvieron. Parwez se agachó, con las manos en las rodillas, y jadeó. Levantó la vista por entre su pelo y miró a Zaid, que apenas se inmutaba.

Zaid miró los rostros atónitos de la multitud y las expresiones confusas de Maheer y Feroz. ¿Era ésta... era ésta su habilidad? ¿Se había manifestado por fin? *¿Qué es esto?* dijo Maheer. Cuando Zaid no respondió inmediatamente, se acercó a él y le puso una mano en el hombro.

Zaid corrió. El mundo volvió a moverse con lentitud mientras él corría hasta el extremo del campo de entrenamiento, saltaba la cerca y seguía corriendo hasta salir del recinto de los guerreros y bajar al bulevar principal que atravesaba el centro de la ciudad. Siguió corriendo hasta llegar al barrio oeste, que estaba casi vacío.

La disminución de la población de Rhapta significaba que grandes sectores de la ciudad estaban deshabitados. La ciudad se construyó para albergar a muchos más, pero con la creciente emigración al mundo humano, a través del Ubir o de las transiciones a la sociedad humana, zonas como el barrio oeste comenzaron a decaer.

Los grandes edificios de piedra caliza se elevaban varios pisos. La arquitectura de los Rhaptanos era uniforme. Los edificios largos y rectangulares con ventanas altas y techos elevados protegían del calor del sol africano. Los árboles baobab eran la única vegetación en las zonas más habitadas, pero en el barrio occidental, las enredaderas, el musgo y las florecillas se arrastraban sobre los edificios y a través de las puertas. En la piedra caliza empezaron a formarse grietas a medida que la naturaleza recuperaba su hogar.

Fue en uno de estos edificios donde Zaid dejó de correr y el mundo volvió a acelerarse. Ahora estaba sin aliento y se sentó contra una pared cubierta de musgo. Era suave, y el edificio estaba fresco. Dejando caer la cabeza sobre las rodillas, se quedó dormido.

ZAID DESPERTÓ al sonido de los truenos que retumbaban en la ciudad. Estaba mucho más oscuro, casi en el crepúsculo, y una suave lluvia caía fuera del edificio. El muro adyacente se había derrumbado parcialmente y las enredaderas cubrían parte de la abertura, dejándole una vista dispersa de una pequeña plaza más allá.

Suspiró, comprendiendo que se había perdido la cena y que su madre se enfadaría. La feliz noticia de su habilidad manifestada debería haber bastado para que corriera a casa a contárselo con alegría, pero en lugar de eso, el conocimiento de su habilidad se asentó como una piedra en la boca del estómago.

¿Por qué no era más feliz? Podía moverse más rápido de lo que nadie podía. Eso era mejor que cualquier otra cosa que hubiera podido esperar. Y seguramente era más que suficiente para conseguir un puesto como alumno de un guerrero. ¿Tal vez fue el hecho de que nadie lo había aclamado cuando ganó? Nadie había sonreído o mirado con asombro. Sólo le habían mirado con confusión. Como si se preguntaran cómo había podido conseguir semejante habilidad. Eso no era lo que él quería.

Zaid oyó un débil sonido procedente de la plaza. Era constante como un tambor y tenía un ritmo perfecto. Ladeó la cabeza y escuchó mientras se acercaba, y unos instantes después, Amir se abrió paso entre las enredaderas, sobresaltándolo y el ritmo constante se desvaneció.

Hola, hermanito. Veo que te he encontrado, dijo Amir con no poca insistencia. Se sentó junto a Zaid, que volvió a apoyar la cabeza en sus rodillas. *He oído lo que ha pasado. Felicidades.* Zaid no sabía qué decir, así que Amir le puso la mano en la nuca, y Zaid empezó a liberar lentamente la tensión que no se había dado cuenta de que mantenía.

Después de unos minutos en silencio, Zaid dijo: *¿Está mamá enfadada porque me he perdido la cena?*

No. Se alegró mucho al saber que habías manifestado tu habilidad, pero se entristeció cuando no viniste a casa a contárselo. ¿Por qué huiste?

No sé...

¿No te gusta tu habilidad? ¿O sólo la estabas probando? bromeó. Amir intentaba mantener el equilibrio entre ser un hermano mayor sabio y el niño risueño que había sido cuando era más joven.

No, me gusta. Es que... Levantó la cabeza. *No es lo que esperaba.*

Ah, dijo Amir, comprendiendo. ¿Pensaste que la gente te amaría y te halagaría en el momento en que se manifestara, entonces?

Zaid se encogió de hombros.

Amir le agarró los hombros. *Debes entender que la gente no se asombra de los poderosos. Se asombran de aquellos que perciben como poderosos. Cosas como el dinero, el estatus y la reputación es lo que buscan. Así es como los Ancianos han llegado a su posición; han jugado sus cartas en el momento justo, sabiendo cuándo jugar la carta que más impresionará a la multitud.* Amir se inclinó para mirarlo y le dio una pequeña sacudida. *No te preocupes, hermanito, lo conseguiremos. Te lo prometo.*

Zaid no entendía lo que quería decir, no realmente. Pero la presencia tranquilizadora de su hermano pareció reparar su maltrecho estado de ánimo, y sonrió un poco. Amir le dedicó una sonrisa doble. Zaid pronto echaría de menos esa sonrisa. Amir había aceptado un puesto de aprendiz la semana anterior. Iba a empezar a estudiar con los eruditos. En realidad, la rama bajo la que iba a ser aprendiz se centraba más en ayudar a los ancianos que en la investigación puramente escolar, pero eso era lo que él quería. *Vamos*, dijo Amir, *vayamos a casa antes de que mamá venga a buscarnos.*

MÁS TARDE ESA NOCHE Zaid se sentó en la sala principal de su pequeña casa después de cenar. Su madre se había enfadado porque él y Amir habían llegado a casa empapados, pero después le dio un beso en cada mejilla para decirle que había sido bendecido por haber recibido tal habilidad ese día.

Le había dado un poco de comida y le había dicho que no llegara tarde al día siguiente. Después, se sentaron juntos en la sala principal y se relajaron mientras la lluvia seguía cayendo fuera. En esta zona de la ciudad, al borde pero no fuera de la barrera psíquica del Aura colectiva, había multitud de apartamentos apilados uno al lado del otro o uno encima del otro, superponiéndose la piedra caliza. Las escaleras se retorcían en el exterior y separaban las casas, y todas ellas rodeaban pequeños patios y callejones en los que la gente colgaba tiras de tela y cuentas brillantes de balcón en balcón.

A menudo se había preguntado por qué tenían que vivir tan juntos cuando gran parte de la ciudad estaba vacía. La mayoría de las plazas centrales estaban ya ocupadas, pero muchas otras casas estaban abandonadas y disponibles para su uso. Amir le dijo que era porque los Ancianos habían decretado que debían permanecer vacías. Había aprovechado la ocasión para señalar que los Ancianos lo hacían como una muestra de poder. Mientras lo hicieran así, la gente les creería poderosos y seguirían obedeciendo. Zaid tampoco lo entendía, pero en realidad no le importaba. Le gustaba su casa.

Era pequeña pero hermosa. Desde su casa, situada en lo alto de un grupo de apartamentos, Zaid podía ver a través de la ventana abierta las copas de una hilera de baobabs que se encontraban a una calle de distancia. El aire era húmedo, pero su madre decía que las propiedades limpiadoras del agua eran buenas para el hogar. Cada vez que había tormenta, ella mantenía las persianas abiertas el mayor tiempo posible para dejar que el vaho de la lluvia se abriera paso en la casa.

Se sentaba en un rincón sobre un cojín bajo cubierto por un montón de pieles. Sabía que su madre era hermosa. Las otras mujeres lo decían. Unas espirales cortas y densas le rodeaban la cabeza sobre una frente amplia y una piel profunda y brillante. Amir heredó de ella su complexión, ambos eran delgados pero rápidos como una gacela. Resultaba irónico que fuera él quien acabara teniendo la capacidad de la velocidad.

Amir se sentó en otro rincón, leyendo a la luz de las velas, estudiando para su próximo oficio de aprendiz, y Zaid se recostó en una pila de mantas contra la pared opuesta, escuchando la lluvia. Tenía que ir a la escuela mañana y pensaba en cómo reaccionarían sus compañeros cuando se enteraran de su habilidad.

Mientras estaba tumbado, Zaid empezó a oír un débil sonido como el que había escuchado antes. El ritmo era similar, pero a medida que se hacía más fuerte, se dio cuenta de que parecían tres tambores distintos que sonaban de forma desincronizada, cada uno a su propio ritmo.

Se sentó y ladeó la cabeza, tratando de oír mejor.

Su madre lo miró. *¿Qué pasa, mi amor?* preguntó, sonriendo débilmente.

Zaid alzó las cejas y negó con la cabeza. Los sonidos eran cada vez más fuertes y algo parecido al miedo le recorría la piel. ¿Qué era? Amir había dejado de leer y también lo miraba. A medida que el sonido se acercaba, su madre giró la cabeza hacia la puerta y Zaid pudo oír pasos fuera.

Zaid, vete... -comenzó a gritar su madre, levantándose de su asiento, pero antes de que pudiera terminar, la puerta se abrió de golpe. Dos hombres entraron a grandes zancadas y se colocaron a un lado, seguidos por un tercer hombre, alto y enérgico. Se movía con precisión, con la espalda recta y las manos cruzadas por detrás.

¿Quiénes son ustedes? Gritó la madre de Zaid. *¿Qué hacen en mi casa?*

El tercer hombre habló. *Buenas noches. Mi nombre es Savar Basu, y soy el jefe de los entrenadores Venari.* Hizo una leve inclinación de cabeza a modo de saludo.

No... Dijo la madre de Zaid, mirando a su hijo. *No pueden... ¡Es muy peligroso para él!*

Por desgracia, el número de Ubir está aumentando, y necesitamos todos los Anunnaki posibles que podamos reclutar. Se ha decidido.

¡No! gritó y se abalanzó sobre Zaid, que no comprendía del todo lo que estaba sucediendo. Los otros dos hombres cruzaron la habitación para contenerla mientras vigilaban a Amir, que permanecía con el ceño fruncido y en silencio en un rincón. Zaid podría haber jurado que sentía la rabia que emanaba de su hermano, pero estaba demasiado distraído con Savar para saberlo.

Savar se acercó a Zaid, que se puso de pie y miró hacia la puerta. Justo cuando estaba a punto de correr, Savar sacó una pequeña piedra turbia de su bolsillo. Tenía una grieta en el centro y colgaba de un trozo de cuerda.

Piedra de la muerte.

Zaid, Amir y su madre se llevaron repentinamente las manos a la cabeza, gritando con los dientes apretados. Un gemido agudo invadió la habitación y Zaid sintió que se le iba a abrir la cabeza. Savar se acercó, le ató un poco de cuerda pálida a una muñeca y volvió a guardar la piedra en el bolsillo. El dolor disminuyó. Sólo entonces Zaid se dio cuenta de que los tres hombres tenían algo metido en los oídos que les impedía ser sensibles al canto de la piedra de la muerte.

En cuanto el dolor desapareció, intentó correr, pero Savar lo atrapó con facilidad. Zaid se dio cuenta de que la cuerda debía de ser de *laqueus*, utilizada para atar y amortiguar habilidades. Mientras la tenía alrededor de la muñeca, sólo podía correr a la velocidad de un niño normal de once años.

Savar lo empujó contra la pared y oyó que su madre volvía a gritar. Savar sacó una pequeña Piedra de alma azul, lo suficientemente pequeña como para caber en la palma de la mano de Zaid, y la apretó contra el tatuaje de su pecho. Savar cerró los ojos y murmuró unas palabras. La piedra se calentó y, justo cuando estaba a punto de gritar, se retiró.

Su madre había dejado de gritar y miraba su tatuaje con pena. ¡Había crecido! Zaid vio que el campo exterior del tatuaje se extendía un poco más que antes. No era mucho, pero cualquier Anunnaki sabría lo que significaba.

Había sido elegido como Venari.

CAPÍTULO 5

SUEÑOS FEBRILES DE CLARIDAD

Kinza no pensaba cumplir el acuerdo en lo más mínimo. Estaba claro que no iba a librarse de las garras de Zaid, pero tal vez podría escabullirse de alguna manera. Tampoco podía mentir a sí misma. Las cosas que dijo sobre la marca tribal y cómo sabía que ella tenía ese tatuaje la habían sacudido un poco. Todo lo que había dicho antes podía explicarse por las drogas o la psicosis, pero esa pequeña información se le había quedado grabada.

Mientras buscaba una forma de escapar, podía ver si él realmente sabía algo al respecto mientras tanto. También podría ser útil.

El sol estaba en su arco descendente, y Kinza podía decir que estaba cerca de la hora punta por el sonido del tráfico procedente de la autopista. Su estómago refunfuñó, indicando la hora. No había comido desde la noche anterior y empezaba a sentirse mareada. Al mirar sus manos, vio que los cortes en las palmas de las manos causados por la roca no eran tan graves como había pensado. Ya tenían costras.

Después de acordar por decimoséptima vez que no volvería

a gritar, Zaid la sacó del edificio y la llevó a la calle. Mirando a su alrededor, supuso que estaba a un buen kilómetro de su casa. El almacén estaba definitivamente en un barrio por el que ella no pasaría de noche, y esperaba que se fueran pronto. Zaid no dijo nada mientras se dirigía a un coche en el arcén y, a plena luz del día, golpeó con el codo la ventanilla trasera.

"Sí, por favor, sigue haciendo tanto ruido. Quizá alguien te oiga y me rescate".

Zaid se limitó a lanzarle una mirada tolerante y conectó el coche en menos de un minuto. Deslizándose en el asiento del conductor, dijo: "Sube". No sabía por qué esperaba menos de un secuestrador.

Mirando a su alrededor una vez más, Kinza se apresuró a ir al lado del pasajero y subió. El coche era claramente tan viejo como ella y parecía un vertedero. Las bolsas de comida rápida y los vasos de papel cubrían el suelo. Unas cuantas prendas de ropa rancia estaban en la parte de atrás, lo que la obligó a bajar la ventanilla para respirar un poco de aire fresco.

Permanecieron sentados en silencio durante los primeros minutos antes de que Kinza señalara una farmacia en la esquina.

"Podemos parar en algún lugar fuera de la ciudad. No soy tan estúpido como para parar tan cerca de donde vives", dijo Zaid. Había desplazado el asiento hacia atrás hasta donde podía llegar, pero seguía pareciendo un elefante metido en un coche de payasos. Así que éste no era su primer rodeo. Genial.

Puso los ojos en blanco y miró por la ventanilla, observando cómo entraban y salían del horrible tráfico de Chicago. Se dio cuenta de que la abuela y Mitra estarían muy preocupadas por ella. Sus profesores debían de pensar que se había saltado las clases, y Karin probablemente lo tendría en cuenta cuando volviera.

Si es que volvía.

"¿Cómo vamos a llegar a Tanzania? El aeropuerto está en la dirección opuesta", preguntó después de un rato.

"No uso aeropuertos. Nos dirigimos al norte del estado de Michigan, en el lado este del lago. Un amigo mío tiene un portal allí que podemos utilizar", respondió él. Kinza le dirigió una mirada inexpresiva y se volvió hacia la ventana. Tenía que admirar el nivel de compromiso que tenía con su mundo de fantasía.

"Oh, sí. Por supuesto", dijo ella, excesivamente complaciente. "Un portal. ¿Cómo he podido ser tan tonta?"

ZAID CONDUJO durante otros treinta minutos antes de entrar en el aparcamiento de una farmacia. Normalmente, a estas alturas, habría tenido a su objetivo atado y amordazado en el maletero, pero quería hacer más preguntas a la chica, Kinza. Desde el principio, todo lo relacionado con esta misión se había desviado totalmente, y empezaba a preguntarse si se había equivocado de nombre.

Pero ella tiene el tatuaje, pensó para sí mismo. Los únicos Anunnaki fuera de Rhapta eran los Venari, que tenían circunstancias especiales, y los Ubir. Esta chica parecía estar en un grupo propio, y él tenía la intención de "averiguar lo que significaba".

Mientras tanto, tratar de mantenerla tranquila era como intentar bañar a un gato.

"Puedes tomar lo que necesites, pero yo voy contigo", dijo, apagando el motor. Incluso con el aire todavía suave de septiembre, la brisa de la ventana rota enfriaría el auto rápidamente, y todavía tenían varias horas por delante. Mientras caminaban hacia el interior, mantuvo los ojos bien abiertos en busca de otro coche que pudiera arrancar. Los Venari nos intentamos mantener al margen de la civilización humana en la medida de lo posible, pero hacía tiempo que tenía que aprender a conducir, y eso significaba aprender a robar coches.

Kinza agarró una cesta y recorrió los pasillos, arrojando basura aparentemente al azar. ¿Quién necesitaba una bolsa de Doritos de tamaño familiar? Ella era un pie más bajo que él, y la bolsa parecía tan grande como ella. La cesta estaba llena de artículos de aseo y aperitivos. Nunca en sus años como Venari había comprado desodorante para un Ubir. Sin embargo, no es que saliera de su cuenta bancaria.

Zaid respiró hondo y palpó los latidos del corazón en la tienda. Dos de ellos se acercaban a la esquina del siguiente pasillo y oyó el tintineo de las llaves. Cuando doblaron la esquina, inclinó su cuerpo para chocar con un hombre con la raya del pelo caída y una horrible camisa de pana.

Cuando el hombre tropezó, Zaid movió el brazo más rápido de lo que los ojos humanos podían seguir y sacó las llaves de la trabilla del cinturón.

"¡Uy, perdón!", dijo el hombre. Zaid se limitó a inclinar la cabeza en señal de reconocimiento y se guardó las llaves en el bolsillo. Los observó volver a la farmacia para esperar en la cola.

Perfecto.

Cuando miró hacia atrás, Kinza estaba jugueteando con algo en un estante, pero claramente miraba la puerta principal. Al darse la vuelta, dio un respingo al ver que él la miraba fijamente. Sinceramente, era la persona más llamativa que había conocido.

"Date prisa", dijo.

Ella puso los ojos en blanco, y el gesto le dio ganas de estrangularla. "¿Cuánto te pagan?", preguntó ella.

"¿Qué?"

"¿Cuánto te pagan por capturarme? Me muero por saberlo".

"Cincuenta mil chelines". "¿Dinero de pirata?"

"¿Qué? No, chelines Rhaptanos. Equivale a unos dos mil dólares americanos".

"¿Eso es todo?", preguntó ella, arrugando la nariz. "Me siento un poco insultada".

Él no supo qué responder a eso, así que se limitó a preguntar: "¿En serio no has oído hablar nunca de Rhapta? ¿De tus padres o familiares?"

"No", dijo ella, dirigiéndose al mostrador. "Ni una sola vez". Cuando el cajero le hizo el recuento, Kinza le miró expectante. Sacó del bolsillo una tarjeta de crédito estropeada. Se hacía una nueva cada pocos años, cuando las cuentas falsas empezaban a llamar la atención del FBI. Le resultaba útil cuando necesitaba comprar cosas fuera de Rhapta, ya que la ciudad tribal tenía un suministro limitado de comodidades modernas como camisetas que absorben el sudor y ataduras.

Kinza agarró sus cosas y él la siguió de cerca hasta el aparcamiento. "Ese no", dijo mientras ella se dirigía al viejo coche. Pulsó el llavero y las luces de una camioneta plateada se encendieron a pocos metros. Ella se limitó a mirarle con cara de pocos amigos.

Mientras subían, ella preguntó: "Si esta gente de Abracadabra tiene todos esos poderes o lo que sea, ¿Por qué no ha salido en las noticias? Estoy seguro de que la gente ya se habría asustado".

"Anunnaki", corrigió. "Y tienes razón. Por eso están escondidos detrás de una barrera. Los humanos no pueden verla ni cruzarla. Ya te dije que todos los Anunnaki tienen que quedarse en la ciudad".

"O son perseguidos y asesinados, sí, sí, estoy muy familiarizada con esa parte". Abrió la bolsa gigante de patatas fritas y empezó a devorarlas. "A ver si lo entiendo", dijo con la boca llena de polvo de naranja. "Un grupo de gente con poderes vive en una ciudad invisible en Tanzania, y no se les permite salir, ¿Verdad?"

"Es inmensamente más complicado que eso", dijo él, volviendo a entrar en la autopista en dirección al norte.

"Claro, de acuerdo, de acuerdo. Me cuesta creerlo".

"Y a mí me cuesta creer que no seas un Ubir cuando está claro que tienes un tatuaje tribal, algún tipo de habilidad, y esa *mujer* tenía una Piedra de la Muerte". Zaid estaba empezando a irritarse. Quizá debería haberla metido en el maletero. "Creo que estás mintiendo y que eres un Ubir con alguna extraña habilidad para ocultar tu Aura y otras habilidades. Supongo que has completado el rito recientemente, ¿No?"

"Ese no es mi problema", dijo ella, arrugando la parte superior de la bolsa de patatas fritas y cogiendo una botella gigante de agua. "Estaba viviendo mi vida sola, y tú la arruinaste. No es mi culpa que tú y tu estúpida tribu se hayan equivocado de persona. Tal vez deberíais hablar con ellos antes de secuestrar y agredir a personas inocentes", gritó. "Parece que todos ustedes son una banda de asesinos que mantienen a su propia gente encerrada como animales".

La visión de Zaid se volvió roja, y la imagen enterrada del cuerpo de su hermano apareció en su mente. Necesitó muchos años de control para no empujarla fuera de la puerta y hacia la autopista. En su lugar, tiró del volante hacia la derecha, haciendo chirriar los neumáticos, y detuvo el camión en el arcén. Los coches tocaron el claxon y se desviaron a su alrededor.

"Vale, mocosa malcriada. Está claro que no sabes nada. Lo entiendo. Pero deberías abstenerte de juzgar las cosas que no entiendes. Si eres inocente, entonces genial, el consejo te liberará, podrás volver a tu vida especial y no tendré que escuchar tu molesta voz ni un momento más. Hasta entonces, ten una pizca de respeto y *mantén la boca cerrada*".

"*¡¿Perdón?!*" Kinza arrastró las palabras, y se preparó para una batalla. "¿Quién demonios te crees que eres? No podría importarme menos tú y tu ciudad imaginaria. No quería tener nada que ver con esto. Me seguiste a casa. Volaste mi casa, no yo, ¿Y crees que podemos pagar por eso? No. Porque las horas que pongo en el trabajo van para mi matrícula, y no voy a renunciar a eso. Y tú nos has herido físicamente a mi abuela y a mí. Perdóname, pero no te has ganado ningún respeto". Levantó los pies, se cruzó de brazos y volvió la cara hacia la ventana, señalando el fin de la conversación.

Zaid apretó la mandíbula, con la respiración silbando dentro y fuera de las fosas nasales. Sin decir una palabra más, volvió a salir al tráfico.

Estuvieron sentados en silencio durante dos horas, la mayor parte de las cuales Kinza estuvo echando humo. El paisaje urbano se desvanecía a medida que seguían la carretera por la orilla del lago Michigan, y los árboles se volvían lentamente más densos a medida que se alejaban hacia el norte. Durante una parte del trayecto, el agua brillante del lago quedaba a su izquierda antes de que la autopista se adentrara más en el interior y estuvieran rodeados de árboles a ambos lados.

A medida que pasaban las horas, volvió a sentir curiosidad por los conocimientos de Zaid. Aunque la historia que contaba era disparatada y totalmente irreal, lo cierto es que tenía muchos detalles. Ni una sola vez sonó menos que totalmente convincente. De hecho, actuó como si ella hubiera esperado que esto sucediera. Ella quería respuestas. De todos modos, no estaba dispuesta a renunciar a su orgullo; seguía despreciando todo su ser.

En voz baja, dijo: "Cuéntame más sobre los tatuajes". "Seguro que me toca a mí", murmuró él.

Tragándose su réplica, ella dijo: "Bien".

"Antes dijiste que te había seguido. ¿Dónde me viste exactamente?"

"Ayer, en el autobús cuando volvía a casa del trabajo. Y cuando me seguiste en el aparcamiento". Recordó la imagen de la figura vestida de oscuro y la forma en que la luz se había alejado.

Zaid la miró. "No subí a ningún autobús. ¿Y te refieres a cuando te encontraste conmigo?".

El ceño de Kinza se frunció: "No...". Sus ojos se abrieron de par en par. "Espera. ¿Eras tú? Entonces, ¿Quién era la otra persona? ¿Otro Venari?"

Zaid parecía tan confundido como ella. "Descríbelo".

"Umh, bueno, no pude verlo del todo, pero vestía todo de negro, como una especie de costoso disfraz de ninja. Y..."

"¿Y qué?"

"Bueno, era como si estuvieran bajo una nube, como si incluso a plena luz del día estuvieran en la sombra. No sé. Era raro y espeluznante. ¿Amigo tuyo?", preguntó sarcásticamente.

"Yo también los vi, y no tengo ni idea de quiénes eran, pero tenían un Aura estable, así que seguro que son Anunnaki".

"¿Un aura? ¿Cómo la meditación, el tipo de tercer ojo?"

"Sí y no. Es la forma en que los Anunnaki se distinguen entre sí. Todos nosotros tenemos una. Es tu... como tu energía, tu alma; una extensión de ti".

"¿Tengo un Aura entonces? ¿O los 'Ubir' no tienen una?" Casi esperaba que le diera una descripción detallada de ella, como si fuera un arco iris que brillara o algo así.

"Eso es lo raro. Tú no tienes una".

"¿Qué? No". Ella soltó un falso grito ahogado, tapándose la boca con la mano.

Zaid frunció los labios. "Cuando los Anunnaki completan el rito de la sangre, su aura se rompe. Así es como nosotros, los Venari, podemos distinguirlos del resto de nosotros. Además de las habituales tendencias sanguinarias".

"¿Qué es un rito de sangre?"

"Es mi turno. ¿Ha ocurrido algo más extraño recientemente? ¿O alguna vez? ¿Cómo la curación a un ritmo acelerado, visiones, telepatía?"

"¡¿Telepatía?!" Casi se rió. Esto se estaba volviendo tan ridículo.

"Sí."

"He tenido pesadillas durante la última semana, pero eso no es como, sobrenatural sin embargo". No se atrevió a decirle que se parecía a los guerreros de su sueño, de ninguna manera. "No hay telepatía", añadió. Aparte de cuando ella y Mitra se cruzaban de vez en cuando después de un comentario particularmente mandón de Karin.

"Las pesadillas pueden tener propiedades psíquicas, así que no lo descarto. ¿Sanación? ¿Alguna vez te enfermaste de niña?"

"Sí, me enfermaba todo el tiempo. La gripe, la varicela, incluso de piojos una vez".

"¿Dijiste que has tenido pesadillas durante una semana? Bueno, ¿Y ahora? ¿Te has curado desde entonces?", preguntó y señaló con la cabeza sus manos en el regazo.

Ella las giró y casi jadeó. Los cortes de la roca no eran más que tenues líneas rosas que cruzaban sus palmas. Era como si hubieran pasado semanas en lugar de horas. Las miró con incredulidad. "¿Es... es una cosa Anunnaki entonces?" Casi no quería que él respondiera.

"Todos nos curamos mucho más rápido que los humanos.

¿Ves?" Volvió la cara hacia ella y se señaló la mejilla. El corte que ella le había hecho también era una débil línea.

Kinza empezó a sentirse un poco mareada. Primero, él sabía lo de su tatuaje, y ahora ella tenía una prueba visible de que ambos se estaban curando mucho más rápido de lo que ella había visto nunca. Por no hablar de que a veces se movía tan rápido que era difícil seguirle la pista. Él había dicho que podía moverse a la velocidad del sonido, ¿Verdad? Su corazón empezó a latir demasiado fuerte para su comodidad. Respiró profundamente varias veces, por la nariz y por la boca, intentando calmar su frenético corazón.

Tratando de distraerse, Kinza preguntó: "Dime otra vez a dónde vamos ahora mismo".

"A unas dos horas más al norte de aquí, hay un hotel donde vive un Ummanu. Es un amigo. Tiene un portal que podemos usar y que nos llevará a un pueblo cercano al Monte Kilimanjaro, y desde allí, caminamos."

"¿Qué es un Ummanu?"

"Son..." Se rascó el desaliño de la mandíbula. "Son humanos que han accedido a guardar el conocimiento de los Anunnaki, pero viven fuera de Rhapta. Algo así como asistentes. No, eso no es correcto. Haris me mataría por esa comparación. Ah, bueno. Básicamente, están por todo el mundo, y guardan los portales para nosotros, para que no tengamos que movernos demasiado en la sociedad humana. También ayudan a limpiar cualquier pequeño desastre que dejemos atrás. Como el alboroto que dejamos anoche en tu barrio. Pagarán a la policía local para que finja que nunca ocurrió".

"Mmm." Esto no ayudaba a sus frenéticos latidos.

Zaid la miró de reojo. Había olvidado que él había mencionado algo sobre "oír" los latidos del corazón. Genial. "¿Estás bien?", le preguntó.

Era una pregunta absurda viniendo del hombre que la

había secuestrado la noche anterior y que la llevaba a un juicio por un crimen que no había cometido. Ella estaba bastante segura de que él no daba un mínimo de importancia a su bienestar. "Necesito orinar".

Suspiró. "Bien, podemos hacer una parada rápida. Necesitamos gasolina de todos modos".

DIEZ MINUTOS DESPUÉS, estaban entrando en una pequeña gasolinera a un lado de la autopista. Sólo había dos surtidores y el edificio parecía haber visto mejores días. No obstante, había unos cuantos coches aparcados fuera y una o dos personas arremolinadas alrededor de la puerta. Todo el terreno estaba rodeado por el espeso bosque que bordeaba la autopista.

Kinza sabía que, a estas alturas del norte, el bosque se extendía por kilómetros, y la mayoría de las casas eran sólo cabañas a las que la gente de la ciudad se escapaba los fines de semana y en las vacaciones. Las gasolineras como ésta sólo se encontraban en los alrededores de los pueblos pequeños para que los lugareños se congregaran, así que debía de haber un pueblo no muy lejos en la carretera. Eso explicaría la cantidad de gente que había aquí.

Salió del vehículo, se acercaba el atardecer y el aire de la tarde le sentaba bien a la piel. Siguió pensando en los cortes curados de las palmas de las manos y se dio cuenta de que su dolor de cabeza también había desaparecido. De hecho, se sentía mejor que en la última semana. No diría que la noche anterior había sido una especie de descanso de belleza, pero no había tenido ninguna pesadilla, y eso era una buena señal. Por el contrario, en lugar de sentirse cansada y aletargada, casi se sentía excesivamente bien. Tenía la piel caliente, el corazón seguía latiendo con fuerza y una energía inquieta le retumbaba en los brazos y las piernas.

Quería llamar a la abuela para decirle que estaba bien y escuchar su voz familiar. Pero Kinza sabía que Zaid no la dejaría acercarse al teléfono. Cuando le hizo un gesto para que entrara, él le dirigió una mirada que decía *te estoy observando* y se palmeó la pantorrilla. Su hoja de obsidiana debía de estar metida en la bota. Kinza se limitó a curvar el labio, arrugó la nariz ante él y entró.

El timbre de la puerta sonó al entrar. Un cajero con granos levantó la vista de detrás del mostrador a la izquierda y volvió a su revista cuando la vio, abiertamente aburrido de su trabajo. Vio el letrero del baño de mujeres en la última esquina de la tienda y se dirigió a él. Cuando entró, cerró la puerta y soltó un suspiro. Era la primera vez en veinticuatro horas que estaba realmente sola. Después de usar el retrete que podría haberse considerado limpio alguna vez en su vida, se lavó las manos en el lavabo y se miró en el espejo agrietado.

Como había pensado antes, las ojeras estaban un poco mejor que ayer, y su piel estaba un poco más brillante. Sin embargo, necesitaba una ducha, el polvo y la suciedad del día anterior la cubrían, incluso con una muda de ropa. Algunos rizos diminutos habían surgido cerca de la línea del cabello, liberados por el sudor. En su cara también se veían los débiles restos de las lágrimas. Se echó agua en la cara, se secó las manos y salió del baño.

Se tomó su tiempo para deambular por los pasillos de aperitivos, saboreando su libertad temporal. Encontró un teléfono móvil desechable y, mientras lo giraba en sus manos, el timbre de la puerta sonó cuando alguien entró. De inmediato dejó caer el teléfono en la estantería y asomó la cabeza por la esquina, esperando a Zaid, pero en ese momento empezó a sentir ese cosquilleo en la nuca. No era Zaid.

La figura vestida de oscuro caminaba hacia ella.

A Kinza se le heló la sangre y se agachó, esperando que no la hubieran visto. Volvió rápidamente al final del pasillo para doblar la esquina y miró de nuevo por el pasillo opuesto. La figura no estaba a la vista. Se levantó y miró a su alrededor para tratar de verlos, pero no pudo ver ni oír nada más que a la cajera llamando a algunas personas junto al mostrador.

Se movió rápidamente, caminando hacia la puerta principal, pero el cosquilleo en el cuello se hizo más insistente. Cuando estaba a punto de girar por el pasillo principal, el cosquilleo se volvió casi doloroso. Todos los instintos primarios de su cuerpo gritaron de repente. Kinza empujó la cabeza hacia las rodillas, y una hoja de obsidiana larga y profundamente curvada pasó zumbando por encima de su cabeza y se incrustó en la pared junto al mostrador.

El caos estalló.

La cajera empezó a gritar mientras Kinza giraba y lanzaba el brazo con miedo. El brazo chocó con el hombro de la figura oscura, y ella retrocedió hasta chocar con un estante de mezclas de frutos secos y pasteles de queso. El doloroso cosquilleo había descendido y se había instalado en su estómago, haciendo que la piel le ardiera.

La figura arrancó la espada de la pared y dos personas que habían estado en el mostrador salieron corriendo y gritando, pero la figura no los vio. Kinza siguió retrocediendo por el pasillo, sin saber a dónde ir. Miró a izquierda y derecha y se dio cuenta de que las barras de granola no la ayudarían.

Se acercaron a Kinza, con pasos suaves incluso en los suelos pegajosos. Parecían casi más altos que el día anterior. ¿Podría tratarse de una persona diferente? La capucha estaba levantada, pero no tan alta como la noche anterior. Se dio cuenta de que podía ver sus ojos. Un verde tan descolorido que parecía que le habían quitado toda la vida. Un color enfermizo. Se estrecharon con disgusto, y la figura levantó la espada curva detrás de ellos, sosteniendo un brazo hacia adelante.

La espalda de Kinza se estrelló contra las puertas de cristal de la nevera en la parte trasera de la gasolinera. Se aferró a la manilla y abrió la puerta justo cuando la cuchilla bajó, rompiendo el cristal a su alrededor. Gritó y dio una patada, alcanzando milagrosamente a su atacante en las tripas. Se agachó y una voz claramente masculina gruñó de dolor. Aprovechó el momento para darse la vuelta y correr unos metros hasta el baño, cerrando la puerta de golpe. Al principio no oyó nada, pero echó el cerrojo en la cerradura y miró a su alrededor.

Un fuerte estruendo provino de la puerta, haciéndola sonar sobre sus bisagras y sobresaltándola. Allí estaban. Kinza pensó que se resquebrajaría inmediatamente, pero se dio cuenta de que la puerta era un poco más gruesa y pesada de lo normal. Los baños debían de ser el refugio contra tormentas designado para el edificio. La mayoría de los edificios públicos de Michigan debían tenerlos. Estaba tratando de derribarla. Supuso que tenía treinta segundos como mucho.

No había ninguna otra puerta que condujera al cuarto de baño, y la única ventana era una pequeña rendija en lo alto del espejo. Inmediatamente se subió al lavabo y la abrió. Estaba apretada y oxidada, y una de sus uñas se partió por la mitad al abrirla.

Un fuerte crujido sonó a través de la puerta. No aguantaría mucho tiempo. Tenía que darse prisa.

Abrió la ventana de un empujón y sacó el brazo. Se dio cuenta de que no podía atravesarla. El hormigueo en el cuello y el ardor en el abdomen se habían vuelto casi insoportables.

"¡Que alguien me ayude!", gritó frenéticamente, agitando el brazo. La ventana daba a la parte trasera del edificio, al bosque. Allí no habría nadie para ayudarla. La puerta de atrás se estaba resquebrajando de verdad. El estruendo era tan fuerte que parecía un trueno. "¡Que alguien me ayude!"

Cuando nadie vino inmediatamente a por ella, Kinza se tiró al suelo. Sólo tenía unos segundos hasta que el hombre atravesara la puerta, y entonces estaría acorralada. Sin pensarlo, dio un puñetazo al espejo, cuyos fragmentos cayeron en el fregadero. No sintió dolor cuando sus nudillos empezaron a manar sangre. Se limitó a agarrar el fragmento más grande que pudo y lo apretó en la mano.

Era demasiado tarde. La puerta del baño se cedió y se estrelló contra la pared opuesta. Kinza se dio la vuelta. El hombre se movió como un relámpago, arqueando el brazo de la espada sobre su cabeza en dirección a ella. El mundo se ralentizó y Kinza sintió que gritaba, pero no pudo oírlo. En lugar del terrible dolor de ser acuchillada, el ardor en su estómago alcanzó su punto máximo.

De repente, una luz blanca y brillante estalló en su interior. Una ola de energía como un golpe sísmico le siguió de cerca. El hombre salió despedido hacia atrás a través de la puerta abierta para estrellarse contra la pared opuesta. Kinza tuvo una sensación momentánea de déjà vu.

Las paredes y el techo del cuarto de baño estaban destruidos, el agua salía por las tuberías y el yeso caía desde arriba. Kinza dejó caer el fragmento de cristal, se agachó para evitar la caída de escombros y miró a su alrededor. Había un agujero en la pared del fondo lo suficientemente grande como para atravesarlo. No esperó, se precipitó hacia el agujero, lo atravesó y corrió directamente hacia el bosque que la esperaba.

CAPÍTULO 6
SALVACIÓN TRANSITORIA

Zaid estaba volviendo a poner el depósito de gasolina cuando la gente empezó a salir corriendo del edificio.

Gimió interiormente, pero se puso inmediatamente en alerta. Corrió hacia el lado del conductor del vehículo y agarró su segunda daga de obsidiana, que era más larga que la primera que acababa de sacar de su bota. Alguien gritaba en el interior del edificio, y pudo oír una conmoción desde la puerta ahora abierta.

¿Qué está pasando?

Atravesó el solar hacia la puerta principal cuando una sombra cayó frente a él desde el tejado. Zaid dio un paso atrás, moviendo su cuerpo por instinto, y apenas esquivó el golpe de una patada circular dirigida a su cabeza. La figura que tenía ante sí estaba vestida con ropas oscuras, que cubrían toda la superficie de su cuerpo excepto los ojos y las manos. Se pusieron en una posición con la que él estaba íntimamente familiarizado. Las rodillas dobladas, un pie atrás, los hombros relajados y los brazos preparados. Era la posición inicial de muchos estilos de lucha Anunnaki.

"¿Quiénes son ustedes?" preguntó Zaid. La figura respondió desenfundando unas dagas de obsidiana similares a las suyas y lanzó un tajo, apuntando al cuello y al abdomen. *Bien, que sea así.* Se retorció y esquivó con su propia daga, pero una de sus hojas rasgó su camisa, dibujando una fina línea de sangre en su estómago. Apenas un rasguño. Agarró su aura, buscando en la mente del otro. Sólo disponía del sólido muro de una fortaleza mental, pero era firme, a diferencia de lo que sería la de un Ubir.

Zaid se agachó y giró mientras se sucedían los golpes de la hoja. Lanzó su brazo izquierdo hacia arriba, con la daga empuñada hacia atrás, alcanzando al atacante en las costillas. Se precipitó de nuevo hacia la figura, pero ésta se lanzó para agarrarle por la cintura, lanzando a ambos contra un coche cercano, cuya alarma se disparó al crujir el metal. Dio un puñetazo, se agachó, rodó y se alejó en espiral, situándose detrás de ellos.

Había luchado contra muchos Ubir antes y tenía años de entrenamiento en Rhapta, pero esto era diferente. Esto estaba cerca. La daga más corta se le había caído de la mano, así que lanzó la otra en un arco descendente, pero fue atrapada por un golpe que lo esperaba.

Zaid se giró, pero no lo suficientemente rápido. El atacante le dio un tajo en el cuello, que no acertó por pocos centímetros, pero que le abrió un enorme tajo en la parte superior del pecho. Gruñó y golpeó su cabeza contra la de la figura cuando aún estaba cerca, lo que hizo que ésta retrocediera contra el coche y dejara caer su otra daga.

Justo en ese momento, oyó el grito de Kinza a través del edificio.

Eso no puede ser bueno.

El atacante aprovechó su momentánea distracción para

lanzarse hacia delante y agarrar la muñeca de Zaid con su mano desnuda.

El dolor le subió por el brazo y por todo el cuerpo al contacto, despiadado e implacable, haciéndole caer sobre una rodilla. Jadeó mientras las estrellas se arremolinaban en su visión, el dolor en su cuerpo era tan completo que olvidó su propio nombre. Había oído hablar de los Anunnaki, que tenían habilidades para el dolor, pero experimentarlo era otra cosa.

Es lamentable que hayas tenido que estar aquí. No serás más que una baja después de que esta misión se complete. La voz provenía del interior de su cabeza, masculina y regodeante. Zaid levantó la vista y pudo ver unos ojos marrones oscuros arrugados por la diversión. Estaban disfrutando. Apenas podía ver a través del dolor que se apoderaba de sus músculos y nublaba su visión.

La mano se retiró instantáneamente de su muñeca cuando una explosión sacudió la parte trasera del edificio. A través de las ventanas, pudo ver un cuerpo que atravesaba el interior y escombros que caían en todas direcciones. Las estanterías y los estantes de comida se estrellaron contra el suelo.

Con la atención del atacante puesta momentáneamente en la explosión, Zaid se lanzó hacia adelante y clavó su daga en la pierna del hombre, y antes de que éste pudiera contraatacar, salió disparado, enviando un golpe directamente a la mandíbula del hombre.

La figura ni siquiera tuvo tiempo de gritar y cayó como un saco de patatas. Zaid aspiró una bocanada de aire y sacó su daga, y de mala gana se aseguró de que seguía respirando. Sólo mataba en el trabajo cuando era absolutamente necesario, y sólo cuando se trataba de un Ubir. Incluso años después de la primera vez, seguía sintiéndose vil y aborrecible al día siguiente, necesitando encerrar toda emoción en un lugar profundo y oscuro sólo para poder respirar.

Mirando hacia abajo, su propia camisa estaba empapada de sangre, el corte en su pecho comenzaba a pulsar rítmicamente. Comprobó si había otras heridas graves y, al no encontrar ninguna, entró en el interior.

La puerta sonó cuando entró a trompicones. Alargó la mano y sólo pudo percibir un único latido en el edificio. Abriéndose paso entre las estanterías caídas, llegó a la parte trasera, donde había visto el cuerpo a través de una pared. La pila de paneles de yeso aplastados estaba allí, con el agua goteando del techo, pero estaba vacía. Y el cuarto de baño de las mujeres estaba destruido, con un enorme agujero en la parte trasera que conducía directamente al bosque.

Maldición.

Un débil sonido le hizo girar. En la puerta principal, una figura diferente estaba encorvada, mirándole por encima del hombro. La misma ropa oscura envolvía su cuerpo.

"¡Oye!" Zaid ladró y se encontró con la misma fortaleza mental. La figura salió corriendo por la puerta, y él tuvo que volver a cruzar los escombros caídos, haciendo una mueca de dolor en el pecho. Cuando salió al exterior, no había nadie más que las pocas personas que se habían dirigido a sus coches en el otro lado del aparcamiento. Había un charco de sangre en el asfalto cerca del coche, pero Zaid no pudo sentir ningún otro latido.

Ya no estaban. Algo estaba pasando, y no le gustaba. Nunca había sido atacado por otro Anunnaki; sólo por Ubir. La primera figura tenía claramente una habilidad de dolor, y de la segunda no estaba seguro, pero no deberían haber sido tan... *estables.* Se habían movido con precisión y lo que era claramente años de entrenamiento. De cerca, sus ropas también parecían claramente Rhaptana, aunque de un estilo inusual.

Las sirenas de la policía llegaban desde la distancia.

Zaid sólo sabía una cosa, alguien estaba intentando sabotear su misión, y cada vez parecía más que Kinza no era un Ubir. ¿Intentaban matarlo a él o a ella? Apostó por ella, pero ¿Cuál era el objetivo si Zaid iba a llevarla de cualquier manera? ¿Qué era ella?

Tuvo la sensación de que la explosión no provenía de los atacantes.

Gruñendo de frustración, corrió por la parte trasera del edificio. Su visión se agitó un poco cuando la pérdida de sangre empezó a ralentizarle. Algunas heridas debían ser atendidas; incluso con la curación Anunnaki, no eran inmortales después de todo. Salió cerca del basurero del edificio, que estaba pegado al denso bosque, y las sombras entre los árboles se alargaban con la luz del día. Volvió a agarrarse, respirando lo más profundamente que pudo, y escuchó.

Ahí estaba. Era débil y cada vez más tenue, pero un latido se movía por el bosque, alejándose de él.

Kinza.

Los años de entrenamiento le hacían querer correr tras ella para no perder una marca. Sin embargo, necesitaba desesperadamente puntos de sutura, e incluso si la alcanzaba, probablemente se desmayaría por la pérdida de sangre. Sabía que era mejor no intentar eso.

Apretó la mandíbula, el músculo crispado, y se dirigió de nuevo al vehículo. Las sirenas se acercaban y quería evitar el contacto humano innecesario. Sería un auténtico desastre si lo encontraran aquí sin identidad y sin constancia de haber existido. No, conduciría hasta el pueblo más cercano, obtendría los puntos de sutura y luego iría tras ella. Con Ubir o sin él, tenía la intención de llevarla de vuelta a Rhapta.

El bosque era extenso, pero no le preocupaba. La alcanzaría antes de la mañana.

KINZA TROPEZÓ EN EL BOSQUE, apartando las ramas y apartando las telarañas de su cara antes de que se le enredaran en el pelo. Estaba mucho más oscuro bajo la cubierta de los árboles y el aire empezaba a helarle la piel. No dejaba de mirar detrás de ella, esperando que la figura oscura le pisara los talones con la espada en alto para atacar, pero tras quince minutos de carrera, empezó a frenar antes de caer de bruces en la oscuridad.

El hormigueo en el cuello había disminuido, pero el ardor en el abdomen se desvanecía más lentamente. Se levantó la camiseta para comprobar si tenía alguna herida y se quedó boquiabierta. Las líneas de su tatuaje brillaban débilmente, como las brasas de un incendio. Lo hurgó y lo pinchó, pero no le causó ningún dolor. Después de lo que acababa de suceder, esto no debería haberla sorprendido tanto como lo hizo. Volvió a bajarse la camiseta y, por suerte, cubrió las líneas brillantes.

Siguió caminando por el bosque, con la esperanza de encontrar otro camino y, con suerte, un transporte y servicio de telefonía móvil. Su mente estaba agotada; la ansiedad le hacía temblar las manos. Era la segunda vez que una habitación en la que había estado explotaba. La espada de la figura había estado tan cerca que el miedo se había apoderado de ella, y la luz blanca volvió a aparecer, empujando todo a su alrededor. Ahora que lo pensaba, cuando ocurrió la otra noche, todavía estaba en su pesadilla, con las manos vengativas de los guerreros extendidas para agarrarla.

Puede que Zaid no estuviera cien por cien cuerdo, pero no cabe duda de que algo estaba pasando. Se acumulaban demasiadas cosas que no tenían sentido. Cosas que ella no podía explicar. También era la segunda vez que una figura oscura la seguía, y esta vez intentaron matarla. ¿Quién querría matarla? Había tenido padres normales, amigos normales, nunca se había curado más rápido de lo que debía antes de hoy. Ni una sola vez la luz brotó de su tatuaje. No había nada en su vida que fuera extraño o sobrenatural.

Bueno... Eso podría ser una pequeña mentira blanca que se había dicho a sí misma. Una pequeña mentira que mantenía a raya el pánico de los acontecimientos del último día. No quería pensar en las misteriosas muertes de sus padres, ni en el inexplicable tatuaje, ni en las extrañas pesadillas. Así que, por el momento, encerró esos recuerdos y se concentró en tratar de encontrar un refugio.

En veinte minutos, el sol se había puesto por completo, y cada sonido del bosque en la noche la hacía temblar. El miedo a la oscuridad nunca se le había ocurrido hasta ahora. No tenía ni idea de dónde estaba, y se estaba alejando demasiado hacia el este, lejos de la carretera. Sin embargo, no se atrevía a volver atrás por miedo a que el atacante o Zaid la volvieran a encontrar. En el fondo de su mente, un leve hilo de arrepentimiento se abrió paso, haciéndola esperar que Zaid no hubiera sido asesinado por el posible asesino. No era su culpa que fuera un lunático.

Después de otros treinta minutos de marcha, ya no sabía por dónde iba. Unos pasos más y una tenue luz amarilla apareció entre los árboles. Se asomó a ella y giró en esa dirección. A medida que se acercaba, apareció el borde de un gran claro. Era la propiedad de alguien; a un lado había una gran casa de labranza con un cuidado jardín de flores, y al otro un granero aún más grande, con una gran camioneta y un remolque en el exterior. La luz del granero era lo que ella había visto. Parecía una casa encantadora y hermosa durante el día. Todas las películas de terror que había visto abandonaron su mente al pensar en un lugar cálido y una taza de té. Tal vez le dejaran usar el teléfono.

Al acercarse a la puerta, se quedó temporalmente ciega cuando se encendieron las luces automáticas del garaje. Los peldaños crujieron cuando se acercó al porche y, antes de que pudiera llamar, la puerta interior se abrió de golpe y, a través de la mosquitera, Kinza pudo ver a un hombre mayor, de unos sesenta años, con un mechón de pelo gris a ambos lados de la cabeza, que se asomaba.

"¿Quién está ahí?", gritó, con el cuerpo inclinado detrás de la puerta. "¡Tengo una pistola!"

Bueno, no es así como se suponía que esto iba a ir. "Lo siento, señor, yo..."

"¡Salga de mi propiedad!", gritó. Kinza escuchó un susurro desde el interior de la casa.

"¡Espera, no!", dijo ella, con las manos extendidas. "Siento molestarle tan tarde. Me he perdido. Yo..." No creía que contarles que había sido secuestrada por un hombre con superpoderes, que había sido atacada por un asesino ninja y que luego había escapado cuando una luz salía de un tatuaje en su abdomen la llevaría a alguna parte. "La gasolinera junto a la autopista". Señaló hacia el camino por el que había venido. "Fui atacada por un loco, y todos corrimos. Corrí hacia el bosque, y estaba tan asustada que me perdí. Por favor, ¿puedo usar su teléfono? He perdido el mío".

El hombre tenía una ceja levantada en señal de escepticismo. Volvió a oírse un insistente susurro detrás de él. El hombre suspiró y abrió más la puerta: "Muy bien, mi mujer está empeñada en que necesita comer o algo. Será mejor que entres".

"¡Dios mío, muchas gracias!" Casi vomitó las palabras. Le preocupaba que la rechazaran y tuviera que volver al oscuro bosque. Entró en un acogedor pasillo que conducía al interior de la casa. Un revestimiento blanco cubría las paredes bajo un papel pintado antiguo pero bien conservado. Una escalera de caoba oscura subía al segundo piso.

"Me llamo Jack y ella es Josie", dijo el hombre, señalando con un dedo a la mujer que estaba detrás de él. Josie era varios centímetros más baja que él, quizá también unos años más joven, pero con una cabeza de grueso pelo blanco corto a la altura de los hombros.

Josie agarró y puso una mano en su hombro. "¡Oh, cariño, parece que has tenido una noche horrible! ¿Estuviste con tus amigos o con tu familia? ¿Están todos bien? Espera", le dijo, acompañándola por el pasillo hasta una gran cocina iluminada por una lámpara y algunas velas. "Vamos a traerte algo de comer y un jersey o algo así. Hace frío por las noches. Cariño, ¿Quieres agarrar la manta que está en el sillón de mimbre del dormitorio?"

Mientras Jack subía las escaleras, Kinza dijo: "Muchas gracias. De nuevo, siento mucho molestarles. Acabo de pasar la peor noche, no tengo mi teléfono y necesito llamar a mi abuela".

Josie la miró con simpatía: "Bueno, no estoy segura de que sepas dónde estás, pero estamos bastante lejos de la gran ciudad que hay en el camino, y realmente no hay servicio de celular aquí. Pero Jack te llevará por la mañana si te parece bien".

Kinza dudó pero asintió. Realmente no tenía otra opción.

"De acuerdo", dijo Josie, dando una palmadita en la mano de Kinza justo cuando Jack entraba en la habitación y le entregaba una manta gigante que era tan suave como un cordero. Ella le dio las gracias y se envolvió como un burrito. "¿Tienes hambre? Acabamos de cenar chile casero, y puedo calentar un poco para ti. Yo hago el mío un poco picante", le guiñó Josie.

Kinza se rió y dijo: "Me encanta el chile, gracias". Se sentó en la barra de la isla y Jack se sentó en el taburete del extremo. "Me llamo Kinza, por cierto".

"Encantada de conocerte, Kinza", dijo Josie mientras se movía por la cocina, sacando platos y tazas.

"Vamos, cuéntanos lo que pasó", dijo Jack. Era un poco más duro que Josie, pero no le molestó.

"Estaba en la gasolinera junto a la autopista, y estaba dentro usando el baño cuando un hombre disfrazado de ninja entró con una espada -sí, una espada de verdad- y empezó a balancearse. Causó un gran desorden tirando todo por la borda, y debió de golpear, como, cables eléctricos o tuberías o algo así, porque parte del edificio explotó".

Josie y Jack se habían detenido, congelados, mirándola con expresiones de asombro. "Bueno, diablos", dijo este último.

"Entonces fue cuando salí corriendo de vuelta al bosque y seguí corriendo. Para cuando frené, ya estaba oscuro y no pude ver nada hasta que vi la luz de tu granero".

"¿Eres de por aquí?" Preguntó Jack.

"No, soy de Chicago. Mi novio y yo íbamos al norte a pasar el fin de semana". Ella se encogió por dentro.

"Pero es miércoles", dijo Josie, dejando un tazón de chile humeante y una taza de té de manzanilla frente a ella y otra frente a Jack.

"Gracias, y... sí. Un fin de semana de cinco días, supongo".

"Hmm", dijo Jack, dando un sorbo a su té. "Espero que alguien haya llamado a la policía y atrapado a ese maníaco ninja".

"Yo también". Se rió torpemente. A pesar de su necesidad de mentir, Kinza se estaba relajando, sentía los hombros menos tensos y su corazón se había ralentizado por primera vez en horas. Casi se sentía como si hubiera vuelto a la cocina con la abuela y su té de lavanda.

Josie se apoyó en la encimera frente a ellos. "Bueno, no te

preocupes, cariño. Tenemos una habitación de invitados arriba y, como he dicho, Jack puede llevarte al pueblo mañana. Allí habrá mejor servicio".

Jack asintió en silencio.

"Muchas gracias", dijo Kinza. Ella y la pareja pasaron la siguiente hora charlando de cosas al azar. Ella les habló de la carrera universitaria que estaba intentando obtener y de su trabajo, y hablaron de todas las reformas que habían hecho en la casa a lo largo de los años.

Josie había crecido al norte de Chicago y Jack era de aquí. Le contaron cómo se conocieron cuando Josie salió a pescar con unos amigos y volcó accidentalmente su barco. Jack, que estaba pescando cerca de la orilla, se zambulló y sacó a Josie a salvo en un dramático rescate. Sólo cuando volvieron a tierra, Josie le dijo que sabía nadar muy bien.

Los tres se rieron lo suficiente como para que a Kinza se le formaran lágrimas en los ojos y se le acalambrara el estómago. Se dio cuenta de que todo era tan normal. Ni ciudad perdida, ni seres sobrenaturales, ni nadie que intentara secuestrarla o matarla, ni luces blancas. Sólo unas risas en buena compañía y una buena taza de té.

Cuando los ojos de Kinza empezaron a caer, Josie anunció que era hora de acostarse. Mientras Jack cerraba con llave, Josie la llevó a un pequeño dormitorio al final del pasillo. Era lo suficientemente grande para una cama, una cómoda y una mesita de noche. Todos los muebles eran antiguos pero estaban en buen estado. Le trajo un pijama de repuesto que le quedaba un poco grande, pero que le serviría. Después de dar las buenas noches, Kinza cerró la puerta y se acurrucó bajo las pesadas mantas. Por primera vez en más de una semana, durmió profundamente y sin pesadillas.

KINZA DESPERTÓ en medio de la noche, necesitando usar el baño. Se levantó a regañadientes de la cálida cama y caminó de puntillas por el pasillo hasta el baño de invitados. En su estado medio dormido, se fijó en el estilo excesivamente azul, desde las figuritas de pájaros azules hasta la bañera azul con patas y las cortinas azules. Sonrió con sueño y volvió al dormitorio unos minutos después. La casa era vieja y crujía ligeramente con el viento. La falta de sirenas de la policía y de ambulancias a medianoche casi le pareció demasiado tranquila. El ruido de la ciudad había sido una constante en su vida, y ésta era probablemente la primera vez que dormía en un lugar tan tranquilo, incluso con la casa chirriante. Sin embargo, estaba demasiado cansada para que eso importara, y cerró la puerta con entusiasmo, dispuesta a meterse de nuevo en la cama.

Había dejado la ventana del dormitorio ligeramente abierta, y el viento hizo que las cortinas de encaje se movieran hacia dentro, dejando que la luz de la luna brillara en la habitación. El miedo, como un atizador caliente, la acometió cuando la silueta de un cuerpo masculino y alto se plantó ante la ventana. No tuvo la oportunidad de gritar cuando la figura dio dos largas zancadas y la atrapó, llevándole una mano al cuello.

Lo último que vio Kinza antes de perder el conocimiento fue un tatuaje familiar que sobresalía de la camisa del hombre.

CAPÍTULO 7

ALIADOS EN LUGARES OSCUROS

Kinza se despertó lentamente por el suave estruendo del vehículo y supo dónde estaba.

Lo odiaba.

Había estado tan cerca de volver a casa, de volver a su vida, y aquí estaba él, arrastrándola de nuevo. La noche anterior hubo unas pocas horas, felizmente acogedoras, en las que pensó que él no la encontraría y que podría volver a casa. ¿Cómo había sido tan estúpida?

Abriendo los ojos, se sentó en el asiento del copiloto... sólo para darse cuenta de que tenía los brazos atados con cremalleras a la puerta por un lado y a la consola central por el otro.

"Sólo por precaución. Viendo que eres propensa a los arrebatos violentos, quería asegurarme de que no nos harías chocar", dijo Zaid con tanta frialdad que, por un momento, Kinza recordó a Max y cómo siempre quería que se callara.

"¿Estás bromeando?", dijo ella, enfurecida en su asiento. Ni siquiera se molestó en intentar zafarse de ellos. "Está claro que no", contestó él, manteniendo los ojos en la carretera. "¿Puedes culparme?"

Ella resopló. "Sí, sí puedo. También dijiste que no volverías a noquearme así. Así que eres un imbécil y un mentiroso".

"Oye", espetó él, mirándola por fin. "También dijiste que no huirías, y sin embargo te encontré a varios kilómetros del vehículo".

"¿No viste al hombre que intentaba matarme?", gritó ella. Tomando aire, continuó: "Además, ¿Dónde estabas? Estaba gritando que había un asesino, pensé que me querías viva".

"A mí también me atacaron", refunfuñó él, claramente irritado por la idea. "Eran dos, y mientras yo trataba de no morir, tú hacías agujeros en el edificio".

El recuerdo de la luz blanca explotando fuera de ella volvió, y la piel se le puso de gallina. Así que no había soñado eso. Era demasiado para pensar en eso ahora, así que se concentró en el paisaje que pasaba. El sol estaba muy por encima de las copas de los árboles y el reloj del salpicadero indicaba que eran poco más de las diez de la mañana.

Zaid detuvo el vehículo y aparcó en el arcén. "¿Qué estás haciendo?", preguntó ella.

Él no respondió, sólo sacó uno de sus cuchillos de obsidiana y le cortó las ataduras de las muñecas. Cuando terminó, volvió a la carretera.

"Gracias", susurró ella, sin quererlo. "Entonces, ¿Sabes quiénes eran esas personas?"

"No, pero son Anunnaki. Sus auras estaban bloqueadas. No pude atraparlos, así que tampoco creo que fueran Ubir. No tengo ni idea de lo que está pasando". La última parte se la dijo a sí mismo más que a ella. Tenía una mano en el volante y la cabeza inclinada hacia atrás contra el reposacabezas. Ella pensó que parecía que no quería estar aquí casi tanto como ella. "Estaremos allí en treinta minutos y luego otro par de horas cuando lleguemos a Tanzania. Una vez que estemos en Rhapta, podrás tener tu juicio y yo podré seguir".

Genial, suena maravilloso, pensó Kinza. Pasaron el resto del viaje en silencio. A medida que se acercaban, atravesaban más pueblecitos y veían vallas publicitarias en las que se anunciaban complejos turísticos a orillas del lago, acogedoras cabañas y carreteras panorámicas. Pensó en Jack y Josie y en cómo habrían encontrado su cama vacía por la mañana. La imagen de sus rostros preocupados la hizo sentir culpable. Algún día tendría que devolverles el favor.

Finalmente, una pequeña señal en el lado de la carretera decía que estaban entrando en Charlevoix, Michigan. Era una pequeña ciudad encajonada entre el lago Michigan y el lago Charlevoix, con una pequeña ensenada que la atravesaba. Estaba claro que el agua era el atractivo, ya que decenas de veleros se deslizaban por la ensenada, la gente trotaba por los paseos marítimos y un faro se encontraba al final de una franja que sobresalía en uno de los lagos. Podía ver a la gente caminando a lo largo de ella, incluso con la fuerte brisa.

Cruzaron al otro lado de la ciudad y condujeron un poco más hacia el interior, y giraron hacia un bulevar que volvía a adentrarse en los pesados árboles después de otro cuarto de milla que desembocaba en un aparcamiento de lo que parecía ser una posada histórica. Era todo revestimiento blanco y barandillas blancas con contraventanas negras pulcramente pintadas en la multitud de ventanas. Salieron del coche y, al acercarse, Kinza pudo ver que era claramente un destino turístico popular. A través de las ventanas, pudo ver a una multitud de personas curioseando en una tienda de regalos y entrando y saliendo del vestíbulo con folletos y bolsas de regalo. Sin embargo, Zaid no entró por la puerta principal, sino que caminó hasta el final del terreno y comenzó a rodear la parte trasera del edificio.

"¿A dónde vamos?" preguntó Kinza.

"Mi amigo, Haris, es jardinero aquí. Vive en la parte de

atrás", fue todo lo que dijo y siguió caminando. Ella le siguió hasta un pequeño camino en la parte trasera de la propiedad que se adentraba en el bosque. Estaba bien cuidado, y al final había una casita de ladrillo rojo, con una chimenea a un lado y un pequeño cobertizo al otro. Kinza pensó que era el lugar ideal para la abuela. Sin embargo, cuando se acercaron, pudieron ver que la puerta principal colgaba de sus bisagras. Zaid aceleró el paso y corrió hacia la puerta, empujándola hacia adentro. Kinza miró por encima de su hombro.

El local estaba destrozado.

Las mesas estaban volcadas, los platos aplastados en el suelo y la comida embadurnada en las paredes. La puerta principal se abría a una sala de estar y un comedor, el que se encontraba a la izquierda estaba lleno de basura. Las cortinas estaban arrancadas de las varillas y podía ver los marcos de los cuadros rotos en el suelo del pasillo de la derecha. Kinza tuvo que entrar con cuidado de puntillas en la habitación, pues acababa de darse cuenta de que aún llevaba el pijama que le habían regalado Jack y Josie y no tenía zapatos. *Gracias, Zaid*, pensó. Él, por su parte, se paseó por las habitaciones gritando: "¿Haris?". Al no obtener respuesta, gritó "¡Haris!" un poco más fuerte. No había nadie en casa. Se pasó una mano por la nuca.

"Vaya", dijo Kinza. "¿Qué ha pasado? Supongo que tu amigo no vive así".

Él se limitó a mirarla fijamente y dijo: "No, no sé qué ha pasado. Esto debió ocurrir anoche, así que no pudieron llegar muy lejos".

"¿Y lo del portal?" Ella no vio ningún agujero de gusano de aspecto misterioso en el salón. Tal vez lo tenía en el baño.

"No funcionará sin el consentimiento de Haris, y los Ummanu están entrenados para defender a Rhapta si es necesario. Él no habría llevado a nadie a través. Habría escapado o se habría dejado llevar. Sólo tenemos que encontrarlo".

"De acuerdo, ¿Pero cómo?"

"Mi trabajo es, literalmente, rastrear a la gente", dijo con una leve sonrisa; aunque no le llegó a los ojos. "No me llevará mucho tiempo. Vamos". Kinza lo siguió fuera de la casa, cerrando la puerta con cuidado tras ellos. Cuando se giró para seguirlo, vio un grabado en la puerta, un conjunto de líneas que se arremolinaban, casi como signos de identidad super-puestos...

"¡Vamos!" ladró Zaid desde el camino. Kinza cerró la puerta y corrió tras él. Mientras volvían al coche, Zaid parecía un halcón, con los ojos concentrados en todo lo que les rodeaba, desde el tejado hasta la grava, pasando por la gente que iba y venía del aparcamiento. Echó un último vistazo a la zona antes de subir al vehículo.

"¿Los Anunnaki son atacados a menudo, o es sólo una cosa mía?" preguntó Kinza cuando volvieron a la carretera principal.

"Los Ubir causan problemas a veces cuando están dema-siado lejos, pero el verdadero problema es cuando se mueven en manadas. A veces, dos o tres de ellos se agrupan y empiezan a atacar a los Ummanu. Son objetivos fáciles ya que tienden a quedarse en un lugar con los portales. Eso, y que los Ubir suelen tener un odio especial hacia los Anunnaki, y la mejor forma de vengarse es atacar a los aliados". Hizo una pausa. "Pero, sí, ser atacado por asesinos desconocidos es una cosa "tuya".

"Entonces, ¿Los Ubir atacaron a tu amigo?"

"Lo más probable". No dijo nada más hasta que llegaron a la ciudad. Entró en un supermercado local y aparcó el vehículo.

"¿Está en el supermercado?" Preguntó Kinza con escep-ticismo.

"Sí, creo que sí", dijo y salió del vehículo. "Los Ubir tratan de evitar los espacios públicos más concurridos. Todavía están lo suficientemente cuerdos como para saber que los humanos los superarán en número si los atrapan, así que nunca atacan en lugares como este. Es un buen escondite".

Kinza salió de un salto y se detuvo, recordando sus pies descalzos. "Sin embargo, no creo que me dejen entrar; ¿Quizás debería quedarme aquí?"

"Claro, y no te volviste a escapar. No tengo tiempo para estar persiguiendo a todo el mundo por la ciudad hoy. Y no sabemos si esos asesinos van a volver o no". Miró alrededor del aparcamiento y empezó a mirar dentro de los coches. Después de encontrar uno satisfactorio, rompió la ventanilla y abrió la puerta. La alarma empezó a chirriar y Kinza se tapó los oídos con las manos. Un momento después, Zaid había arrancado unos cuantos cables bajo el volante y la alarma se apagó. Sacó del asiento trasero un par de Crocs de color rosa brillante y se los tiró a los pies.

"¿En serio?", preguntó ella.

Él no se molestó en contestar y empezó a caminar hacia la puerta principal. Kinza resopló y metió los pies en los pequeños zapatos. Debían de ser de niño por la talla. Sin embargo, al menos no pisaría nada afilado. Siguió a Zaid en la tienda mientras él recorría los pasillos. No había mucha gente a esta hora del día, a mitad de semana. Kinza observó los sándwiches de la charcutería.

"¿Podemos...?", empezó, con el estómago rugiendo.

"Más tarde". Zaid se dirigió a la parte trasera de la tienda, mirando de nuevo a su alrededor, con ojos de halcón. Sinceramente, no sabía qué tipo de pruebas esperaba encontrar. ¿Una barra de pan aplastada que indicara que su amigo estaba allí? Pero se dirigió directamente a la pared del fondo y se abrió paso a través de las pesadas tapas que decían "Sólo para empleados" y que conducían a las salas de almacenamiento. Kinza se limitó a mirar a su alrededor, esperando que la atraparan. Por suerte, no había nadie y ella y Zaid encontraron otro almacén más atrás. No había ninguna ventana, pero Zaid sacudió la manilla. Estaba cerrada con llave.

"¿Estás seguro de que esto está bien? ¿Por qué iba a estar aquí? Hace mucho frío", dijo, temblando y frotándose las manos por los brazos. Debía de ser una zona de temperatura controlada.

"Porque oigo los latidos de su corazón adentro", dijo Zaid y golpeó la puerta con el brazo. No se abrió, así que agarró uno de sus cuchillos y lo clavó en el pomo, arrancándolo. Abrió la puerta de un tirón.

Al otro lado había un hombre joven, más o menos de la edad de Zaid, con un mechón de pelo rojo y una lata de tomates del tamaño de una familia levantada para defenderse. Al ver de quién se trataba, el hombre bajó la lata y una sonrisa infantil se dibujó en su boca. "Hombre, nunca me había alegrado tanto de ver esa cara tan bonita que tienes", bromeó.

Zaid se limitó a enarcar una ceja. "Me alegra ver que sigues vivo, Haris. Salgamos de aquí antes de que nos echen. Puedes contármelo en el coche".

Haris se dirigió a la salida del almacén y divisó a Kinza. Volvió a sonreír y, a la luz, pudo ver una salpicadura de pecas brillantes en la nariz que le hacían parecer más joven de lo que ella suponía. "Bueno, ¿Qué tenemos aquí? ¿Ahora trabajamos en parejas? Pensé que no eran suficientes para eso".

"Soy Kinza. Zaid me secuestró porque pensó que era un Ubir, pero tal vez no, y ahora hay asesinos que me persiguen. Encantada de conocerte", dijo de un tirón. Probablemente era mejor quitarse todo eso de encima antes de que Zaid tergiversara la historia a su favor.

La ceja de Haris se acercó a la línea del cabello y miró a Zaid. "Secuestrado, ¿eh?" Volvió a sonreír. Kinza se preguntó si siempre estaba de tan buen humor y le pasó un brazo por los hombros. "Bueno, encantado de conocerte, Kinza. Me llamo

Haris y me encantaría que me contaras todo sobre este asunto del secuestro".

"Vamos", dijo Zaid escuetamente y salió a toda prisa de la parte de atrás, los dos le siguieron de cerca.

"Sólo es así porque se preocupa", susurró Haris en voz suficientemente alta para que Zaid lo oyera. Y ante la mirada escéptica de Kinza, dijo: "Es cierto, incluso me sonrió una vez", y le guiñó un ojo.

Kinza no pudo evitar reírse. Decidió que le agradaba Haris.

Mientras salían del supermercado y se dirigían al coche, él mantenía su alegre sonrisa, pero ella se daba cuenta de que tanto él como Zaid miraban a todos los que les rodeaban. Cuando volvieron al vehículo, Kinza se subió al asiento delantero.

"¿Ubir?" preguntó Zaid inmediatamente, mirando a Haris por el espejo retrovisor.

Haris asintió con gesto severo. "Tres de ellos. Uno de ellos tenía una especie de habilidad de compulsión lo suficientemente amplia como para impedirme mover las piernas. Otra tenía una especie de habilidad de viento, que hacía volar mis cosas, y la última era menor. Se movía como una bailarina o una gimnasta o algo así. Súper flexible. Los oí venir, no intentaban ser silenciosos, y casi logré salir de mi casa, pero el primero me tenía atrapado antes de que pudiera parpadear. Por suerte, tenía una Piedra de la Muerte en la mano y la dejé caer, dándome tiempo suficiente para salir".

"¿Piedra de la muerte? Ya las habías mencionado", dijo Kinza, volviéndose hacia Zaid. "¿Qué son exactamente?"

"En Rhapta tenemos algo llamado *magalkan'a*, o solemos llamarlo simplemente piedras de alma", dijo Zaid. "Es una roca o un mineral que sólo se encuentra allí y que amplía nuestra conexión psíquica, nuestras habilidades, nuestro... Todo.

Algunas de nuestras historias creen que nuestras habilidades provienen de nuestra proximidad a los depósitos en la tierra".

"Por otro lado", dijo Haris desde el asiento trasero, "*Reykalkan'o*, o Piedra de la Muerte, es un trozo de Piedra de alma agrietado. Cuando se viola una Piedra de alma, ya sea con magia de sangre o sacándola de Rhapta, se agrieta y se vuelve de un color turbio. Es físicamente doloroso para los Anunnaki o Ubir estar cerca".

"¿Como dolores de cabeza fuertes o pitidos en los oídos o algo así?" preguntó Kinza, pensando en la pequeña piedra que la abuela había sacado antes de marcharse. Estaba empezando a hacer una lista en su cabeza de cosas en su vida que no terminaban de cuadrar, y se dio cuenta de que era una lista más grande de lo que pensaba en un principio.

"Sí, exactamente...", dijo él. Su respuesta no la reconfortó. "Entonces, ¿Supongo que no eres Anunnaki?", preguntó.

"Eso aún está por determinarse", dijo Zaid. "Ahora mismo, tenemos que ir a un lugar seguro para descansar".

"Tengo otro lugar cerca. Iba a ir allí de todos modos. Puedo darte indicaciones".

"¿Podemos, por favor, conseguir algo de comida? Me muero de hambre".

"Zaid, ¿Ahora estás matando de hambre a tus cautivos? Eso no es propio de ti", se burló Haris. "Incluso tú necesitas comer fuera de la ciudad".

"Espera, ¿Qué?" dijo Kinza mientras salían del aparcamiento. "¡¿No necesitas comer?!"

"Las habilidades de los Venari se reducen cuando salimos de la ciudad, y sólo podemos estar fuera un mes como máximo antes de tener que volver a recargar", dijo Zaid. "Pero en la ciudad, podemos vivir fácilmente con una sola comida al día". Luego le dijo a Haris por encima del hombro: "Y no la estoy matando de hambre. Ella fue la que se escapó ayer, así que tenía que noquearla un rato".

Kinza se limitó a poner los ojos en blanco. "¿Y ahora qué? ¿Tienes que ir a matar a los malos o lo que sea y luego llevarme a Rhapta?"

Zaid suspiró, y Kinza se preguntó si había dormido algo anoche. "Todavía no lo sé. Lo averiguaremos más tarde. Ahora, ¿Podrías por favor callarte para que Haris pueda darme las indicaciones?"

Kinza le lanzó una mirada de muerte y se retractó mentalmente de su preocupación por sus hábitos de sueño. Sin embargo, siguió sentada en silencio en su asiento y miró por la ventana mientras atravesaban la ciudad.

DIEZ MINUTOS MÁS TARDE, Kinza estaba entrando en un pequeño apartamento que estaba casi vacío.

Haris los había llevado a su "casa segura", que no era más que un apartamento extra que poseía con otro nombre. Tenía dos habitaciones con un balcón que daba al lago Michigan. La misma decoración playera y con adornos blancos que parecía impregnar la ciudad también se podía ver aquí. Todo era luminoso y aireado, aunque el mobiliario y los objetos personales eran mínimos. Zaid introdujo inmediatamente su bolsa de lona y se dirigió por el pasillo a uno de los dormitorios. Un momento después, salió y entró en el baño, cerrando la puerta tras de sí.

"Veo que hoy no estás muy hablador", murmuró Kinza. "¿Así que los Ubir no nos encontrarán aquí?", preguntó a Haris, que estaba rebuscando en la cocina a la derecha.

"Lo más probable es que no", dijo él, sacando cajas de

cereales y una pizza congelada. "No, a menos que alguno de ellos tenga algún tipo de capacidad de rastreo o entrenamiento como Zaid. Y no he visto a nadie seguirnos. Dicho esto, si de repente te sientes impulsado a hacer algo fuera de lo normal, habla".

"Ese Ubir, ¿Puede hacer que la gente haga cosas que no quiere?", preguntó ella, sentándose en la mesa de la cocina.

"Cada habilidad es diferente, así que es difícil saberlo sin que nos lo digan directamente. Pero el verdadero control mental es muy raro. Pero hacer que la gente se quede quieta o incluso que olvide los últimos minutos es un poco más común. Pequeñas cosas como esas".

"Oh, ¿Cómo los trucos mentales Jedi?"

"Sí". Se rió. "Un poco como eso. En la mayoría de los casos, funciona mucho mejor con los humanos, y los Ummanu, como yo, tenemos un poco de entrenamiento para ser capaces de desafiarlo mentalmente. Sería mucho más difícil en los Anun-naki debido al vínculo psíquico que comparten".

"Ah, ya veo", dijo ella.

Zaid salió del baño en una nube de vapor. Se había puesto un conjunto de ropa negra nueva, con la piel todavía húmeda por la ducha. Dejó caer la bolsa de lona sobre la mesa y empezó a rebuscar. "Esto es lo que va a pasar", dijo con severidad, mirando a Kinza. Ella se cruzó de brazos y se inclinó hacia atrás ante su tono. "Me voy a ir a buscar a los Ubir. Tú te vas a quedar aquí con Haris". Deslizó algunas de las dagas oscuras en sus botas y en la cintura. Kinza podía oler el aroma oceánico de su jabón. "Si te vas -dijo en tono directo-, te seguiré la pista como la última vez, y el resto de este viaje será enormemente desagradable para ti. ¿Está claro?" Se echó la bolsa de lona al hombro.

"Dices eso como si cualquier parte de esto hubiera sido agradable", respondió ella con desprecio.

"Créeme, cariño, podría ser mucho peor". "Podrí-aa se-eer mu-choo peor" Kinza balbuceó, a punto de lanzarse de su silla. La ira estaba volviendo con toda su fuerza. Era como si no pudiera pasar unas horas sin hacer algo a propósito para enfadarla. ¿Quién era él para llamarla así? Pero no pudo decir una palabra antes de que él saliera por la puerta.

"Volveré en unas horas", dijo, y la puerta se cerró de golpe tras él.

"Entonces, ugh, ¿Pizza o cereales con pasas?" preguntó Haris alegremente.

Kinza gimió y dejó caer la cabeza entre sus brazos sobre la mesa. "Pizza, por favor", murmuró.

CAPÍTULO 8

SECRETOS NO REVELADOS

Kinza y Haris comieron en silencio.

Ella devoró media pizza antes de tomar un verdadero respiro. Casi podía oír a la abuela reprendiéndola y diciéndole que masticara la comida por una vez. Habían pasado casi dos días desde que Zaid se la llevó, por lo que Mitra también estaría preocupada. Kinza se preguntó si habría informes policiales sobre ella, tal vez su cara en un cartón de leche...

"Veo que tú y Zaid no se llevan mucho", comentó Haris. Se sentó frente a ella, con los restos de sus platos delante. Se había comido la otra mitad de la pizza y dos cuencos de cereales secos. Aparentemente, no había mucho más para comer aquí, pero aun así, ¿Cómo podía comer tanto? Era casi tan alto como Zaid, pero delgado como un rayo. La comida no tenía dónde ir.

"No me digas. ¿Serías amigo de tu secuestrador?", preguntó.

"Hmm, no estoy seguro. Nunca me han secuestrado, así que podría depender de las circunstancias. Y siempre me he preguntado si sería susceptible de sufrir el síndrome de Estocolmo". Al parecer, la expresión de su cara delató sus pensamientos, porque Haris soltó una carcajada. "Estoy bromeando, Kinz. Sin embargo, puedo ver a dónde quieres llegar. Aparece un hombre grande y aterrador y te dice que te han acusado de un delito..." Hizo una pausa y la miró. "Supongo que pensó que eras un Ubir, ¿Tengo razón?"

"Sí."

"Eso es extraño. Que yo sepa, los Venari nunca se han equivocado de objetivo. ¿Qué hay de la marca?", preguntó él, mirando por encima de sus brazos y cuello. Se levantó la camisa lo suficiente como para ver el delicado tatuaje que le cruzaba el abdomen. Haris se echó hacia atrás en su asiento, con cara de perplejidad.

"Lo tengo desde que tengo uso de razón". Dejó caer la camiseta y volvió a sentarse.

"¿Alguno de tus padres tiene una marca similar?"

"No, no creo que la tuvieran. Murieron cuando yo era joven, así que es difícil de recordar".

"Ah, lamento escuchar eso", dijo suavemente. "Sé lo que es perder a tus padres. Bueno, mi padre nunca estuvo, así que no tengo ni idea de si está vivo o no, pero mi madre murió de cáncer hace unos años. Es una mierda".

"¿Tu mamá también era Ummanu? O como lo hiciste..."

"Oh, sí", dijo con una leve sonrisa. "La familia de mi madre ha sido Ummanu durante generaciones, y al menos un hijo siempre recoge la antorcha. Soy hijo único, pero no me obligaron a ello ni nada por el estilo. En realidad somos de Sacramento, y mi madre, y mi abuela antes de morir, cuidaban de un portal en la ciudad. Al final, cerró, pero nos enteramos de que se había abierto uno nuevo aquí en Charlevoix, así que recogimos nuestras cosas. Justo antes de irnos, el cáncer empeoró mucho y ella falleció. Sin embargo, yo seguí viniendo. Es lo que ella hubiera querido". "Parece que tenían una gran relación", dijo Kinza, sonriendo. "¿Dijiste que el otro portal se cerró? ¿Cómo ocurre eso exactamente? Para ser sincera, estoy segura de que seguiré siendo escéptica sobre su existencia hasta que lo vea... pero tengo curiosidad". No podía negar que Zaid no era del todo humano, y ya había visto la luz blanca que salía de ella dos veces; eso no se podía obviar. Pero era difícil imaginar viajar a través de un portal al otro lado del mundo. Y menos aún ir a una ciudad y a una tribu que nadie conoce. Era un poco exagerado.

"No te culpo", dijo con una sonrisa irónica. "Como la mayoría de la historia Anunnaki, es difícil de saber con seguridad y aún más difícil de estudiar. Lo que Zaid dijo antes sobre las piedras de alma y sus habilidades es cierto. Sólo se encuentra dentro de los límites de la ciudad y en ningún otro lugar del mundo. Algunas personas, incluida la familia de mi madre, creen que los portales existen fuera de Rhapta, donde hay depósitos de piedras de alma en las profundidades de la corteza terrestre, demasiado profundos para excavar. Y cuando las placas tectónicas se desplazan, y esos depósitos empiezan a moverse o a desmoronarse, es cuando los portales se abren o se cierran".

"¿Así que no los abren ustedes mismos?"

"No exactamente, sólo los custodiamos, pero hemos tenido formas de mantenerlos ocultos, y el conocimiento sobre cómo trabajarlos se transmite de generación en generación". Kinza empezaba a darse cuenta de que Haris era una mina de oro de información. Había aprendido más de él en la última hora que en todo el tiempo que había pasado con Zaid. Lo miró con entusiasmo, esperando que continuara.

"La historia Ummanu dice que hace mucho tiempo, durante los tiempos de las antiguas civilizaciones, la ciudad de Rhapta era accesible para todos, tanto Anunnaki como humanos. Con el tiempo, los humanos se volvieron codiciosos o temerosos, y no es de extrañar, ya que los Anunnaki les parecían dioses. Las guerras estallaron en nombre de los Anunnaki. Los humanos intentaron robar Piedras de alma, creando efectivamente la Piedra de la Muerte en el proceso, y el primer Ubir desertó de la ciudad. Fue un caos. Por estas razones, los Ancianos de Rhapta decidieron ocultar la ciudad, lejos de la civilización humana. El problema era que los Ubir ya se habían creado, y la mayoría de ellos estaban demasiado lejos para ser rescatados.

"Un número menor de humanos todavía eran leales a los Anunnaki y anhelaban ayudarlos, creyendo que si todavía podían ayudar a la humanidad a través de los tiempos. Así fue como nació Ummanu; se formó un vínculo entre nosotros. Acordamos vigilar los portales, que sólo existen fuera de Rhapta, y ellos accedieron a dejarnos conservar el conocimiento de su existencia. La mayoría de nosotros estamos muy orgullosos de lo que hacemos, y aunque nunca llegamos a ver Rhapta, sí que nos relacionamos con los Venari ocasionalmente cuando pasan por aquí". Haris le guiñó un ojo con esta última parte.

Los ojos de Kinza se dirigieron a las puertas de cristal del balcón, al otro lado de la habitación. Desde allí podía ver el lago Michigan. Era tan grande que parecía un océano. La gente caminaba por la playa, los niños volaban cometas en el clima todavía cálido de septiembre. El hecho de que hubiera otra raza de seres moviéndose por la Tierra era difícil de entender. Era difícil imaginar una realidad que no habías visto nunca, pero hacía que el mundo pareciera mucho más grande de lo que ella había pensado.

¿Cómo se metió esta gente en su futuro? Había imaginado que terminaría su carrera y empezaría algún tipo de desarrollo urbano o tal vez una carrera de servicios sociales. Su objetivo había sido ayudar a la gente que ya no podía ayudarse a sí misma, pero ¿Incluía eso a los que no eran del todo humanos? Hasta ahora no había habido muchas razones para querer ayudar a los Anunnaki, pero sólo había conocido a uno y tenía que creer que, como pueblo, eran buenos. No contaba con los que venían a por ella, ya que parecían una anomalía. Eso también si no la acusaban de ser una Ubir aunque claramente no lo era. *Supongo que lo sabría cuando llegue allí*, pensó.

"Dijiste que una de las historias era que los portales existen sobre depósitos de Piedras de alma en las profundidades de la tierra. ¿Hay otras teorías? No entiendo cómo puede existir todo esto y de dónde viene", preguntó.

"Es una teoría, sí", dijo Haris. "Hay gente que busca diferentes vías de explicación. Por ejemplo, casi todos los portales existen alrededor de monumentos antiguos o terrenos sagrados. Hay uno en Jerusalén, otro cerca del templo de Kashi Vishwanath en la India, la Meca, la Isla de Pascua... Están por todas partes".

"Me cuesta creer que haya algo especial en Charlevoix, Michigan", rió Kinza.

"Ahh, bueno, no te apresures a juzgar", dijo Haris, haciéndole un gesto con la mano. "Estamos en medio de los Grandes Lagos, y en lo que solía ser tierra de los nativos americanos y que fácilmente podría seguir siendo sagrada. Hace unos catorce años, los científicos incluso encontraron algo parecido a Stonehenge en el fondo del lago Michigan, con tallas de animales que datan de hace al menos diez mil años. Yo diría que estamos en un lugar bastante especial".

"Muy bien, es justo", dijo Kinza, levantando las manos. "Así que hay un montón de teorías. ¿Por qué los Anunnaki no estudian los portales entonces?"

"Porque no salen de la ciudad, realmente no pueden. Están todos conectados por un vínculo psíquico dentro de los límites de la ciudad. Si se van, pierden todas sus habilidades... incluyendo la curación. También empezarían a perder su memoria de Rhapta. Pero un Anunnaki descubrió hace mucho tiempo que había una manera de salir practicando magia de sangre. No entraré en los detalles sangrientos, pero piensa en sacrificios de sangre de forma regular".

Kinza arrugó la nariz con disgusto.

"Sí, y la magia de sangre hace que empiecen a perder la cabeza. Se vuelven más sanguinarios y maníacos, y son un peligro para los humanos y los Ummanu".

"Así que crearon a los Venari, como Zaid, para rastrearlos y traerlos de vuelta". Ella pensó que estaba empezando a entender. Las piezas estaban cayendo lentamente para formar una imagen más grande. Una de seres míticos y derramamiento de sangre.

"¡Precisamente!" Haris parecía feliz de que ella estuviera entendiendo.

"¿Pero cómo consigue Zaid mantener sus habilidades y no volverse loco?" Hizo una pausa. "Espera, ¿Esa actitud suya es una cosa de Ubir?".

Haris se rió, echando la cabeza hacia atrás. "No, no, eso es sólo el bueno de Zaid. Hay un ritual que los Ancianos realizan en las marcas de los Venari que les permite salir al mundo durante un corto periodo de tiempo sin perder sus habilidades. Sin embargo, es sólo temporal, tienen que seguir regresando, o comenzarán a desvanecerse".

"Hmph", dijo Kinza, cruzando los brazos. "Creo que mi teoría era mejor. No sé cómo lo soportas".

"Zaid y yo somos amigos desde hace años, y créeme. Le han pasado cosas muy malas para que sea como es. Y su trabajo es duro; necesita actuar primero y pensar después en gran parte. Si no lo hiciera, habría muerto en varias ocasiones". "Realmente no puedo pensar en ninguna razón que excuse a alguien de atacar a una anciana y atar a una chica como un cerdo de presa. Y a veces, es tan malo. Quiero decir, honestamente, si se hubiera tomado el tiempo de explicar por qué necesitaba llevarme, lo habría entendido, y todo este asunto podría haber ido mucho mejor."

"¿De verdad?" preguntó Haris con escepticismo. "¿Te habrías ido con el hombre que da miedo y que habla un galimatías que no entiendes en medio de la noche?"

Ella sintió que un ligero rubor le subía por el cuello: "Vale, quizá no.

Pero aun así, podría haber sido un poco más amable".

Haris exhaló un profundo suspiro. "No..." Dudó como si estuviera debatiendo si debía o no hablar. "No le digas que te he contado esto, pero Zaid tenía un hermano mayor. Cuando tenía trece años, su hermano desapareció sin dejar rastro. Un año después, Zaid había terminado la primera parte del entrenamiento Venari e iba a ser enviado a su primera misión. Los Ancianos le dieron su marca, y cuando Zaid lo localizó, se dio cuenta de que era su hermano. Su hermano había desertado y se había convertido en Ubir. Zaid se vio obligado a traerlo".

Kinza no podía imaginar descubrir algo tan terrible sobre su propia familia. "Es horrible", susurró.

"Eso no fue ni siquiera la peor parte. Cuando un Ubir va a juicio, los Ancianos evalúan si todavía pueden volver o si están demasiado lejos, como era el caso de su hermano. Así que hicieron que Zaid lo ejecutara".

"¡¿Qué?!" gritó Kinza. Se cerró a la idea de matar a su propia familia, independientemente de lo que hubieran hecho. La idea le daba ganas de vomitar.

Haris hizo una mueca y asintió. "El entrenamiento Venari es brutal, y el castigo para los Ubir lo es aún más. La razón por la que te digo esto es que la próxima vez que Zaid esté un poco irritado, recuerda que no es por ti, sino que cada marca que persigue le recuerda la primera".

Kinza pensó en lo que habría pasado si ella hubiera estado en su lugar y se hubiera enterado de que uno de sus padres o la abuela había sido un Ubir. La pizza empezaba a revolverse en su estómago, así que respiró lenta y profundamente por la nariz y por la boca. Hicieron falta tres respiraciones para que su estómago se calmara de nuevo.

Haris se dio cuenta y dijo: "Oye, no pienses en eso. Fue hace mucho tiempo. No digas nada, ¿Vale?".

Ella asintió.

"Muy bien", dijo, poniéndose de pie y dejando los platos en el fregadero. "Vamos a ver qué podemos hacer con la ropa. Pero primero, hueles a basura. Por favor, date una ducha". Señaló hacia el baño como si la mandaran a su habitación.

Kinza sonrió y dijo: "Sí, sí, te escuché". Y luego algo más tranquila: "Gracias, Haris".

"No hay problema, niña".

Ella resopló. "¿A quién llamas niña? No puedes ser mucho mayor que yo".

Le lanzó un guiño por encima del hombro y dijo: "Ah, pero estoy dotado de mucha sabiduría. A la sala de baño."

Kinza se rió. De alguna manera, había obtenido más respuestas y preguntas que el día anterior.

ZAID CAYÓ EN UNA RUTINA FAMILIAR, Comprobar la actividad inusual en la zona, escuchar las auras caóticas, buscar pruebas de un sacrificio de sangre, enjuagar y repetir.

Antes de convertirse en Venari, creía que si los Ancianos daban un mínimo de información sobre sus objetivos, sería muy difícil encontrarlos. Resulta que es bastante fácil encontrar a un lunático desquiciado empeñado en mantener sus habilidades realizando sacrificios humanos. Especialmente cuando corren en grupos.

Se sentó en el vehículo en la parte trasera del aparcamiento adyacente a un enorme complejo turístico de lujo a treinta minutos al sureste de Charlevoix. No tardó mucho en revisar los informes policiales recientes de la zona y observó que en los últimos meses habían desaparecido algunas personas en Boyne Falls, y que se había encontrado un cadáver completamente desangrado. A medida que los Ubir pasaban más tiempo lejos de Rhapta y completaban más ritos de sangre, caían más en la locura y se preocupaban menos por ocultar sus asesinatos.

Sin embargo, nunca les había visto alojarse en un complejo turístico de cinco estrellas. Eso era nuevo. Haris había mencionado que uno de ellos tenía algún tipo de habilidad mental, así que era muy posible que hubieran obligado al personal a dejarles quedarse y a olvidarse de ellos. En realidad era bastante inteligente, esconderse a la vista de todos. Zaid se preguntó si ya se había asignado a alguien más para traerlos. Todavía no había percibido ninguna otra aura.

Eso era aparte de la energía violenta y caótica que emanaba de una habitación superior. El complejo era enorme, de tres pisos, con al menos trescientas cuarenta habitaciones. Daba a un pequeño lago y los terrenos estaban meticulosamente cuidados. Desde su lugar en el aparcamiento, pudo sentir el aura procedente de una de esas habitaciones. Sentía como si alguien estuviera gritando dentro de su cabeza mientras clavaba sus mugrientos dedos en sus recuerdos. Lo bloqueó con facilidad.

Una de las primeras cosas que le enseñaron en el entrenamiento fue a trazar una línea entre su aura y la de los demás. Un Venari no servía de nada si no podía mantener al menos sus propios pensamientos, y la mayoría de los Ubir, especialmente los que tenían habilidades mentales, intentaban entrar y destrozarte. Al bloquear el aura del Ubir, sintió como si una niebla suave descendiera por los bordes de su mente. Se relajó un poco por primera vez hoy.

Sólo había dormido unas horas la noche anterior, lo que normalmente sería suficiente, pero el estrés de los últimos días lo estaba agotando. Sólo habían pasado treinta minutos desde que volvió a la gasolinera a primera hora de la mañana hasta que encontró a Kinza en la casa de la pareja de ancianos. ¿De verdad creía que no la encontraría? Trepando por el tubo de desagüe con facilidad, se había sentado en el techo y había esperado la oportunidad de colarse en la habitación. Incluso había dejado la ventana abierta. *Un movimiento idiota.*

Había sido demasiado fácil entrar y agarrarla en cuanto volviera de lo que él supuso que era un viaje al baño.

Cuando la atrapó la primera vez, no sintió ningún remordimiento, sólo estaba haciendo su trabajo, y ella era una simple Ubir a la que tenía que perseguir. Pero algo parecido a la culpabilidad se abrió paso en la boca del estómago cuando la agarró la noche anterior. Tal vez tenía que ver con el hecho de que esta misión había sido un absoluto desastre desde el principio. Tal vez porque empezaba a creer que ella no era una Ubir y que podía ser algo más. O tal vez era la sensación de que la estaba llevando a un peligro que no se merecía. Había demasiadas incógnitas, así que era difícil decirlo.

Dejó de lado esos sentimientos y se concentró en el trabajo actual. Esto era limpio y fácil. Era *bueno* en esto, sin emociones que lo distrajeran.

Zaid sintió que algo empujaba su aura desde la derecha. Miró hacia el otro lado del aparcamiento y vio una figura que se acercaba a la parte delantera del centro turístico, sobresaliendo entre los grupos de personas con jerséis de punto y faldas de tenis.

Bingo.

Un hombre que parecía tener unos treinta años se movía a paso de tortuga, con los ojos recorriendo el lugar como si estuviese bajando de un subidón inducido por las drogas. Sus ropas estaban sucias y arrugadas, y sus manos se apretaban y se soltaban al caminar. Zaid se dio cuenta de que, a su paso, una furiosa ráfaga de viento hacía volar hojas y escombros por el solar, haciendo sonar el vehículo por un momento antes de desvanecerse. Debía de ser el que tenía las habilidades de viento que Haris había mencionado. Las habilidades elementales no eran raras, pero su nivel de utilidad dependía del poder y el control del usuario. Este parecía bastante normal, a pesar de los daños causados en el lugar de Haris.

Cuando el hombre entró por la puerta principal, sólo unos pocos invitados se volvieron para mirarle, pero el aparcacoches ni siquiera reconoció su existencia. La mente de uno obligó al personal a no notar su presencia. Esto iba a ser complicado con toda la gente alrededor.

Puso el vehículo en marcha atrás y salió del aparcamiento, ya con un plan en mente.

CAPÍTULO 9

PLEGARIAS NO DESATENDIDAS

HACE NUEVE AÑOS

Zaid intentó seguir el ritmo de su madre mientras ésta se abría paso entre la multitud. Apenas podía ver por encima de la multitud, pero sabía que su madre sí podía. Esa era su habilidad; tenía la vista de un halcón, capaz de ver a cientos de metros de distancia con una claridad cristalina.

Él se limitó a concentrarse en el brillante color verde azulado de su vestido, tratando de no perder el rumbo. Hacía casi un año que le habían elegido para ser Venari. Si antes se habían burlado de él, ahora estaba casi en el ostracismo. Algunas personas reconocieron los cambios en su tatuaje mientras caminaba por otra plaza y se apartaron de él. Los cazarrecompensas tenían fama de ser peligrosos y

desafortunados, al parecer incluso antes de empezar a entrenar.

Cuando Savar le había marcado hace casi un año, le había dicho a la madre de Zaid que tendría un año más antes de entrenar. Ella había protestado, diciendo que aún no habría terminado su formación, pero Savar había insistido en su desesperada necesidad de más Venari y en la habilidad de Zaid. Esto se consolidó un mes después, cuando descubrieron su segunda habilidad: oír los latidos del corazón. Era como si hubiera sido creado específicamente para cazar y atrapar a su presa.

Su madre le había dicho que todo iría bien y que trataría de arreglarlo, pero Zaid sabía que no era así. Poco a poco dejó de mirar con anhelo a todos los guerreros que pasaban, sabiendo que nunca sería uno de ellos. No, estaba condenado al oscuro pozo que era la caza de recompensas, y el tiempo se le acababa.

Pasaron por otra plaza cerca del centro de Rhapta y llegaron a una enorme estructura. Ante él se encontraba uno de los muchos templos que había a intervalos por la ciudad, y que siempre estaban repletos de vida. La estructura tenía una forma similar a la de las pirámides de Egipto, excepto que parecía tener escalones en el exterior que conducían a la cima, que sostenía una enorme Piedra de alma de color azul. No era tan grande como la de la plaza central, pero seguía siendo grande. Sin embargo, el interior de la pirámide era hueca y el nivel del suelo estaba casi completamente abierto para permitir la entrada y salida de personas. Tenía "puertas" de piedra caliza decoradas con un sinfín de mosaicos y un tragaluz en el techo para que los visitantes pudieran ver el tono de las auras desde dentro.

La madre de Zaid entró rápidamente por una de las entradas, y él la siguió de cerca. Al cumplirse el primer año, su madre había elaborado un vago plan para retenerlo un año más.

Pero quería rezar primero.

El hecho de que necesitara la ayuda de una deidad no le pareció una buena señal a Zaid, pero no dijo nada. Los Anunnaki tenían muchos nombres para la deidad que adoraban, pero siempre era el mismo ser. El dador de las Piedras de alma.

Sin Piedras de alma, muchos creían que los Anunnaki no existirían, que era un regalo que se les había dado para minar y adorar. Y a cambio, se quedaban en la ciudad y rezaban, devolviendo la gloria a la deidad que se la había otorgado.

La gente se arrodillaba en el centro del templo, mirando hacia arriba mientras rezaba. Rezaban para seguir teniendo buena salud, para que sus hijos manifestaran grandes habilidades, para que los ancianos no murieran nunca, para que su vida fuera aún más larga y para que los Ubir desaparecieran. Era uno de los pocos lugares de la ciudad donde los Anunnaki dejaban que su Aura se manifestara visiblemente. Durante la mayor parte del tiempo, el Aura psíquica que conectaba a todos dentro de los límites de la ciudad era invisible, pero Zaid sabía que cada uno tenía su propia Aura representativa de su alma.

Cuando la gente rezaba, cada uno dejaba brillar la suya. Había índigos profundos, cianes, y naranjas brillantes. Vio Auras que brillaban con un color cobrizo y otras con un rojo apagado. Una mujer en la esquina tenía una de un suave gris paloma y el hombre junto a la suya era de un amarillo casi imperceptible. Nadie levantó la vista al entrar, cada uno dentro de su propia mente.

La madre de Zaid se arrodilló dentro del círculo de personas y le indicó a Zaid que hiciera lo mismo. Ella levantó la vista, respiró profundamente y cerró los ojos. Al exhalar, su aura cobró vida. La suya era de color lavanda, similar a las diminutas flores de cuatro pétalos que crecían en las enredaderas del barrio occidental. Siempre crecían alrededor de las grietas de la piedra, extendiéndose en abundancia a medida que la naturaleza se hacía cargo. Las flores le recordaban a su madre cuando se escondía en esa zona de la ciudad, recordándole que debía volver a casa.

Respiró profundamente y cerró los ojos como ella, para luego soltarlo lentamente. Zaid no necesitó abrir los ojos para saber cómo era su Aura. La había visto muchas veces y normalmente la mantenía oculta porque no ayudaba a la actitud de los demás hacia él. Siempre era negra como la medianoche y tan hermosa como el cielo nocturno. Su madre decía que podía ver pequeñas estrellas parpadeando en él, pero él nunca vio ninguna. Estaba seguro de que se lo había inventado.

Mientras se arrodillaba con los ojos cerrados, pensó en qué rezar. Pensó que debía rezar para salir de este asunto de los Venari. Pero, de nuevo, sabía que no debía pedir eso. Pensó en rezar por la salud, la riqueza o el poder, cosas que Amir pediría, pero tampoco le pareció bien. Al final, sólo pidió ser bueno en su trabajo, y entonces tal vez alguien lo miraría como si fuera importante. Alguien que no fuera su madre, por supuesto.

Cuando terminó, se asomó y vio que su madre seguía rezando. Volvió a cerrar los ojos y dejó que sus sentidos se abrieran, escuchando los ritmos superpuestos de los muchos latidos del corazón en la cámara. El profundo latido era tranquilizador, y saber que tanta gente se arrodillaba alrededor del mismo círculo, todos con el mismo propósito, le hizo sonreír. Nadie se peleaba, ni reñía, ni se alejaba de él. Todos se limitaron a cerrar los ojos y rezar.

ZAID MIRÓ ALREDEDOR de la plaza central que estaba llena de gente. En los lados este y oeste de la plaza había largos estanques rectangulares de agua. Los niños chapoteaban en las piscinas mientras los padres y los ancianos se sentaban en el borde. En el lado norte de la plaza comenzaba la mitad del largo bulevar que dividía la ciudad y en su entrada había una enorme estatua de un rey olvidado hace tiempo. En el centro había una Piedra de alma del tamaño de un carro que latía débilmente. La gente pasaba para poner las manos en su cálida superficie. Era la más grande jamás excavada. Y en el lado sur de la plaza estaba el Gran Salón.

El Gran Salón era una de las estructuras más grandes de la ciudad. Tenía la forma simétrica de un signo de suma con el ala norte que se extendía hacia la plaza. Esa ala del edificio estaba muy abierta y se apoyaba en enormes pilares de piedra caliza. Las otras alas del Salón albergaban a los Ancianos, que nunca salían, así como varias salas del consejo y diversas administraciones.

Una de esas salas era su destino ahora.

Zaid siguió los pasos de su madre mientras ésta subía los amplios escalones y entraba en el edificio abierto. Una vez dentro, su piel empezó a enfriarse a la sombra. Los miembros de los distintos consejos se paseaban con túnicas codificadas por colores, y los ciudadanos pasaban por allí en busca de asuntos diversos. Al adentrarse en el edificio, Zaid vio a unos cuantos ancianos con túnicas blancas. Cada uno de ellos llevaba un gran collar de cuentas de obsidiana con la cuenta inferior hecha de Piedra de alma.

Ancianos.

Había cuarenta de ellos en el Consejo Principal, y ninguno tenía menos de setenta años. Eso no era tan joven como uno pensaría porque los Anunnaki vivían un poco más que los humanos, pero seguía siendo viejo. Cada decisión importante que salía de su cámara dictaba cómo sería el futuro de Rhapta. Uno de cada cincuenta era nombrado Gran Anciano. El Gran Anciano era siempre alguien con una habilidad profética o psíquica. Ellos hablaban del futuro de la raza Anunnaki en un intento de guiarlos en la verdad y la sabiduría. El actual Gran Anciano Hakim era más viejo que el sol, ciego como un murciélago, y generalmente hablaba con acertijos. La única razón por la que se le permitía seguir en su puesto era que sus visiones nunca se equivocaban. No era raro que los Anunnaki tuvieran una visión una o dos veces en su vida. Especialmente con la cantidad de energía psíquica que envolvía la ciudad. Pero Hakim hablaba de cosas que vendrían cientos de años en el futuro. Una persona normal podría ver que podría llover al día siguiente.

Hace mucho tiempo, Rhapta era una monarquía. Quién fue el primero es un tema de discusión, pero un solo linaje gobernó la ciudad durante miles de años. La historia más conocida dice que, hace unos cientos de años, el último rey de Rhapta murió en su cama. Su visir de mayor confianza fue a informar al príncipe heredero, pero éste no estaba en ninguna parte. Lo buscaron durante años, pero nunca encontraron al último heredero del antiguo trono de los Rhaptanos. Desesperados por la necesidad de un gobierno y queriendo evitar un vacío de poder, los visires restantes formaron lo que hoy es el actual consejo de Ancianos.

Fue a uno de estos Ancianos a quien su madre iba a ver. El Anciano Ishar. Representaba a los Venari y era conocido por ser estricto y taciturno. Ishar seguía las reglas del consejo por encima de todo, y su madre iba a recordarle esas reglas. Con suerte, no se lo tomaría a mal.

Llegaron al ala oeste, donde había muchas oficinas para uso personal de los ancianos. En una de ellas, encontraron a un guardia de pie frente a la puerta abierta y a Ishar sentado en un escritorio. La madre de Zaid se acercó a la puerta y el guardia le impidió el paso con una lanza de obsidiana en la mano.

Se aclaró la garganta, e Ishar levantó la vista de sus papeles con ojos astutos. Déjala entrar.

Su madre entró en la sala y se detuvo ante el escritorio. Inclinó la cabeza en señal de respeto, y Zaid hizo lo mismo. Su madre le había dicho que se mantuviera en silencio, y él no pensaba hacer otra cosa.

Gracias, Su Excelencia. Mi nombre es... -comenzó, pero Ishar la interrumpió-.

Sé quién eres, Ekaja Hatem. Y sé por qué estás aquí. Miró hacia Zaid, su collar de obsidiana se balanceaba con el movimiento. *Quieres abogar por el niño, ¿Tengo razón? Te gustaría que tuviera algún otro aprendizaje. Bueno, me temo que no puedo ayudarte en eso, ya está decidido.*

Gracias por la consideración, su excelencia. Pero sólo he venido a recordarle las reglas que su consejo estableció para esta ciudad.

Las pobladas cejas blancas de Ishar se alzaron, pero no dijo nada.

El mismo consejo decretó que todos los niños debían asistir a la escuela hasta su decimoquinto año. Zaid sólo está en el duodécimo. Le pido que mantenga esa regla y le permita terminar su educación durante los tres años restantes.

Ishar la miró largamente. Zaid conocía las habilidades de Ishar como todos los niños. Podía ver el Aura de todo el mundo todo el tiempo, lo mostraran o no. Se le podía encontrar mirando los bordes de una persona, descifrando su Aura antes de responder. También sabía siempre la hora exacta, pero era el único que lo encontraba interesante.

Lo siento, señora Hatem. La necesidad de los Venari eclipsa la necesidad de la escolarización del niño. Ya estaba decidido. Volvió la vista a sus papeles, desechándola claramente.

Sin embargo, la madre de Zaid no era de las que se echan atrás fácilmente. Dio un paso adelante. *Por favor, su excelencia. Le ruego que le dé más tiempo.*

Ishar levantó la vista, ahora irritado. *Ya he...*

Oh, vamos, Ishar. Sólo quiere lo mejor para su hijo. Otra voz habló tan fresca como un invierno de tundra detrás de ellos. Zaid se volvió para ver al anciano Tahir de pie en la puerta. Era uno de los miembros más jóvenes del Consejo de Ancianos, con setenta y siete años, pero no parecía mayor de cuarenta. Unos fríos ojos negros miraron a Zaid con picardía y le guiñaron un ojo.

Tahir, las reglas están...

Sí, sí, las reglas están ahí por una razón. ¿Pero esa razón original era asegurarse de que los niños tuvieran un cierto nivel de madurez antes de comenzar sus prácticas? No querríamos que nuestro pobre chico Zaid se perdiera algunas lecciones valiosas en los próximos años. Especialmente cuando podrían ser cruciales para su aprendizaje.

Ishar suspiró. *No podemos esperar otros tres años, hay demasiados Ubir.*

Un año entonces, dijo Tahir. Démosle al chico otro año con su madre y sus compañeros antes de que empiece su formación. Y luego, si es necesario, podemos proporcionarle un tutor para que continúe sus lecciones mientras dure el aprendizaje. Puso una mano en el hombro del muchacho.

Por la expresión de su rostro, Zaid supo que Ishar había perdido esta discusión. Asintió con la cabeza. *Un año más.*

La madre de Zaid sonrió y le agradeció profusamente mientras seguían a Tahir fuera de la sala. Cuando habían caminado un poco por el pasillo, se dirigió a él. *No puedo agradecerte lo suficiente su ayuda, excelencia. Ya he perdido a mi marido. No puedo perder a uno de mis preciosos hijos tan pronto.*

No se preocupe, señora Hatem. Y creo que nuestro joven Zaid destacará en su carrera. Ambos miraron a Zaid y Tahir le dedicó una cálida sonrisa. Zaid decidió que le agradaba el Anciano. *Ahora me voy a una reunión del consejo, pero disfruten de su año, ¿Entendido?*

Zaid asintió enérgicamente, y vieron al Anciano alejarse. Las túnicas blancas se agitaban y los mechones de hielo se arrastraban tras él por el suelo de mármol.

Mientras Zaid y su madre descendían por la amplia escalera del Gran Salón hacia la plaza, alcanzó a ver una leve y familiar figura.

¡Amir! gritó Zaid. El joven, de dieciséis años, se volvió al oír su nombre y sonrió al verlos. Subiendo los escalones hacia ellos, Zaid pudo ver las tenues espirales azules en sus hombros desnudos, las marcas de un erudito. También vio su tatuaje en el lado izquierdo, de aspecto *tan normal*, y tuvo una ligera punzada de celos.

Todo eso desapareció en cuanto la mano de Amir se posó en su hombro y la calma familiar descendió a su alrededor. *Hola, hermanito. ¿Qué hacen hoy en la plaza central?*

Amir vivía ahora en el edificio de los eruditos, a sólo dos plazas de distancia, y sólo venía a casa una vez cada pocas semanas para ver cómo estaba. Zaid le echaba de menos, pero sabía que eso le hacía feliz.

Hola, mi querido hijo, dijo su madre, besándolo en ambas mejillas. *Acabamos de solicitar al anciano Ishar un año más para tu hermano antes de que empiece su entrenamiento. Casi nos lo deniegan, pero el anciano Tahir intervino y nuestra petición fue concedida.* Zaid quiso señalar que su madre no había hecho ninguna petición y que había estado reprendiendo al Anciano, pero no dijo nada.

¡Qué maravilla! dijo Amir, abrazándolo por los hombros-. *Otro año de escuela te vendrá bien. ¿Pero dijiste que el Anciano Tahir intervino? Ten cuidado con él. Hunar dice que es peligroso y más inteligente de lo que se cree. Yo me aseguraría de que no intente que hagas algo a cambio,* advirtió.

¡Amir! No digas esas cosas. Y no deberías escuchar cada palabra que dice Hunar, sabes que se relaciona con gente desagradable.

Hunar era el mentor de Amir, y mucha gente sabía que no se adhería a ningún statu quo dentro de la ciudad. Aunque Rhapta seguía siendo principalmente pacífica, las afueras y los barrios bajos eran otra cosa. Existían fuera de la barrera psíquica y, por tanto, tenían un acceso debilitado a sus habilidades y su Aura acababa por desvanecerse. Era para la gente que, o bien no quería vivir dentro de las estrictas reglas de la ciudad, o bien no podía permitírselo. Los fondos para las afueras eran escasos, y la gente enfermaba y pasaba hambre con más frecuencia que dentro. Incluso se habló de la formación de muchos grupos rebeldes que querían oponerse a los Ancianos y al modo de vida de los Rhaptanos, afirmando que deberían poder abandonar la ciudad cuando quisieran.

Las afueras de la ciudad seguían estando dentro del escudo psiónico que ocultaba a Rhapta del resto del mundo, pero en cuanto uno salía, se convertía únicamente en humano. A excepción de los Ubir. Las habladurías de la ciudad mencionaban varios nombres de eruditos, mercaderes e incluso guerreros que confraternizaban con los grupos rebeldes, pero nunca se demostraba. Hunar era uno de ellos.

Madre, es mi mentor y un hombre muy inteligente. Más inteligente de lo que mucha gente cree. ¿Sabías que una vez propuso la teoría de que había una manera de dejar la ciudad y salir al mundo humano sin perder nuestras habilidades? ¡Qué maravilloso sería eso!

Ack! dijo su madre. No quiero oír esta charla de ti. Aléjate de la gente así, por favor. Sólo quiero que estés a salvo.

Amir no parecía muy contento, pero dijo que lo haría y se despidió de ellos. Durante todo el camino a casa, Zaid pensó en el mundo humano. Conocía algunos fragmentos de él, sólo lo que les habían enseñado en la escuela, pero ¿Recorrer sus ciudades y hablar con su gente? Amir tenía razón; eso sería realmente una maravilla.

CAPÍTULO 10

REGLAS ROTAS

K inza movía los dedos bajo la luz del sol que entraba por las persianas, observando cómo creaba figuras sobre su piel.

Estaba tumbada en la cama del otro dormitorio del apartamento de Haris. Por suerte, él le había dado un juego de ropa de repuesto que le sentaba sorprendentemente bien. La ducha había hecho maravillas para limpiar la suciedad y el miedo de los últimos días. Era un milagro lo que un poco de agua y jabón podían hacer por una mente agitada. La abuela probablemente le diría que el agua tenía alguna propiedad especial de curación o algo así. Después, se desmayó en la cama y una hora más tarde la despertó la profunda voz de Zaid que retumbaba en la cocina.

Oyó vagamente que hablaban de los Ubir. Zaid debía de haberlos encontrado, lo cual no era sorprendente. Volvió a cerrar los ojos con la esperanza de volver a dormirse, pero no lo consiguió. Estaba demasiado ocupada con pensamientos sobre portales, especies antiguas y sacrificios de sangre.

Un hombre golpeó la puerta. "Ven aquí. Sé que estás despierta".

Zaid.

Kinza suspiró y se quitó las mantas. Si la dejaba en paz por una vez, sería estupendo. Salió a la cocina, donde Haris estaba comiendo una lata de judías directamente de la olla. "¿Los has encontrado?", le preguntó a Zaid, que estaba apoyado en la encimera.

"Sí, nos iremos en cuanto este cubo sin fondo termine su cuarta comida del día", dijo, señalando a Haris.

"Disculpen, algunos tenemos un metabolismo acelerado y necesitamos comer", dijo Haris, introduciendo otra cucharada.

"Entonces, ¿Dónde están? ¿Qué vamos a hacer exactamente?" Kinza no sabía cómo se suponía que iba a derribar a un Anunnaki que podía crear tornados, pero estaba bastante segura de que podía dar un buen golpe si conseguía hacerse con una palanca.

"No vas a hacer nada", dijo Zaid. "Tú y Haris sólo vendrán conmigo, así sabré dónde están, y si las cosas se tuercen, no tendré que correr hasta aquí para protegerlos".

"¿Ves?", dijo Haris a Kinza, moviendo las cejas, "Te dije que se preocupa. Es un gran blandengue". Extendió la mano como si fuera a abrazar a Zaid, pero el hombre se convirtió en un borrón y estaba al otro lado de la habitación en medio suspiro. Haris se limitó a reír mientras Zaid se quitaba una pelusa inexistente de la camisa.

"Dejaré algunas armas en el vehículo por si acaso", continuó Zaid sin hacer caso a Haris. "Pero espero que no me lleve mucho tiempo. No sabrán que voy a ir, y de todos modos no esperarían que ninguno de los dos apareciera".

"¿De verdad vamos a llevarlos de vuelta con nosotros?" preguntó Kinza. La idea de un hombre rabioso en el asiento trasero todo el camino a Tanzania sonaba menos que emocionante.

"No, a menos que alguno de ellos parezca un desertor reciente, tendré que matarlos, y sí", dijo Zaid, tomando nota de la expresión de Haris, "Tengo derecho a tomar esa decisión. No puedo llevar a cuatro personas y no puedo dejarlas libres". Se volvió para mirar a Kinza: "Necesito que me prometas que no saldrás del vehículo. No puedo permitir que te metas en medio y lo estropees todo. ¿Sí?"

Kinza le frunció el ceño. Desde luego, él pensaba que era ella la que iba a dar problemas, y no los Ubir. "Sí, alteza", refunfuñó ella. Su actitud se estaba volviendo realmente insultante, con o sin trauma infantil.

"Perfecto, nos vemos en el vehículo en diez minutos".

"¡¿VIVEN AQUÍ?!" preguntó Kinza con incredulidad.

Estaba viendo por la ventanilla del vehículo un enorme complejo turístico. Parecía el tipo de lugar al que irían los padres que pagan miles de dólares por el preescolar de sus hijos en una escapada de fin de semana. Sus padres la habían llevado a Wisconsin Dells una vez, cuando era muy pequeña, y se habían alojado en un motel que olía a moho. Su madre se había llevado todos los jaboncitos, y Kinza se sintió elegante usando las barras estampadas de fábrica en el baño de casa. Se rieron y jugaron en los parques acuáticos todo el tiempo que estuvieron allí, y Kinza no tenía ni un solo mal recuerdo del viaje. Fue su "Primera y única experiencia vacacional".

Kinza esperaba que los Ubir acamparan en el bosque o se escondieran detrás de un contenedor, pero no aquí. ¿Qué estaban haciendo? ¿Un tratamiento facial por la mañana para sacrificar a la masajista por la tarde? Probablemente no era el momento de empezar a reírse, pero no pudo evitarlo.

Zaid la miró por el espejo retrovisor y apagó el motor. "¿Algo divertido?"

"La verdad es que no esperaba que siguiéramos la pista a un grupo de Ubir en el hotel Hoity Toity. ¿Seguro que Haris y yo no podemos darnos un masaje mientras tú haces lo que tienes que hacer?" Volvió a soltar una risita, y Haris resopló una carcajada, claramente tratando de contenerla. Eso sólo hizo que Kinza se riera más fuerte.

Zaid se limitó a poner los ojos en blanco. "Quédense en el vehículo, los dos. Volveré en treinta minutos".

"Vale, asegúrate de agarrar los jabones de lujo, ¿Quieres?" Kinza apenas logró salir, Haris no pudo contener la risa esta vez, pero Zaid sólo les cerró la puerta.

EL HOTEL ESTABA REPLETO. Era casi como estar de vuelta en la plaza central de Rhapta con la cantidad de latidos que Zaid oía a su alrededor, pero había muchísimas más voces.

Había pasado por la entrada principal y se había deslizado por los pasillos sin ser visto. Había demasiada gente a su alrededor como para que alguno de ellos se diera cuenta de que no encajaba con la multitud. Se orientó mentalmente y caminó por los pasillos alfombrados hacia la parte trasera del edificio que daba al lago. Dejó que la barrera de su propia aura bajara ligeramente, sólo lo suficiente para poder sentir a los demás. Las ondas de energía maliciosa provenían de varios lugares diferentes. Una se movía a través del edificio a un piso por encima de él, y había otra en el otro lado del edificio. Pero, ¿Dónde estaba la tercera? Haris había dicho que eran tres.

Zaid subió por las escaleras, renunciando a los abarrotados ascensores hasta el segundo piso. El edificio tenía la forma de un gran rectángulo, y él se encontraba en el lado más cercano al aparcamiento, donde había sentido el grupo de auras al comienzo de la jornada. Se dirigió hacia esa dirección.

Pasó gran parte de su vida vagando por las ciudades humanas y, por lo general, sus misiones le llevaban a los lugares más oscuros: callejones, aparcamientos abandonados o en lo más profundo de una selva tropical. Rara vez tenía que entrar en la sociedad. Tenía el dinero y las tarjetas de crédito falsas, pero estaba entrenado para evitar interactuar con los humanos a menos que fuera realmente necesario. Caminar por los pasillos con aroma a madreselva y cruzarse con familias sonrientes no era algo a lo que estuviera acostumbrado. Su única interacción con la "gente" era en casa, y hacía años que no tenía más que unos días de descanso.

Zaid se congeló, sintiendo un aura que se movía paralelamente a él más adelante en el edificio. El pasillo en el que se encontraba dividía el edificio en dos y terminaba en otro pasillo perpendicular. Sin embargo, antes de girar, vaciló y pudo sentir la otra aura más adelante en el pasillo, a su derecha. A medida que se acercaban, podía sentir la rabia pulsante que emanaba. Cada Aura, Ubir o Anunnaki se sentía diferente y también tenía un aspecto diferente cuando eran visibles. Imaginó que se trataba de un color viscoso, como de agua de fregar, que se sentía ácido cuando se acercaba demasiado. La sensación casi le hizo retroceder físicamente, pero se quedó quieto, escuchando los pasos

Cuando los pasos se hicieron más lentos en el pasillo, se asomó a la esquina. Otro hombre que parecía un poco más joven que el primero. Se veía más limpio y sus movimientos menos erráticos, pero el aura era inconfundible. A veces se preguntaba quiénes habían sido estas personas, si tenían familia en Rhapta o si estaban solos. La población Anunnaki era grande y la ciudad más grande, así que las posibilidades de haber conocido a este hombre o a su familia eran escasas, pero aun así. Lo pensó.

El hombre sacó una tarjeta de acceso y entró en una habitación, la segunda desde la última. Así que allí era donde estaban acampando.

Zaid esperó unos minutos para ver si alguien volvía a salir. Sólo sintió un aura y, de todos modos, había planeado eliminarlos uno por uno. Una pareja salió de una habitación en el extremo opuesto del pasillo. Zaid se apoyó en la pared con despreocupación y les dedicó una sonrisa cortés cuando pasaron, cada uno con unos dientes blancos y brillantes. Cuando se perdieron de vista, avanzó sigilosamente.

Apenas había dado un paso cuando otra Aura apareció con toda su fuerza justo detrás de él. Girando sobre sí mismo, apenas tuvo tiempo de lanzar un golpe cuando un cuerpo delgado se deslizó a su alrededor con una gracia antinatural. Ella, claramente una mujer, se subió a su espalda y le rodeó el cuello con sus delgadas piernas, cortándole el suministro de aire. Intentó respirar, pero el agarre de la mujer era tan fuerte que los bordes de su visión empezaron a oscurecerse casi de inmediato.

Zaid agarró su daga justo cuando todo se volvió negro.

KINZA PUSO su pierna en la consola central. Estaba sentada en el asiento trasero, mirando hacia las puertas delanteras. Habían pasado casi cuarenta minutos y Zaid aún no había vuelto.

"Creo que algo va mal", dijo, mordisqueándose una uña. No

es que le importara. Sinceramente, si lo mataban, ella sería libre de ir a casa de la abuela. Problema resuelto. Pero en el fondo de su mente, sabía que aunque Zaid muriera, simplemente enviarían a otro Venari tras ella.

"Sólo relájate, él es... Él literalmente hace esto todo el tiempo. Probablemente está tratando de hacerlo de manera que los invitados no se den cuenta".

"Mhmm."

Haris se giró en su asiento para mirarla. "En serio, soy amigo suyo desde hace unos años y alguna vez le he ayudado en alguna misión. 'Ayudar' generalmente implicaba que yo hiciera de 'conductor de huida', pero él es muy bueno en lo que hace. He conocido a otros Venari que son mucho mayores que él, y los hace parecer torpes".

Una familia con una manada de niños se dirigía más allá de una línea de árboles hacia la playa, donde había un montón de gente descansando. Ya hacía demasiado frío para bañarse, pero el sol parecía cálido en la arena, y los niños llevaban cubos y palas. Pasaron otros cinco minutos y Zaid seguía sin regresar.

Kinza se incorporó y agarró la bolsa de Zaid del suelo y abrió la cremallera.

"¿Qué estás haciendo?" Haris había vuelto a girar.

Había más dagas y cuchillos largos de los que ella esperaba. Algunos eran de obsidiana, otros de hueso y otros de bronce. Había una larga bobina de cuerda gris plateada. Agarró la cuerda para tocarla...

"Yo no...", empezó Haris. Demasiado tarde. Kinza aspiró al sentir un débil zumbido. Retiró sus dedos. "Interesante".

Kinza lo miró con los ojos muy abiertos: "¿Qué es exactamente lo interesante? ¿Y qué es eso?"

"Es *laqueus*. Básicamente, una cuerda que tiene propiedades para someter a los Anunnaki y a las habilidades Ubir.

Sólo es ligeramente molesto para ellos, pero para los humanos o los niños Anunnaki, es físicamente doloroso tocarlo".

Kinza evitó tocar el *laqueus* y sacó un pequeño cuchillo de hueso, lo suficientemente pequeño como para poder meterlo en su bolsillo trasero. Dejó las dagas más grandes en la bolsa y agarró una sudadera negra con cremallera que estaba tirada en el fondo. Cuando se la puso, le llegaba hasta la mitad de las rodillas, pero la capucha era lo suficientemente ancha como para ocultar su pelo y la mayor parte de su cara. En caso de que los dos asesinos los siguieran, no quería que la encontraran tan fácilmente. Quizá no la reconocieran.

"No", dijo Haris. "Absolutamente no. Deja eso y siéntate".

"Sólo voy a ir a echar un vistazo. No voy a estorbar.

Me quedaré junto a otras personas, para no destacar..." "¡Pareces un rufián! Quédate en el vehículo".

"Ahora mismo vuelvo. Tú vigila el vehículo", dijo y bajó de un salto.

"Vas a conseguir que te maten, y no estoy exagerando, Kinza, por favor..." El sonido de la voz de Haris se cortó al cerrar la puerta. Sólo recibió algunas miradas de reojo mientras caminaba hacia la parte delantera del hotel y entraba en el vestíbulo. Los suelos de mármol blanco brillaban con acentos dorados, y en todos los pedestales había flores frescas. A la izquierda había un grupo de sofás de lujo dispuestos alrededor de un sofá, y a la izquierda, un piano de cola a la luz de las ventanas. Las puertas dobles estaban abiertas de par en par para que entrara la brisa de la tarde. Kinza se paró en la puerta, asimilándolo todo.

"El personal entra por las puertas laterales".

Kinza se giró para encontrar a un portero mayor con uniforme que la miraba. "Lo siento, ¿Qué has dicho?", preguntó.

"Personal", puntualizó, "Entran por las puertas del lado

norte". La miró de arriba abajo mientras lo decía, torciendo la nariz, mientras juzgaba su ropa.

A ella se le ocurrió gritarle que nunca se quedaría en un lugar que trataba a la gente como basura, pero hacer una escena sería lo contrario de "No estorbar". "Ah, vale, gracias", dijo en su lugar y volvió a salir. Había un camino muy cuidado que salía de la derecha de las puertas principales a lo largo del lado norte del edificio. Tardó un buen rato en llegar al otro extremo, pero finalmente encontró un aparcamiento secundario que supuso que era para el personal. También había una puerta más pequeña, sin marcar, que supuso que era su entrada designada.

Un grupo de lo que parecían camareros entraba por la puerta, y la última mujer se esforzaba por llevar una bandeja plateada demasiado grande cubierta de restos de comida. Debían de venir de la playa o de uno de los grandes miradores que había visto más adelante en la propiedad.

Kinza corrió hacia la mujer. "Vamos, deja que te ayude", dijo y levantó el otro extremo de la bandeja.

"Oh, cariño, tienes una precisión impecable. Estaba a punto de dejarla caer. Gracias". Parecía tener unos cuarenta años, con el pelo canoso bien peinado y unos expresivos ojos azules.

"No hay problema. Yo sé cómo es", respondió Kinza, tratando de entrar. Atravesaron la puerta, y Kinza dejó estratégicamente que la mujer fuera la primera para que pudiera guiarla. El camino hasta las cocinas fue más largo de lo esperado, pero no debería haberle sorprendido el tamaño del edificio.

"¿Trabajas en la cocina?", preguntó la mujer. Kinza vio que tenía una etiqueta dorada con su nombre prendida en el uniforme que decía "Meredith". Todo el personal llevaba un atuendo de color beige o verde oscuro y estaba muy bien cuidado. Ni un pelo fuera de lugar. Kinza se preguntó cómo creía que iba a pasar desapercibida al entrar por las puertas del personal; Haris tenía razón; parecía un rufián en comparación con todos los demás.

"Ah, no. Limpio las habitaciones, pero no he podido cambiarme todavía". No era del todo falso; sólo era una versión más simple de la verdad.

Llegaron a las enormes cocinas, que parecían ser al menos tres largas habitaciones, y pusieron la bandeja en un mostrador lateral. Personas con delantales blancos corrían de un lado a otro, y un hombre con la cara roja y gorro de cocinero ladraba órdenes a las almas que tenían la mala suerte de trabajar bajo sus órdenes. El personal de servicio entraba y salía de la sala en racimos llevando bandejas humeantes de comida. Todo, desde torres de piña ornamentales hasta crème brule e incluso un pavo entero, se podía encontrar en bandejas de plata perfectamente relucientes. En marcado contraste con la belleza de la comida, la mayoría del personal de cocina parecía estar al borde de las lágrimas o de un colapso mental. El padre de Kinza solía ver documentales de guerra a altas horas de la noche, y las representaciones no eran ni de lejos tan aterradoras y caóticas como la cocina del hotel.

"Yo me apresuraría, cariño. Marcus está muy alterado hoy y ya despidió a dos personas antes de la campana del almuerzo". ¿Puedes creerlo? Antes de la campana del almuerzo. Por cierto, soy Meredith", dijo, extendiendo la mano. No tenía ni idea de quién era Marcus, pero suponía que era él quien mandaba aquí. Tomó nota mentalmente de que debía evitar a las personas con ese nombre en la etiqueta.

Kinza sonrió y la tomó. "Kinza, encantada de conocerte también". "Bueno, tengo que darme prisa", dijo, mirando la ropa de Kinza. "Y rezaré por ti. Lo necesitarás si Marcus te ve así".

Kinza se rió. "Gracias, nos vemos". Esperaba que Meredith rezara por ella, pero no por Marcus. La vio salir corriendo de la cocina y adentrarse en el edificio.

Mirando a su alrededor, Kinza se dio cuenta de que realmente necesitaba moverse, pero volver a salir al pasillo parecía una buena manera de encontrarse con los camareros equivocados. Se abrió paso a hurtadillas por la cocina, tratando de evitar las bandejas de comida o tropezar con las sobras que se caían. Llegó al otro extremo de la sala sin ser descubierta y entró en la siguiente sala de las cocinas. Ésta parecía ser un poco más fría, con estantes de metal alineados a los lados y llenos de un surtido de frutas frescas, verduras, pasteles fríos e ingredientes de reserva. Aquí había algo menos de gente, así que era más fácil moverse por los pasillos.

Una brisa recorrió la sala, agitando las toallas y los delantales y haciendo que Kinza se estremeciera. ¿Por qué habría una brisa? No había ninguna ventana en esta parte del edificio. A medida que se acercaba al final de la habitación, la débil sensación de hormigueo le recorría el cuello y la columna vertebral. La sensación empezaba a ser familiar, y mantuvo los ojos y los oídos abiertos cuando no desapareció. Un momento después, un movimiento le llamó la atención en el pasillo adyacente que recorría las cocinas. Kinza corrió rápidamente hacia la puerta y miró a la vuelta de la esquina.

En medio del enjambre de personal había un hombre que se tambaleaba por los pasillos, casi como si estuviera borracho. El personal se movía a su alrededor como un río alrededor de una roca, aparentemente sin darse cuenta de su presencia. La brisa se había suavizado, pero aún arrastraba el tenue aroma de un cuerpo sin lavar en su dirección. Casi le dieron arcadas de asco. Si pudiera imaginar el aspecto de un Ubir, sería éste.

El hombre giró por otro pasillo, y Kinza se movió para seguirlo, permaneciendo tan silenciosa como pudo. Siguió avanzando por el pasillo, todavía en la zona de personal del edificio, pasando por almacenes y oficinas. Estaba a unos diez metros delante de ella cuando alguien se interpuso en su línea de visión.

"¿Qué es esto?", le espetó una voz. Era un hombre bajito, de pelo castaño y labios finos. Los ojos de Kinza se dirigieron a la etiqueta con su nombre.

Marcus. *Mierda*. "Uhh..."

"¿En qué mundo pensaste que estaba bien venir a tu lugar de trabajo *vestida así*? Por algo se te da un uniforme y se espera que estés lista y vestida quince minutos antes de tu turno y que nunca aparezcas con tu... ropa de calle", dijo con disgusto.

Kinza vio por encima de su hombro que el Ubir se había detenido en medio del pasillo y se había vuelto para mirar en su dirección. Unos ojos desenfocados la miraban directamente, y ella tuvo una repentina y abrumadora sensación de pánico. No podía asimilar ninguno de sus pensamientos, como si estuvieran atrapados en un torbellino y no quisieran bajar.

"Ahora vas a tener que venir conmigo..." decía Marcus. Pero Kinza no estaba prestando atención cuando el Ubir empezó a correr por el pasillo hacia ella.

Esto no era bueno.

CAPÍTULO II

MENTE ENCADENADA

El cosquilleo en su cuello estaba en su punto más alto, bajando por su columna vertebral hasta provocar ese calor en su abdomen. Esa sensación tan familiar no hizo más que aumentar el pánico en su mente.

No, aquí no. pensó Kinza. El Ubir había empezado a correr hacia ella, había una minúscula posibilidad de que quisiera desesperadamente hablar con Marcus, pero no estaba dispuesta a apostar su vida por ello.

"Voy a tener que pedirle que entregue su placa de identificación y su uniforme, señorita...", empezó Marcus.

"¡Lo siento mucho!", gritó ella y extendió la pierna, haciendo que uno de los camareros que pasaba junto a ellos tropezara justo con Marcus, cayendo juntos al suelo y provocando un atasco en el pasillo. "¡Perdón!", volvió a gritar y se dio la vuelta y echó a correr.

El Ubir tendría que detenerse y abrirse paso entre el revoltijo de gente, lo que dio a Kinza unos segundos preciosos para correr por los pasillos e intentar localizar a Zaid. La tarea era desalentadora, ya que pasaba puerta tras puerta, buscando el camino hacia la parte principal del hotel.

Un golpe detrás de ella la hizo volverse para mirar. Deseó no haberlo hecho, ya que el Ubir iba tras ella a toda velocidad, con sus largas piernas comiendo terreno más rápido de lo que ella podía correr. Por suerte, era inestable y seguía chocando contra las paredes y apartando a la gente del camino. Kinza era mucho más ágil y esquivaba a los turistas que les gritaban a ella y al Ubir.

Tenía que encontrar a Zaid. Y rápido. Él había mencionado que los Ubir se alojaban en una de las habitaciones superiores, pero ella no tenía ni idea de cuál. Su mejor oportunidad era correr en esa dirección y, con suerte, encontrarse con Zaid. Una repentina ráfaga de viento le golpeó la espalda con la suficiente fuerza como para que tropezara, pero mantuvo el equilibrio. Volcó un jarrón de flores, la cerámica se hizo añicos en el piso. Más gente se dio cuenta.

Una mirada furtiva hizo que su corazón latiera más rápido en su pecho; el Ubir estaba sólo unos metros detrás de ella. Esquivó a un grupo de personas y se agarró a una puerta, impulsándose hacia lo que parecía un salón de baile. En ese momento, estaba lleno de gente reunida, con un violinista en la esquina y un instructor contando los pasos. La gente gritaba mientras Kinza y el Ubir salían disparados por la sala, este último tirando a la gente al suelo. Sus pulmones empezaban a arder.

Al entrar en la siguiente sala, la capucha de la sudadera la tiró hacia atrás y cayó al suelo tosiendo. El Ubir gruñó palabras que ella no entendió bien y la empujó hacia abajo mientras intentaba incorporarse. Kinza trató de apartarlo de un empujón, pero era demasiado pesado. El olor metálico de la sangre seca le llegó a la nariz. Él se movió y le puso una rodilla en el estómago, y le rodeó la garganta con las manos. Sonrió mientras murmuraba: "Pequeña asquerosa...", y ella no entendió el resto.

El calor crecía en su estómago al mismo ritmo que el pánico.

Se agarró a las manos que la rodeaban por la garganta y respiró entrecortadamente. La gente gritaba en la otra habitación y ella trató de sofocar el creciente calor. Si la luz blanca volvía a explotar, la gente moriría. Estaba segura de ello. Tenía que haber otra salida. Tenía que haberla.

Dejó de arañar sus manos, permitiendo que el peso bajara por completo. Eso la obligó a cerrar los ojos y a derramar lágrimas, pero le permitió agarrar el bolsillo trasero. Agarró el mango del cuchillo de hueso y lo clavó en el muslo del Ubir. Él gritó y se apartó de un salto.

El aire dulce, dulce, inundó sus pulmones cuando las manos de él se soltaron. Se puso en pie mientras el Ubir aullaba junto con el viento que recorría el salón de baile. La decoración cayó sobre el suelo y los cristales de las ventanas se agitaron, pero sólo durante unos instantes antes de apagarse. ¿Quizá no podía aguantar más que unos instantes?

Sin dejar de toser, Kinza salió corriendo de la habitación y pasó por delante de un guardia de seguridad del hotel que acababa de entrar. Señaló detrás de ella al Ubir que se levantaba con dificultad, gruñendo obscenidades. Sin detenerse a mirar, se fue.

ZAID GRUÑÓ y levantó la cabeza. El interior de su cráneo palpitaba, pero al mover los dedos de los pies y de las manos, todo parecía unido y entero. El problema era que estaba atado a una silla.

"¿Estamos despiertos, princesa?", preguntó una voz aceitosa.

Un hombre apareció al otro lado de la habitación. Se dio cuenta de que estaba en una de las habitaciones del hotel. Había dos camas matrimoniales a un lado de la habitación, un escritorio y dos aparadores altos a la derecha, y Zaid atado en una silla en el centro. A juzgar por la luz de la habitación, debía de haber también dos ventanas altas detrás de él. El hombre, el Ubir que había visto entrar en la habitación, estaba sentado en el borde de una de las camas, mirándole con una sonrisa zalamera y los ojos ligeramente desenfocados. Visto de cerca, tenía la piel de color marrón claro y el pelo ralo. Parecía que también le habían roto la nariz varias veces.

"Me preguntaba cuándo enviarían a uno de ustedes", reflexionó el Ubir. "Había pensado que vendrías antes, pero debería estar contento con la libertad que he tenido hasta ahora, ¿No? No importa", dijo, poniéndose de pie. "No pienso volver".

"¿Libertad?" Zaid graznó. Tenía la garganta en carne viva, así que tragó dos veces, tratando de recuperar la humedad. "No tienes libertad. Estás atado a tu propia locura".

El Ubir rodeó la silla de Zaid para detenerse justo delante de él y se inclinó, con las manos en las rodillas, para inspeccionar el rostro de Zaid. "Y, sin embargo, eres tú el que tiene que correr a casa cada vuelta de la luna como un perro azotado, mendigando las sobras. Siempre me he preguntado si te hacen luchar por la oportunidad de volver a salir, como un premio o algo así".

"Realmente te gusta hablar de ti mismo", dijo Zaid, riéndose.

Es mejor que escuchar tus divagaciones internas, dijo su voz desde el interior de su mente. La cercanía de la voz le hizo sentir que su mente estaba violada, recubierta de una sustancia maloliente. Quería limpiar su mente. El Ubir debió de oír su pensamiento, porque una amplia sonrisa se dibujó en su rostro. Zaid lo empujó mentalmente y dejó que la niebla fresca y agradable rodeara los bordes de su mente.

El Ubir frunció el ceño con desaprobación y dio un paso atrás. "¿Dónde están los demás?" preguntó Zaid. "Sé que son tres".

"Ah, sí, seguro que tu amiguito Ummanu te ha hablado de nosotros. Se portó muy bien en nuestra visita. Tan complaciente, pero me hubiera gustado que se quedara. Quería jugar con su pequeño portal". Frunció el ceño burlonamente en dirección a Zaid. Cuando los Anunnaki dejaban la ciudad para convertirse en Ubir, algunos salían directamente a Tanzania y buscaban su camino desde allí. Sin embargo, la mayoría no son muy buenos para navegar por el mundo humano y acaban quedándose en la parte oriental de África. Pero algunos planifican con antelación y llegan más lejos a través de aviones o simplemente a pie.

La mayoría de los Anunnaki jamás usan los portales a menos que fueran Venari, o algún Anciano ocasional si fuera necesario. Así que las posibilidades de que un Ubir supiera cómo operar uno eran muy bajas, a menos que por alguna casualidad un Venari se convierta en Ubir; eso siempre es malo. Sin embargo, todos saben que el camino más rápido para volver a la ciudad es un portal.

Muchos de ellos, y supuso que el hombre apestoso estaba incluido, desarrollan planes locos para atacar la ciudad si se alejan lo suficiente. Dicen que están liberando a los ciudadanos Rhaptanos de las férreas garras de los Ancianos. Era la locura la que hablaba, en realidad. Lo único que pasaría si llegaran a las fronteras de la ciudad es que serían abatidos inmediatamente. Los guardias patrullaban la ciudad y los Ancianos vigilaban el lazo psíquico; no había forma de que un Ubir lograra entrar en Rhapta.

El Ubir tarareó. "Bueno, veamos, Basma está colgada de las vigas en uno de los salones de baile. La conociste antes". Guiñó un ojo. "Y Ghassan..." Inclinó la cabeza como si estuviera escuchando. Después de un momento, levantó las cejas y sonrió. "Parece que Ghassan está jugando a un divertido juego con tu compañera por los pasillos. Causando bastante alboroto, diría yo". Sus ojos se centran y se desenfocan como si estuviera aquí y a la vez no.

"¿Mi compañera? Los cazarrecompensas no trabajan en pareja, ¿O tu mente está demasiado adormecida para recordarlo?"

"Hmm, Ghassan está persiguiendo a un pajarito con bastante intensidad, y las únicas personas que Ghassan quiere realmente para los ritos de sangre son Anunnaki, así que debe estar contigo".

Anunnaki... *Tienes que estar bromeando*. Zaid gimió mentalmente y maldijo a todos los dioses de todas las religiones que conocía. ¿Por qué? ¿Por qué tenía que atraparla? ¿Por qué los Ancianos no podían haberle dado esta tarea a otra persona? Podría haber terminado con esto hace días.

Era hora de cambiar el plan. "Sí, culpa mía, olvidé mencionar ese pequeño cambio. Te sugiero que me desates antes de que ella llegue. Verás, ella tiene esa maravillosa habilidad de quitarle las habilidades a cualquier Anunnaki. Probablemente esté jugando con tu compañero ahí abajo antes de convertirlo en un simple humano".

Vio que los ojos del Ubir se abrieron un poco, pero dijo sin titubear. "Estás mintiendo. Dime la verdad". La última parte la dijo con compulsión. En cualquier otra persona, podría haber funcionado, obligándole a escupir la verdad tanto si quería decirla como si no, pero no en un Venari. Era una prueba de hasta dónde había llegado la locura de este Ubir que había olvidado que todos los Venari están entrenados para mentir. Si, por casualidad, son capturados por los humanos y tienen que pasar una prueba del detector de mentiras, pueden hacerlo. No es que eso impidiera que el FBI los encerrara por falta de una identidad verificable, pero era una habilidad útil.

Zaid estabilizó su respiración, redujo su ritmo cardíaco, dejó que sus ojos se dilataran y mintió. "Mi compañera tiene la capacidad de arrebatar las habilidades de los Anunnaki".

El Ubir maldijo, ahora paseando por la habitación. Siempre fueron atraídos a la vida por la promesa de libertad. La libertad de vivir como Anunnaki de pleno derecho, pero fuera de la ciudad. La idea de convertirse en humanos les resultaba generalmente aborrecible. Zaid lo observó mientras se movía, murmurando para sí mismo. Aprovechó la distracción para liberar una de sus muñecas; sinceramente, no estaban bien atadas. Era un nudo de cazadores poco hábiles que no esperaban que su presa escapara.

Zaid no creyó ni por un segundo que sus dagas estuvieran todavía con él. Supuso que se las habían quitado todas. Cuando el Ubir volvió a cruzar la habitación, Zaid se arriesgó y lanzó un brazo hacia él, agarrando la parte delantera de su camisa y golpeando su frente contra la del Ubir. El Ubir gritó y retrocedió, y Zaid se lanzó sobre él, con silla y todo, para caerle encima. La mitad de la silla se resquebrajó y se partió, y todo quedó libre, excepto su otro brazo. Lo utilizó para aplastar los trozos restantes de la silla sobre el Ubir, y ésta se hizo añicos a su alrededor.

Zaid retrocedió un paso, pero fue un segundo demasiado largo porque el Ubir gritó y se abalanzó sobre él. Era más corpulento de lo que se podía imaginar y le costó un poco de esfuerzo quitárselo de encima, pero no antes de recibir un buen golpe en la mandíbula que le hizo ver estrellas.

Parpadeando a su alrededor, se puso en pie justo cuando otro golpe venía en su dirección. Maniobró hábilmente alrededor de él y le dio una patada, enviando al Ubir al suelo de nuevo. Zaid le agarró el pie y lo acercó. Cuando el hombre trató de incorporarse, Zaid le dio otro puñetazo, haciéndole caer de nuevo al suelo.

Justo cuando iba a empezar a golpearlo, algo se clavó en su mente como un ancla. Sólo tuvo medio respiro para darse cuenta de que no era bueno cuando esa voz estaba dentro de su cabeza, pronunciando órdenes.

DETENTE.

Zaid se detuvo. El Ubir respiraba con dificultad y se puso en pie. NO TE MUEVAS. Le dio un puñetazo en el ojo a Zaid y éste no hizo nada. No pudo; la compulsión estaba en lo más profundo de su mente como un pescado que se tragó el anzuelo".

El Ubir se puso en pie y le dedicó una sonrisa sin alegría.

DE RODILLAS. Zaid se arrodilló. Le dio una patada a Zaid en el estómago y de nuevo no pudo reaccionar. Intentó sacar el ancla de su mente, pero estaba demasiado enterrada.

GIRA TU CABEZA A LA DERECHA. Zaid giró la cabeza. Un puñetazo, ahora ensangrentado, volvió a golpearle, esta vez directamente en la nariz. La sangre salió a borbotones y el dolor le hizo lagrimear. No pudo hacer nada mientras el Ubir le daba una orden tras otra, cada una seguida de otra patada, puñetazo o codazo. Su ojo izquierdo empezó a hincharse, la sangre le goteaba en la boca y no podía escupirla. La última patada iba dirigida a su caja torácica, y fue dura. Sintió que los huesos se fracturaban mientras el aire salía disparado.

Zaid siguió arrodillado ante el Ubir, tratando de sacar el ancla de su mente. Estaba de cara a la ventana mientras el Ubir estaba de pie ante él, la luz que entraba le daba el más irónico de los halos. Otra sonrisa aceitosa se dibujó en su rostro. Parecía estar disfrutando de esto.

DEJA DE RESPIRAR.

KINZA ESTABA MUY SEGURA de que sus piernas se habían adormecido hace unos minutos. El hotel era enorme y ella había recorrido casi toda su extensión esquivando familias y miembros del personal. Al parecer, la seguridad del hotel no había comprendido del todo lo que estaba pasando.

No era tan tonta como para pensar que habían detenido al Ubir, así que no redujo la velocidad. Y, efectivamente, volvió a oír gritos y un fuerte viento le golpeó la espalda. Unos pasos fuertes vinieron tras ella, ligeramente desincronizados. Estaba cojeando.

Bien.

Evitó los ascensores y se dirigió a la escalera de servicio al final del pasillo, rezando para que no estuviera cerrada. Al golpear la puerta a toda velocidad, se abrió. El alivio duró mucho, ya que se giró al ver que el Ubir venía tras ella por el pasillo como un perro rabioso. Dejó que la puerta se cerrara de golpe y derribó el cubo de la basura del hueco de la escalera, con la esperanza de que lo retrasara.

Las tortuosas luces de las escaleras le parecieron ominosas cuando empezó a subir. Cuando llegó al segundo piso, oyó que la puerta se abría de golpe. El Ubir maldijo al tropezar y caer sobre el cubo de basura y aulló de dolor. Debió de aterrizar sobre su pierna.

Sin embargo, siguió subiendo, el aire le llegaba a bocanadas. Sinceramente, le sorprendía no haberse desmayado todavía, no era una gran corredora y no había visto el interior de un gimnasio desde el instituto, así que el hecho de que siguiera adelante era impresionante. La escalera del tercer piso quedó a la vista, la abrió de un tirón y empezó a correr en dirección contraria, de vuelta a la extensión del hotel. Sólo había dado unos pasos cuando una de las puertas de las habitaciones se abrió y un joven empezó a salir. Sin pensarlo, lo empujó hacia adentro y cerró la puerta. "¡Eh!", gritó mientras volvía a entrar a trompicones en la habitación. Llevaba unos pantalones cortos de color rosa salmón y un horrible jersey. Debía ser alguna tendencia de moda actual. " ¿Quién eres... "

"¡Shh!", le cortó ella. "Por favor, cállate un momento". Contuvo la respiración y acercó el oído a la puerta. Con toda seguridad, pudo escuchar la puerta de la escalera abrirse de golpe y los pasos bajar por el pasillo. El corazón le latía a doble velocidad cuando los pasos se acercaban y luego pasaban por la puerta y se dirigían hacia el pasillo.

"Disculpe, esta no es su habitación. ¿Está drogada o algo así?", le preguntó el tipo, agarrando su hombro. Ella lo empujó con más fuerza de la que pretendía, y él volvió a tropezar y a caer al suelo.

"Lo siento", susurró ella. "Que tengas un buen día". Abrió la puerta y se asomó a la derecha. Vio que el Ubir se retiraba y que algunos invitados se apartaban de su camino. En silencio, salió al pasillo y cerró la puerta suavemente. Caminando lenta- mente hacia el hueco de la escalera, sintió un cosquilleo en el cuello y echó una mirada cautelosa por encima del hombro. Estaba a unos pasos de la puerta de la escalera, pero a lo largo del pasillo podía ver al Ubir corriendo hacia ella de nuevo.

Oh, no...

Volvió a meterse en el hueco de la escalera y vio que ésta subía otro medio metro. Acceso al techo. El cartel decía que sonarían las alarmas, pero ella se abrió paso hasta el techo y no oyó nada más que su propia respiración agitada y los pasos que se acercaban.

La parte superior del tejado estaba completamente cubierta, con sólo un pequeño muro que la rodeaba. Había grandes ventiladores y un ejército de compresores de aires acondicionados esparcidos por el lugar, y Kinza corrió entre ellos, agachándose.

La puerta de acceso a la azotea se abrió y oyó al Ubir salir y detenerse. Kinza trató de frenar su ruidosa respiración y se colocó detrás de otro compresor, manteniéndose agachada.

"Estás aquí... Lo sé", dijo el Ubir en un revoltijo de palabras. Su voz era como melaza pegajosa. Ella pudo oír cómo se movía por el tejado, tratando de encontrarla. Ella siguió alejándose del sonido de él, esperando encontrar otra puerta. Pero pronto llegó al borde del tejado y pudo ver el lago desde su posición. Mirando hacia abajo, era demasiado alto para saltar. Seguramente se rompería la mayoría de los huesos, si no el cuello.

"¿No hay lugar a donde correr, pajarito?" Kinza se giró y el Ubir salió de entre dos grandes ventiladores. La locura bailaba en sus ojos. Mirar a alguien con quien realmente no se podía razonar era como tener un animal violento delante. Tenías que huir o atacar. Y ella no tenía a dónde huir.

Kinza se palpó los bolsillos.

"¿Buscas esto?", sostuvo el cuchillo de hueso, aún cubierto de sangre. Al mirar su pierna, pudo ver el desgarro en sus pantalones, pero no quedaba más que una débil cicatriz. La miró con avidez y a Kinza se le erizó la piel.

Retrocedió, y chocó con la pared en la parte posterior de sus muslos.

No tenía dónde ir.

"Dime, pajarito, ¿Puedes volar?" El viento estalló a su alrededor, lanzando hojas por el tejado y hacia los ojos de Kinza, con el pelo revuelto en la cara. El Ubir corrió hacia ella con el cuchillo de hueso mientras intentaba ver. En cuanto pudo, él estaba allí, y ella se giró y tiró de su brazo hacia ella.

Cayó justo sobre el borde del tejado.

CAPÍTULO 12

VÍNCULOS TRAICIONADOS
SIETE AÑOS ATRÁS

Zaid caminaba por las calles iluminadas, subiéndose la capucha para evitar el resplandor de los carteles de neón y así poder mantener su objetivo a la vista.

Había seguido al hombre, o al Ubir en realidad, durante casi media milla por el centro de Osaka. Cientos de personas caminaban en tropel a su alrededor, pero él no perdía de vista al encapuchado que se encontraba unos metros más adelante. Había recibido su primera misión, y aunque estaba nervioso y emocionado, estaba resultando mucho más fácil de lo esperado.

Cuando Savar le había dado la ubicación del primer Ubir, pasó horas intentando investigar sobre el país de Japón, su gente, su cultura y su idioma. Aunque los Anunnaki dominaban los idiomas mucho más rápido que los humanos, los miles de caracteres le dejaron perplejo. Tampoco tenía idea de cómo iba a encontrar a una persona entre millones.

Había llegado esa mañana, viajando a través del portal a las afueras de la ciudad. El Ummanu allí, un hombre mayor, le dio la bienvenida y le indicó cómo llegar a la ciudad. Le costó varios intentos entender el sistema de trenes, pero finalmente llegó. El nivel de ruido era lo que más le inquietaba. Había pasado bastante tiempo en las afueras de Rhapta los últimos años para acostumbrarse al habla verbal, pero aún era nuevo para él.

Cuando llegó a la ciudad, se pasó horas dando vueltas preguntándose cómo podría encontrar a un Ubir en esta ciudad. Se detuvo en una parada de autobús y buscó con su aura en esa dirección. Lo que encontró le hizo retroceder físicamente. La energía violenta y caótica que era el Aura de un Ubir le golpeó como un autobús. Había sentido el aura de un Ubir en los entrenamientos unas cuantas veces cuando los traían, pero siempre habían estado atados. Dicha aura estaba a media milla de distancia, y sentía como si le quemara la piel.

No tardó mucho en encontrar a la figura tambaleante serpenteando entre la multitud en una dirección casi sin rumbo. Zaid continuó siguiéndolo, acercándose lentamente. Quería esperar a que estuvieran en una zona menos poblada antes de saltar sobre él, pero parecía que eso nunca ocurriría.

En algún momento, el Ubir giró por una pequeña calle lateral en las afueras del centro de la ciudad. Zaid redujo su propia aura y lo siguió a pulso desde allí. Cuanto más caminaba, menos gente había. Sólo unas pocas parejas caminaban de la mano, compartiendo bolsas de bolitas rosas y azules y carne en un palillo. La ropa y la comida humanas le seguían resultando extrañas a pesar de su entrenamiento, pero era interesante.

El Ubir estaba a punto de doblar otra esquina cuando se dio media vuelta. Debió de ver a Zaid porque echó a correr.

Zaid gimió y lo siguió. Corrió pero no demasiado rápido; no quería llamar la atención de los humanos o de su gobierno. Corrieron por callejones y calles laterales, pasando por tiendas que anunciaban productos para el cuidado de la piel y pequeños dibujos animados con luces brillantes. Era difícil concentrarse en la figura, así que se dejó guiar por su aura. Zaid se quedó a unos metros detrás de él, esperando el momento oportuno, cuando el Ubir se desvió repentinamente hacia una tienda de ramen.

La fila de gente que salía por la puerta les gritó, pensando que se estaban colando, pero Zaid siguió al Ubir a través del restaurante y hasta la cocina trasera. Tenía que detenerlo ahora antes de que alguien saliera herido. Esto se estaba poniendo demasiado reñido.

Mientras el Ubir corría a través de la cocina, Zaid imprimió un mínimo de velocidad y agarró su capucha. El Ubir se retorció y cayó al suelo, y Zaid se cernió sobre él.

Te tengo, dijo, sonriendo y le arrancó la capucha.

La visión de Zaid se estrechó hasta convertirse en un pinchazo cuando los ojos maníacos de su hermano mayor lo miraron. Los ojos, tan familiares y a la misma vez tan desconocidos, enfocados y desenfocados. Una sonrisa salvaje y perturbada partió sus labios al ver la cara de Zaid. *Hola, hermanito.*

Zaid huyó del restaurante.

VAGABUNDEO por las calles durante mucho tiempo. El tiempo suficiente para que el sol se pusiera por completo y apareciera la intensa vida nocturna. Agitaban volantes en su cara, la gente se sacaba fotos y la música sonaba en cada esquina.

Él no oyó ni vio nada de eso.

El rostro ferviente de su hermano la última noche que lo había visto, hacía más de un año, era lo único que tenía en mente.

Zaid había disfrutado de su último año en la escuela, a pesar de las miradas que recibía. Con el tiempo, se corrió la voz de que había sido elegido, y el trato que recibían él y su madre decayó drásticamente. Pasó todo el tiempo que pudo trepando a los árboles de baobab, robando *guakales* a los vendedores, y hablando con su mejor amigo, Khalil, todo lo que podía.

Amir venía cada vez menos a casa y pasaba más tiempo con su mentor, Hunar, y un campo de otros eruditos. Cada vez que volvía a casa, estaba más excitado y hablaba más fuerte sobre las cosas que los eruditos sabían. Al parecer, sus conocimientos se adentraban en la historia de los Rhaptanos, los reyes y las profecías.

Amir se pasaba las comidas en casa hablando de las cosas que los Ancianos les ocultaban, citando que tenían el control de los Ubir, o que nos tenían a todos encerrados, o que habían matado al último rey Rhaptano. Las conversaciones descabelladas hacían que su madre le gritara, y siempre acababan en una pelea a gritos. Zaid salía corriendo para sentir el dulce aire de la noche hasta que dejaban de hacerlo.

Al final, Amir salía y se disculpaba, colocando el familiar peso de su mano sobre el hombro de Zaid, y una suave calma lo atravesaba. Unas cuantas veces le rogó a Amir que se limitara a actuar con normalidad cuando llegara a casa, pero su hermano siempre decía que tenía que hacer lo mejor para su familia. Esto les ayudaría de alguna manera.

Justo después del decimotercer cumpleaños de Zaid, Amir llegó a casa una noche de improviso. Irrumpió en la puerta, dando tumbos, rebuscando entre los papeles y entrando en su antigua habitación para buscar en un cofre. Hacía meses que no volvía a casa, después de que él y su madre tuvieran una pelea especialmente desagradable.

¡Amir! ¿Qué ocurre? ¿Qué está pasando? Su madre se levantó y lo siguió a la otra habitación, con Zaid detrás. Amir se giró

para mirarla y vio que los ojos de su hermano estaban frenéticos y ligeramente dilatados.

¿Dónde está? ¿Dónde está el libro rojo con las letras doradas? Necesito algo de su interior! dijo y reanudó su búsqueda.

Hijo mío, ¿Estás borracho? ¿O has tomado algún tipo de hierba? ¿De qué estás hablando?

Amir volvió a girar y los miró a ambos. Se acercó a su madre y la agarró por los hombros. *¡Es Tahir! Lo sabe, ¡Pero no sabe que lo sabemos! Tengo que... tengo que irme.* Volvió a entrar en la habitación principal.

¿Amir? preguntó Zaid. La mirada temerosa de sus ojos lo asustó. Nunca se había puesto tan nervioso.

Su hermano se volvió para mirarlo y lo agarró de los brazos. *No confíes en él, Zaid. ¿Lo entiendes? Él no sabe que nosotros lo sabemos, y yo solo tengo poco tiempo... Tengo que... Tengo que enfrentarme a él... Necesito saber la verdad...*

¡Ya es suficiente! Gritó su madre. *No escucharé más de ti hablando calumnias de los Ancianos.*

Amir ni siquiera pareció escucharla, simplemente se dio la vuelta y se fue. Ni siquiera encontró lo que buscaba. Esa fue la última vez que Zaid vio a su hermano. Unas semanas más tarde, un viejo erudito y unos cuantos guardias se presentaron en la casa y preguntaron por el paradero de Amir. Había desaparecido de su aprendizaje.

La madre de Zaid entró en pánico y fue de casa en casa preguntando por Amir. Al parecer, también habían desaparecido otro joven erudito y un guardia. Cosas así nunca eran una buena señal. Por lo general, significaba que habían desertado y salido al mundo y se habían convertido lentamente en humanos, o que habían completado un rito de sangre y se habían convertido en Ubir.

Su madre se negaba a creer ninguna de las dos cosas, pero Zaid sabía que no era así. Ella siempre quería creer lo mejor de la gente, pero él había aprendido a ver las cosas como eran. Amir había estado rodeado de gente relacionada con un grupo rebelde durante el último año, y hablaba en ráfagas frenéticas sobre conocimientos profundos y ocultos y sobre la gloria de vivir en el mundo humano sin dejar de ser Anunnaki.

Zaid y su madre fueron a los templos muchas veces, y cada vez pedía que su hermano estuviera bien, pero parecía que su petición caía en saco roto. Con el paso del tiempo, las posibilidades de volver a ver a su hermano eran cada vez más escasas. Su madre lloraba durante días y sonreía menos, como si Amir se hubiera llevado una parte de su Aura. Y cuando llegó la hora de ir al entrenamiento, ella rogó a los guardias que no se lo llevaran. Sin embargo, él le dijo que estaría bien y que iría a verla cuando pudiera.

Sin embargo, ver a su hermano hoy le devolvió el pánico inicial. Aunque sabía que el hecho de que Amir se convirtiera en un Ubir era una posibilidad muy real, no podía conciliar la idea de que su hermano mayor eligiera sacrificar a otra persona; que utilizara magia de sangre. Amir siempre había querido abandonar la ciudad, pero ¿Tanto como para matar a alguien? La idea se negaba a arraigar en su mente.

Zaid siguió caminando por la calle hasta que pudo ver un pequeño parque más adelante, por encima de las cabezas de la multitud. Recientemente había pegado un estirón y había crecido varios centímetros. Ya superaba a su madre, y ella decía que probablemente no había terminado de crecer.

El pequeño parque, con un agradable descanso de hierba verde y un pequeño estanque koi en el centro. A un lado había una glorieta blanca y en los árboles colgaban luces de hadas. No se parecía en nada a la naturaleza de los Rhaptanos, pero el descanso de las luces duras y la música estruendosa del centro era un alivio. No era nada parecido al peso tranquilizador de la mano de su hermano, pero no era de los que querían cosas que no podían tener.

El banco de la glorieta crujió cuando se sentó. Los peces koi negros y anaranjados nadaban en zigzag por el agua, completamente ajenos a lo que ocurría en el mundo y a las decisiones que tenía que tomar. ¿Qué debía hacer ahora? Sus órdenes eran capturar al Ubir en Osaka y devolvérselo a Savar, quien, con unos cuantos Venari más viejos, le pondría en una celda. Rhapta disponía de celdas en el subsuelo para mantener a los prisioneros, pero se utilizaban principalmente para los Ubir, ya que eran el mayor enemigo de Rhapta.

¿Cómo podía llevar a su propio hermano? ¿El hermano que lo había cuidado cuando se cayó de los baobabs? ¿El hermano que le había comprado *guakales* cuando no tenía dinero? ¿O el hermano cuya presencia tranquilizadora estuvo a su lado la noche en que fue elegido como Venari? ¿Qué tan irónico era que Amir tuviera que ser capturado por el mismo niño que había pasado la mayor parte de su vida cuidando?

A Zaid se le retorció el estómago.

Al recordar las veces que Amir había cuidado de él, recordó también las veces que no había estado allí. Todas las veces que había vuelto a casa sólo para enfadar a su madre o para hablar en contra de los Ancianos. Cuanto más pensaba Zaid en ello, Amir lo había abandonado. Nadie le había obligado a abandonar Rhapta para convertirse en Ubir. La elección era suya y sólo suya. Había decidido matar a otro ser vivo para escapar de la ciudad en lugar de quedarse con su hermano y su madre.

La ira comenzó a hervir en el estómago de Zaid. ¿Cómo se atrevía a hacerle esto? Se levantó de su asiento y comenzó a caminar por donde había venido.

Volvió a abrir sus sentidos y encontró el Aura destrozada en unos instantes. Cruzó la calle y bajó por otra. Con cada paso, el odio amargo lo ahogaba. Nunca había hecho nada para merecer esto. Había ido a la escuela y amado a su familia e incluso había aceptado su nombramiento como uno de los Venari con dignidad. Nunca mereció lo que Amir le hizo cuando se fue.

Alcanzando la velocidad máxima, Zaid se movió más rápido de lo que el ojo podía ver. A su paso, el viento agitó los cabellos de los humanos, y pensaron que una fuerte brisa danzaba por la calle. Pero Zaid siguió el aura y en pocos minutos estaba en un callejón oscuro.

Amir estaba allí, caminando lentamente hacia el fondo del callejón, y Zaid vio por qué. Una joven se acobardaba al fondo, viendo cómo se aproximaba el rostro amenazante de su hermano. Vio que Amir tenía un cuchillo corto y romo en una mano y se dio cuenta de lo que había querido hacer.

La rabia ardiente se acumuló en su pecho cuando Amir se giró para verlo. Sus ojos se abrieron momentáneamente, pero no llegó a gritar porque Zaid le dio un puñetazo en la nariz.

CAPÍTULO 13
INCERTIDUMBRE ACUMULADA

Zaid no podía respirar. No es que no quisiera, o que sus vías respiratorias estuvieran bloqueadas. Simplemente no se lo permitían. El cuerpo sólo podía durar unos minutos como máximo sin oxígeno. Se desmayaría primero, por supuesto, pero no sabía si la compulsión del Ubir duraría en la inconsciencia.

Estaba pegado al suelo, sus pulmones ardían y tenía varias costillas rotas. Años de entrenamiento le hicieron concentrar su mente y alejar el dolor a un lugar lejano. Una vez que su mente volvió a estar en calma, encontró el lugar donde el ancla del Ubir estaba enterrada profundamente. Empezó a tirar de ella, pero era como si se empezaran a formar raíces y a cavar más profundo.

Sus pulmones estaban a punto de estallar. Desde su lugar en el piso, podía ver el oscuro brillo de una de sus dagas sobre la cama más cercana. Si pudiera moverse.

Esta vez fue más despacio, tratando de meter puñales mentales bajo el borde del ancla, intentando sacarla. La atención del Ubir se centró en la compulsión ahora que no estaba distraído por los golpes de Zaid. Eso era lo que necesitaba, algo que lo distrajera.

Como si un milagro literal hubiera sido enviado desde el cielo, un cuerpo pasó en picado por la ventana, gritando todo el camino para terminar en silencio al caer al suelo.

El sonido desvió la atención del Ubir durante una fracción de segundo. Eso fue todo lo que Zaid necesitó para empujarse mentalmente bajo el ancla y liberarla. La compulsión salió de él como el agua por el desagüe, y aspiró un largo suspiro.

Cuando el Ubir se dio cuenta de lo que había hecho, Zaid no le dio la oportunidad de volver a hundir el ancla. Utilizando una rodilla para ponerse en pie, agarró con un solo movimiento la daga de la cama y la clavó en el pecho del Ubir.

Se escuchó un débil gruñido antes de que Zaid oyera que los latidos del Ubir se detenían de inmediato. El aura se desvaneció al final como la niebla que se dispersa en el amanecer. Siempre era la última en irse.

El cuerpo cayó al piso, y Zaid se levantó. El rostro de su hermano se hizo cenizas en su mente, y casi tuvo arcadas. Prefería mil veces la compulsión a revivir aquel recuerdo, así que lo volvió a enterrar como siempre.

Se acercó cojeando al balcón y salió. En realidad, sólo estaba destinado a ser un elemento de ornamento, ya que apenas sobresalía de la pared. Todos parecían ser así. La habitación estaba, en efecto, en el segundo piso, casi en la esquina que daba al lago. A la derecha había un pequeño bosquecillo de árboles que bordeaba el edificio y, al asomarse, pudo ver una forma tendida en la hierba.

A Zaid le dolían las costillas y la sangre le chorreaba por la cara. Tenía que buscar a Kinza y salir de allí. Tendrían que volver por el otro Ubir más tarde. Estaba a punto de volver a entrar cuando oyó voces en el tejado.

Al mirar hacia arriba, se sintió confundido al ver el

sedoso cabello negro que se movía con la brisa. La parte posterior de la cabeza y el torso de Kinza se veían mientras ella se apoyaba en el muro bajo que rodeaba el borde del tejado.

"¡Kinza!", gritó, tratando de llamar su atención, pero su voz era ronca y salió más silenciosa de lo que pretendía. ¿Qué estaba haciendo allí?

De repente se dio cuenta de quién estaba en el suelo; debía de ser el Ubir Ghassan. Pero, ¿Dónde estaba el último? Volvió a levantar la vista y vio que Kinza estaba de espaldas contra la pared, con las manos ligeramente levantadas.

No. Basma debía de estar allí arriba con ella, y Kinza no tenía adónde correr. Si se caía, estaba demasiado lejos para que él pudiera atraparla. "¡Kinza!", volvió a gritar. Ella debió oírle esta vez porque giró la cabeza en su dirección. Pero al hacerlo, Zaid vio una pierna delgada que se extendía en dirección a Kinza. Ella trató de girar para evitar el golpe, pero ya estaba arrinconada contra la pared, y el movimiento la hizo volcar y caer en picado por el lado del edificio.

"¡Kin—No!" gritó Zaid. Observó cómo su cuerpo caía hacia la silueta de Ghassan en el suelo, entre los árboles. Le invadió una sensación de temor cuando no vio ningún movimiento entre los árboles.

Levantó la vista y vio la leve figura de Basma de pie en el borde del tejado. No pudo distinguir su expresión, pero cuando se dio cuenta de su presencia, se alejó del borde y se perdió de vista.

Un suspiro después, salió corriendo de la habitación.

KINZA ESCUPIÓ UNA HOJA. Las zarzas se enredaron en su pelo, y ella se arrastró fuera de los arbustos y miró a su alrededor.

Estaba junto a una línea de árboles al otro lado del aparcamiento, cerca de la carretera principal, probablemente a un cuarto de milla del hotel.

Un cuarto de milla del hotel.

Hacía unos instantes, había visto cómo el Ubir se caía del tejado. Se había dado la vuelta, con la intención de volver a entrar, cuando se encontró con una mujer delgada de pie justo detrás de ella. La mujer no debía tener más que unos pocos años más que ella, como mucho, pero tenía los mismos ojos desenfocados que el hombre. Una sonrisa feroz se había deslizado por su rostro ante el flagrante miedo de Kinza, y se dio cuenta de que debía de ser una de los otros Ubir.

Kinza había tratado de suplicarle, pero la mujer sólo se acercó, cada paso tan elegante como el de una bailarina. Cuando la mujer dio una patada, Kinza trató de esquivarla, pero la mujer era demasiado rápida. Kinza se tambaleó y cayó de espaldas sobre el borde del tejado, con el estómago revuelto en la garganta.

La caída libre no fue agradable, pero tampoco lo fue aterrizar en un arbusto a un cuarto de milla de distancia. Un segundo había estado cayendo y al siguiente se había golpeado contra el suelo dentro de los arbustos, con la fuerza suficiente para dejarla sin aliento.

Kinza se examinó los brazos y las piernas, no tenía nada roto, pero la desconcertante sensación de estar en un lugar en el que físicamente no podía estar le hacía tambalearse. Empezó a caminar de vuelta al aparcamiento en dirección al vehículo. Se quitaba las hojas del pelo y se frotaba la cadera con la que había aterrizado. Seguro que tendría un moretón.

"¡Kinza!", gritó una voz grave. La sobresaltó tanto que saltó, pensando que era otro Ubir. Se relajó cuando vio que eran Zaid y Haris corriendo hacia ella desde el otro lado del terreno. Obviamente, Zaid llegó mucho más rápido y la agarró por los hombros, sacudiéndola suavemente. "¿Estás herida?", le preguntó. No se molestó en esperar una respuesta y empezó a palparle los brazos y los costados. Kinza vio que estaba mucho peor que ella. La sangre le corría por la nariz, un largo corte se iba tejiendo lentamente a lo largo de la mandíbula y un ojo estaba medio hinchado. Parecía que había estado en una pelea.

"Uhh..."

"¿Por qué has venido hasta aquí? ¿Y por qué llevas mi sudadera?", se despidió de las preguntas.

"No lo hice", fue todo lo que dijo.

"¿No lo hiciste? ¿No hiciste qué?" Él estaba claramente distraído comprobando las heridas. Ella trató de apartarlo de un manotazo, pero fue inútil. Haris apareció resollando y puso ambas manos en las rodillas.

"Yo..." Tomó aire. "Ahora mismo los desprecio a los dos". Tomó otra bocanada. "Kinza, ¿Por qué viniste aquí después de caer?"

"No lo hice".

"¿Cómo que no lo hiciste?" Preguntó Zaid tras considerarla entera y sin heridas.

"Quiero decir que no fui a ninguna parte. Estaba en el tejado y luego me caí pero aterricé aquí, en ese arbusto". Señaló hacia el desafortunado arbusto, que parecía haber sido aplastado contra el suelo. Las sirenas gemían a lo lejos, pero se estaban acercando.

"¿Qué?" Haris dijo al mismo tiempo que Zaid: "Tenemos que irnos". Le agarró la muñeca y empezó a tirar de ella hacia el vehículo.

"¿Qué pasa con esa mujer?" Preguntó Kinza, y luego con más tranquilidad: "Zaid, puedes soltarme. Puedo caminar".

"Se ha escapado, pero tenemos que irnos. No quiero quedar atrapado por la policía, y Basma podría volver". Las zarzas se enredaron en su pelo, y ella se arrastró fuera de los arbustos y miró a su alrededor.

Estaba junto a una línea de árboles al otro lado del aparcamiento, cerca de la carretera principal, probablemente a un cuarto de milla del hotel.

Un cuarto de milla del hotel.

Hacía unos instantes, había visto cómo el Ubir se caía del tejado. Se había dado la vuelta, con la intención de volver a entrar, cuando se encontró con una mujer delgada de pie justo detrás de ella. La mujer no debía tener más que unos pocos años más que ella, como mucho, pero tenía los mismos ojos desenfocados que el hombre. Una sonrisa feroz se había deslizado por su rostro ante el flagrante miedo de Kinza, y se dio cuenta de que debía de ser una de los otros Ubir.

Kinza había tratado de suplicarle, pero la mujer sólo se acercó, cada paso tan elegante como el de una bailarina. Cuando la mujer dio una patada, Kinza trató de esquivarla, pero la mujer era demasiado rápida. Kinza se tambaleó y cayó de espaldas sobre el borde del tejado, con el estómago revuelto en la garganta.

La caída libre no fue agradable, pero tampoco lo fue aterrizar en un arbusto a un cuarto de milla de distancia. Un segundo había estado cayendo y al siguiente se había golpeado contra el suelo dentro de los arbustos, con la fuerza suficiente para dejarla sin aliento.

Kinza se examinó los brazos y las piernas, no tenía nada roto, pero la desconcertante sensación de estar en un lugar en el que físicamente no podía estar le hacía tambalearse. Empezó a caminar de vuelta al aparcamiento en dirección al vehículo. Se quitaba las hojas del pelo y se frotaba la cadera con la que había aterrizado. Seguro que tendría un moretón.

"¡Kinza!", gritó una voz grave. La sobresaltó tanto que saltó, pensando que era otro Ubir. Se relajó cuando vio que eran Zaid y Haris corriendo hacia ella desde el otro lado del terreno. Obviamente, Zaid llegó mucho más rápido y la agarró por los hombros, sacudiéndola suavemente. "¿Estás herida?", le preguntó. No se molestó en esperar una respuesta y empezó a palparle los brazos y los costados. Kinza vio que estaba mucho peor que ella. La sangre le corría por la nariz, un largo corte se iba tejiendo lentamente a lo largo de la mandíbula y un ojo estaba medio hinchado. Parecía que había estado en una pelea.

"Uhh..."

"¿Por qué has venido hasta aquí? ¿Y por qué llevas mi sudadera?", se despidió de las preguntas.

"No lo hice", fue todo lo que dijo.

"¿No lo hiciste? ¿No hiciste qué?" Él estaba claramente distraído comprobando las heridas. Ella trató de apartarlo de un manotazo, pero fue inútil. Haris apareció resollando y puso ambas manos en las rodillas.

"Yo..." Tomó aire. "Ahora mismo los desprecio a los dos". Tomó otra bocanada. "Kinza, ¿Por qué viniste aquí después de caer?"

"No lo hice".

"¿Cómo que no lo hiciste?" Preguntó Zaid tras considerarla entera y sin heridas.

"Quiero decir que no fui a ninguna parte. Estaba en el tejado y luego me caí pero aterricé aquí, en ese arbusto". Señaló hacia el desafortunado arbusto, que parecía haber sido aplastado contra el suelo. Las sirenas gemían a lo lejos, pero se estaban acercando.

"¿Qué?" Haris dijo al mismo tiempo que Zaid: "Tenemos que irnos". Le agarró la muñeca y empezó a tirar de ella hacia el vehículo.

"¿Qué pasa con esa mujer?" Preguntó Kinza, y luego con más tranquilidad: "Zaid, puedes soltarme. Puedo caminar".

"Se ha escapado, pero tenemos que irnos. No quiero ser atrapado por la policía, y Basma podría volver".

"¿Quién es Basma?" Preguntó Haris. "Zaid, suéltalo", dijo Kinza.

Siguió caminando hacia el vehículo, con Kinza a cuestas. "Algo definitivamente está sucediendo si tienes la habilidad de teletransportación, así que necesito hablar con Tahir tan pronto como volvamos a Rhapta".

"¡¿Teletransportación?!" Kinza y Haris dijeron. Kinza clavó sus pies en el suelo, haciendo que Zaid se detuviera y la mirara. Dejó caer su muñeca como si no se hubiera dado cuenta de que seguía colgada de ella.

"Sí, es una habilidad, pero una extremadamente rara".

"Estoy confundido", dijo Haris, y si él estaba confundido, Kinza estaba segura de estarlo también. "¿Así que sí tiene habilidades? Pensé que habías dicho que no tenía Aura".

"No la tiene, y sí, al menos dos habilidades, y se cura como Anunnaki". Subió al vehículo, todavía hablando. "Tahir, mi mentor, sabrá qué hacer. Debe saber algo, de lo contrario, no me habrían dado su nombre. Sin embargo, pudo haber un error si pensó que eras Ubir".

"Espera, vuelve a la parte de la teletransportación", dijo Kinza. Ella se puso en el asiento delantero y Haris en el trasero.

"No sabía que la teletransportación era una habilidad", intervino Haris. "¿Para qué sirven los portales entonces?".

"Bueno, no son...", empezó Zaid, pero Kinza le cortó. "¡¿Así que me he teletransportado?! ¡Ni siquiera he hecho nada! Simplemente ocurrió".

"Podrías haber...", empezó Zaid de nuevo.

"He conocido bastantes habilidades, pero eso es un poco exagerado..." dijo Haris.

"¿Y cómo fue útil aterrizar en un arbusto? Ni siquiera elegí..." Comenzó Kinza.

"¡Cállense!" gritó Zaid. "Los dos, cállense hasta que volvamos al apartamento". Respiró profundamente, y Kinza se dio cuenta, de nuevo, de lo mal que se veía. "Por favor, déjenme pensar, y cuando volvamos, podemos hablar del asunto".

Kinza estaba dispuesta a decirle que no era una niña a la que había que mandar a callar. Pero la expresión de cansancio en su rostro le hizo decidir que debía esperar.

Se sentaron en silencio durante el camino de vuelta, y todo el tiempo Kinza observó cómo los pequeños rasguños de sus manos causados por el arbusto se curaban más rápido de lo que debería ser posible. La visión la inquietaba, pero si lo que Zaid había dicho era cierto, la curación de los raspones sería la menor de sus preocupaciones.

CUANDO VOLVIERON AL APARTAMENTO, Zaid se desmayó inmediatamente en una de las camas.

"Ya basta de hablar de ello", dijo Kinza. "¿Y si ese otro Ubir, Basma, nos ha seguido?", preguntó y se asomó por las persianas a la playa más lejana.

"Seguro que Zaid no está del todo preocupado por ella. Es una Ubir, y por lo que dijo, su habilidad era más bien de acrobacias o de movimiento, nada que él no pueda manejar". La idea de que esa mujer siguiera por ahí no la hacía sentir mejor. Se quitó la sudadera de Zaid y se sacudió suavemente las hojas que quedaban antes de volver a colocarla en la bolsa de lona que había dejado caer junto a la puerta. Tuvo cuidado de no tocar el

laqueus mientras lo hacía.

"¿Qué le pasó a Zaid entonces? Parece que fue atropellado por una manada de rinocerontes".

"Después de que entraras, por lo que todavía estoy enfadado contigo, por cierto", dijo señalando, "Esperé fuera del vehículo a que uno de ustedes volviera. Sinceramente, estaba a punto de ir por ti, pero Zaid salió corriendo por la puerta principal y rodeó el hotel por el lado del lago. Sólo estuvo allí un segundo y luego se acercó al vehículo, y sí, tenía un aspecto bastante feo. Dijo que había matado a uno de los Ubir, vio a otro caer del tejado y luego te vio a ti caer del tejado. Salió corriendo y no estabas allí".

"Había una tonelada de gente pululando por ahí en ese momento. Causaron un poco de conmoción. Así que volvió al vehículo y empezó a gritarme por dejarte salir, y entonces te vimos salir de los árboles". Haris parecía a la vez intrigado y molesto. Estaba segura de que era una emoción que sólo él podía lograr.

Kinza se frotó los brazos. Todo se sentía inestable y desordenado, y en ese momento quería que su vida tuviera algún tipo de base sólida. Hace unos días tenía la vida perfectamente planificada y ahora no estaba segura de nada. Fue otro momento en el que deseó que sus padres estuvieran con ella. Aunque no tuvieran las respuestas, la habrían abrazado y le habrían dicho que todo iría bien.

Se acurrucó en un sofá desgastado que había en la sala de estar, justo al lado de la cocina. "No lo entiendo. ¿Entonces soy Anunnaki?"

Haris se acomodó de lado en un sillón, que resultaba ser el único otro mueble de la habitación. "Esa es la parte extraña, es como si lo fueras y no lo fueras. Tienes la marca, pero sin Aura aparentemente, pero tienes la curación, pero tu familia no es Anunnaki. No fuiste adoptada, ¿Verdad?".

Kinza negó con la cabeza y sonrió: "No, soy igual que mi padre. Es literalmente imposible".

"Hmm, bueno, tacha esa teoría. Pero tienes al menos una habilidad de la que, literalmente, nunca he oído hablar. ¿Zaid dijo que tenías otra?"

"Yo, puede que haya explotado un par de habitaciones", murmuró. Por alguna razón, admitir que uno podría tener habilidades sobrenaturales era embarazoso.

"¿Tú... qué?" preguntó Haris.

Ella suspiró. "Cuando Zaid vino a secuestrarme la primera vez, estaba dormida, o soñando en realidad, y me desperté con una luz blanca y una explosión. Pensé que él había hecho explotar mi habitación de alguna manera, pero lo había lanzado a la sala de estar. Y luego, cuando un día paramos por gasolina, este hombre con aspecto de asesino ninja me atacó, y lo hice de nuevo en el baño. Era lo suficientemente grande como para hacer un agujero en la pared".

Las cejas de Haris llegaron a la línea del cabello. "¿Asesino ninja? ¿Ibas a decirme eso por casualidad?"

"Sí, olvidé mencionar esa parte. Me siguen un par de asesinos, y Zaid no sabe quiénes son pero dice que son Anunnaki".

"Tienes una vida extraña", dijo, casi como si le fascinara morbosamente que la atacaran. "Bueno, no sé qué pensar de ello. Es como si fueras Anunnaki... Pero no".

"¿Podría ser medio anunnaki o algo así?"

Sacudió la cabeza, enviando unos cuantos mechones rojos y brillantes por su frente. "No, eso lo sabemos con seguridad. Aunque un Anunnaki tenga un hijo con un humano, será humano o Anunnaki; nunca ambos. Aunque el gen tiende a ser recesivo por alguna razón, así que es más probable que sea humano".

"¿Crees que Zaid sigue pensando que soy una Ubir?", preguntó ella. El pensamiento siempre presente de "perder" su juicio en Rhapta seguía recordándole que no estaba libre de sospecha.

Haris sonrió suavemente: "Sí, creo que sabe que no lo eres. A pesar del evidente rasgo de romper las reglas que aparentemente tienes". Bostezó. "Muy bien, necesito desesperadamente dormir. Despiértame si alguien viene a matarte". Se dirigió hacia la habitación desocupada. "Pensándolo bien, déjame dormir y despierta a Zaid".

Kinza se rió. "Lo haré".

CAPÍTULO 14
MAREAS CAMBIANTES

Kinza estuvo dormitando en el sofá durante unas horas, sin llegar a dormir. Al final, el ruido de la televisión le pareció más atractivo que tratar de ordenar sus pensamientos.

Sólo había cable, así que puso las noticias locales de la noche. El reportero anunció dos asesinatos en un centro turístico y un hotel cercanos. La imagen familiar del hotel apareció en la pantalla, rodeada de varios coches de policía y una ambulancia. Casi se sintió culpable cuando el reportero dijo que no se había capturado a los autores, que sólo se habían facilitado imágenes vagas y que no había sospechosos por el momento.

Haris volvió a salir bostezando y se dirigió inmediatamente a la cocina. El ruido de ollas y sartenes y de agua hirviendo

llenaba la habitación. No sirvió para calmar el malestar que sentía cada vez que el reportero mencionaba la palabra "asesinato" o "investigación". El aire en el apartamento comenzó a sentirse sofocante.

La puerta de cristal se desbloqueó fácilmente, la abrió y salió al balcón. Había un par de sillas de plástico y una pequeña mesa. Se acurrucó en una de las sillas y dejó que la fresca brisa la distrajera.

Siempre que estaba enfadada, la abuela le decía que se permitiera sentir sus emociones y que no se escondiera de ellas. Pero ahora mismo, la ponían enferma. Todo le parecía inestable, como si estuviera caminando por un sueño, y el suelo no dejaba de moverse. Miró sus manos curadas. ¿Qué era ella? ¿Cómo iba a volver con la abuela? ¿Qué le diría? Esos pensamientos sólo hicieron que su estómago se revolviera más.

La puerta de cristal se abrió y salió una figura alta. Kinza se cruzó de brazos y miró a Zaid. Tenía un aspecto monumentalmente mejor que antes, los cortes de la cara habían desaparecido y la sangre había sido limpiada. También se había cambiado de ropa y ya no parecía haber estado en una pelea.

"Bueno, tienes mejor aspecto", murmuró ella. No sabía por qué, pero le ponía nerviosa hablar con él.

Él se limitó a mirarla, con los ojos recorriendo sus brazos y piernas antes de sentarse en silencio. Ella tuvo el impulso de soltar que estaba bien pero se contuvo. Se quedaron así un rato, mirando la oscura playa del otro lado de la calle. Unas cuantas personas caminaban por la orilla, con los teléfonos móviles fuera para ver la luz. El sonido del agua chapoteando suavemente les agarró hasta el balcón.

"¿Quieres llamar a tu abuela?" preguntó Zaid de repente. Ella miró hacia él, esperando ver alguna sonrisa o expresión sarcástica, pero lo único que hizo fue sacar un teléfono móvil del bolsillo y tendérselo. La luz de la habitación iluminaba la pantalla y su mano extendida.

Ella no pudo evitar mirarlo. Después de dos días sin querer nada más, no se atrevió a aceptarlo. "No sé qué le diría". Se volvió hacia el agua y, por el rabillo del ojo, lo vio dudar y volver a guardarlo en el bolsillo. La idea de hablar con la abuela era reconfortante, pero la idea de intentar explicar lo que estaba sucediendo le producía más náuseas y agotamiento. No había nada que pudiera decir que aliviara los temores de la abuela sobre su seguridad. Tal vez esperaría a llamarla, aunque eso la hiciera sentir como una cobarde.

"¿No querrá saber que estás bien?", preguntó.

Ella resopló. "Oh, ahora se preocupa", dijo ella y cruzó los brazos con más fuerza.

No contestó, sólo negó con la cabeza y se quedó sentado. Estuvieron en silencio durante unos minutos más, y ella casi se olvidó de que él estaba allí. Estaba tan quieto. Era como estar sentado junto a una enorme y oscura estatua. Ella sustituyó mentalmente su cabeza por la de un chacal y pudo verlo como Anubis, el antiguo dios egipcio del inframundo. Por un momento, se sintió pequeña sentada junto a él.

Casi empezó a sentirse culpable. No es que quisiera pelearse con él; a estas alturas era más bien un reflejo. Él había intentado cuidar de ella, pero ella se lo echaba en cara. Otra de las millones de lecciones de la abuela reprendió su mente acerca de tratar a la gente de la manera correcta... O algo así. Inhaló, dispuesta a disculparse, pero Zaid la cortó.

"Sé que no quieres ir, pero sigo pensando que es una buena idea ir a Rhapta. Sin duda, está pasando algo, y mi mentor, Tahir, te ayudará. Debe haber algún error, pero él puede averiguar qué eres exactamente". Lo que ella era, como si no fuera humana.

"¿No crees que me acusarán de ser un Ubir y me matarán?", preguntó, mirando la luz de la calle que se reflejaba en el agua.

"No dejaré que te maten", dijo él. La afirmación era tan contradictoria con la de los últimos días que ella tuvo que mirarle, sospechando de la promesa. "Y sinceramente no creo que tu juicio dure más de cinco minutos. Está claro que no eres Ubir; sólo algo más". Los ojos oscuros miraron hacia ella y se mantuvieron firmes. Su rostro no contenía otra cosa que honestidad, y ella se relajó. Él la miró un momento más, haciendo que sus mejillas se calentaran antes de apartar la mirada bruscamente.

Kinza se aclaró la garganta. "Así que sobre este teletransporte..." "Probablemente deberíamos hablar de..." dijo él al mismo tiempo.

Una risa incómoda retumbó en su pecho. "Sí, deberíamos hablar de esas habilidades tuyas. Son claramente peligrosas, y tenemos que ver si tienes siquiera una pizca de control. No quiero que me exploten mientras duermo antes de que lleguemos".

Kinza puso los ojos en blanco. "Bueno, ¿Y qué pasa con los bebés? ¿Cómo es que los niños pequeños tienen algún control sobre sus habilidades?"

"Los niños pequeños aún no tienen sus habilidades", dijo él, inclinándose hacia delante, con los codos apoyados en las rodillas. "Los Anunnaki adquieren sus habilidades alrededor de su décimo año. Muy pocos lo hacen antes y menos aún después. Hasta ese momento, se nos enseña un cierto nivel de control mental y emocional, así que cuando las habilidades llegan, estamos algo preparados."

"¿Estás diciendo...?"

Zaid levantó una mano. "No estoy diciendo que seas mental y emocionalmente inestable, pero sí, es cierto que los humanos no entrenan a sus hijos para responsabilidades inexistentes como ésta".

Se ató y desató los dedos un momento, pensando. "¿Cuándo recibiste los tuyos?"

"Cuando tenía once años", dijo, haciendo una mueca. "Es casi inaudito que te lleguen tan tarde, pero al final llegaron, supongo".

"Así que sería poco probable que alguien desarrollara habilidades a los dieciocho años..."

"Nunca ha ocurrido", dijo él, mirando en su dirección. "Hay muy, muy pocos Anunnaki que no desarrollan ninguna habilidad, pero normalmente son rechazados o forzados a las afueras de la ciudad".

"Eso es... Triste. ¿Todos tienen dos?" preguntó Kinza.

"No, la mayoría tiene uno, un grupo mucho más pequeño tiene dos, y uno de los Ancianos tiene tres. Nunca más que eso".

"Entonces somos un poco especiales, ¿No?", dijo ella, sonriendo y moviendo las cejas hacia él. Él apartó la mirada, pero ella juró que le vio contener una sonrisa.

"Tenemos suerte, eso es todo". Lanzó un suspiro y se sentó. "Por el momento, deberíamos al menos acotar cuáles son los tuyos y asegurarnos de que no mates a nadie con ellos. Sabemos que ahora puedes teletransportarte. ¿No recuerdas qué pasó cuando lo hiciste?".

Kinza inclinó la cabeza hacia un lado, tarareando mientras pensaba. Era un gesto que sabía que había aprendido de su madre. "La verdad es que no. Sólo recuerdo que me caí y, por supuesto, que me entró el pánico al caer, pensando que me iba a romper todos los huesos. Y entonces me retorcí y aterricé en ese arbusto".

"Ah, ¿Pero tenías pánico, no?"

"Bueno, ¿Sí? ¿Me estaba cayendo? Tú también lo estarías".

"Lo más probable es que eso fuera lo que lo desencadenó", dijo él, ignorando su tono. "Las emociones fuertes suelen sacar a relucir habilidades. ¿Y dices que te retorciste? ¿Cómo?"

"No lo sé. Me estaba tambaleando como una ardilla que se cae. No estoy segura de cómo recrear eso". Continuó un poco más fuerte cuando Zaid empezó a levantarse. Al diablo si le dejaba tirarla por el balcón. "No creo que ese poder vaya a herir a nadie más que a mí. Tal vez deberíamos centrarnos en lo de la explosión en su lugar".

Se sentó de nuevo, con una mirada casi desolada por la oportunidad perdida. "Hmm, sí, supongo que tienes razón. Ya has... explotado dos veces, ¿Correcto?"

Ella asintió.

Él la miró expectante. "Bueno, explícate", dijo, como si fuese obvio.

Kinza resopló y volvió a pensar. "La primera vez estaba teniendo una pesadilla, me asusté y entonces, supongo, lo hice mientras soñaba. Entonces me desperté, y todo estaba destruido, y había un maniático en mi salón".

Zaid la miró con ojos pesados, pero preguntó, confundido: "¿Una pesadilla? Cuéntamela".

Ella se mordió el labio antes de hablar. "La tuve durante una semana, todas las noches. Caminaba por un bosque o una selva y aparecía un tótem con una calavera y otras cosas, y luego una especie de... ¿Barrera? A partir de ahí, siempre cambiaba. Pero siempre atravesaba y entraba en esta ciudad con enormes edificios, era totalmente silenciosa. Esta última vez caminé hasta que estuve en el centro, junto a una especie de estatua, y entonces aparecieron un montón de tipos con aspecto de guerreros antiguos con pintura roja. Estaban a punto de atacarme cuando me desperté".

Cuando Zaid no respondió, miró hacia ella y soltó una carcajada. La mirada incrédula de su rostro se debía a que pensaba que ella estaba realmente loca o a que sabía lo que significaba la pesadilla. "*Eso* sería Rhapta", dijo, creyendo que era lo segundo.

"Huh. Bueno, ¿Qué significa?"

"No tengo literalmente ni una sola pista, pero sin duda es eso".

Podemos añadir eso a la lista de cosas que hay que averiguar cuando lleguemos allí. Así que tenías miedo de nuevo, y luego... Explotaste. Parece que tenemos un patrón".

"Fue lo mismo en la gasolinera", respondió Kinza. Sintió una ligera excitación ante la posibilidad de entender *algo*. "Ese asesino entró y estuvo literalmente a un centímetro de partirme por la mitad, y entonces hubo una explosión de luz". Hizo una pausa antes de decir: "¿Qué es exactamente esa luz? ¿Es parte de la explosión?" Empezaba a hacer frío fuera, y se frotó los brazos.

"Mmm", tarareó. "No lo sé. Lo que sí sé es que tienes dos habilidades muy poderosas que están ligadas a tus emociones, particularmente al miedo. Intenta mantenerte lo más neutral posible, al menos hasta que lleguemos a Rhapta".

"¿Cómo voy a hacerlo si tú te escapas, te metes en problemas, y yo tengo que venir a rescatarte gentilmente?", preguntó con una sonrisa socarrona.

Zaid la miró con expresión de desconcierto. "¿Perdón? Si ese cerebro tuyo recuerda bien, te dije que te quedaras en el vehículo. No necesitaba que me rescataran, y tú no hiciste nada para ayudar".

Kinza soltó un grito de burla: "¿Cómo te atreves? Me enfrenté a dos de los Ubir mientras tú estabas "Coqueteando con el otro".

"*¿Coqueteando?*" preguntó Zaid, subiendo una octava. Su boca se convirtió en una media sonrisa que le dio lo que ella se negaba a admitir que eran mariposas. "Arrogante..."

Zaid se vio interrumpido por el deslizamiento de la puerta de cristal. El rostro pálido de Haris se asomó. "¿Van a querer algo de esto? Se está enfriando y todavía tengo hambre".

Kinza soltó una risita al ver la rapidez con que el rostro de Zaid se derretía en una expresión neutra. "Creo que me voy a la cama. Ustedes dos coman".

"Hey", dijo Zaid por encima de su hombro cuando ella estaba entrando. "Nos vamos temprano para llegar al portal. Estén despiertos a las cinco".

Kinza se limitó a poner los ojos en blanco. "Sí, su alteza".

ZAID PASÓ los siguientes cinco minutos reprendiéndose a sí mismo. Había perdido completamente la atención de todo su entorno, dos veces, en una sola conversación con Kinza. Los años como Venari le hacían notar todo el movimiento, los latidos del corazón y las salidas más cercanas en todo momento. Se dio cuenta de la tristeza que había mostrado, al no querer ni siquiera llamar a su familia. Una puñalada de culpabilidad lo había atravesado y luego, cuando ella lo miró, lo miró de verdad, prácticamente dejó de respirar y casi olvidó su nombre por un momento. Tal vez fuera algo en esos ojos...

Zaid gimió y culpó de su falta de atención a un retraso en la curación o algo así. Deseaba desesperadamente volver a Rhapta para averiguar qué estaba pasando. Tendría que volver después para ocuparse del último Ubir. La calle de abajo estaba tranquila, no había rastro de Basma. Probablemente se había escondido. Era una amenaza mucho menor ahora que estaba sola, y él tampoco estaba demasiado preocupado por ella.

El único peligro ahora eran esos malditos asesinos. Por lo que él sabía, Rhapta no enviaba asesinos así. Los Ancianos que se centraban en las sociedades humanas sólo mandaban a matar a alguien en situaciones absolutamente extremas. Hakim, el Gran Anciano, sólo había tenido dos visiones en toda su vida que requerían una acción tan irreversible. Por lo general, eran visiones del fin de los tiempos o de algún tipo de colapso social ante la existencia de una persona. En cuanto la persona era asesinada, las visiones de Hakim volvían a la paz.

Sin embargo, nunca enviaron asesinos por otro Anunnaki. No tenía sentido. Si un Anunnaki era una amenaza y había abandonado la ciudad, sería un Ubir, y el trabajo de los Venari era capturarlo. ¿Por qué enviar a ambos?

Demasiadas posibilidades se arremolinaban en su mente. Volvió a la calidez del apartamento, cerrando la puerta tras de sí. Haris se sentó en el sofá con una olla de espaguetis ya fríos en su regazo. Cómo podía comer tanto era uno de los mayores misterios de la vida. La última vez que Zaid comió fue aquella mañana temprano, antes de encontrar a Kinza en la casa del bosque. Siendo realistas, podrían pasar otros dos días, pero probablemente esperaría a volver a Rhapta. Incluso después de tanto tiempo de mezclarse con la sociedad humana, no había mucho para lo que tuviera estómago.

"¿Vuelves a mi casa por la mañana entonces?" dijo Haris, sin mirar a Zaid sentado en el sillón. Un reportero recicló la misma historia que él sabía que iba a sonar durante horas. Los cuerpos encontrados en el complejo turístico, una vaga descripción de él y Kinza, y ningún otro sospechoso. Suspiró. Savar estaría disgustado.

"Sí. Quiero llegar a Rhapta lo antes posible. Volveré por Basma después de averiguar qué ocurre con la chica". Miró a Haris. "¿Estarás bien hasta que vuelva?"

Haris asintió distraídamente, mirando la olla. "Sí, no me preocupa eso". Zaid esperó a que continuara. Conocía a Haris desde hacía suficiente tiempo como para saber cuándo tenía algo en mente. Sorprendentemente, a pesar de las incesantes bromas, de vez en cuando aparecía algún punto de sabiduría. "Zaid". Volvió a hacer una pausa, "¿Has pensado en la profecía? Ya sabes de lo que hablo".

Zaid escuchó los latidos de Kinza en la otra habitación. Se había ralentizado hasta alcanzar los ritmos profundos del sueño. Cuando se cercioró de que ella no los oía, respondió: "Haris, confío en los Ancianos, pero hasta yo reconozco una estratagema centenaria de un gobierno para mantener a la gente a raya cuando la veo. No es real".

"Entonces, ¿Qué piensas de una Anunnaki de dieciocho años con habilidades en desarrollo que vive en Chicago y un enjambre de asesinos tras ella? Otros Venari hablan de los grupos rebeldes que viven en Rhapta, los que aborrecen el control de los Ancianos sobre la ciudad y las profecías del Gran Anciano. ¿No crees que alguien de uno de esos grupos la querría muerta?".

Zaid negó con la cabeza. "Savar siempre le ha dado a los Venari la gente adecuada para traerlos. En todo caso, puedo hablar con Ishar. Él sabría por qué ella existe fuera de la ciudad. Probablemente se trate de una habilidad especial suya... útil, pero sólo una habilidad".

Haris se echó hacia atrás y le sonrió. "Ah, mi querido amigo", se burló. "¿Tenemos un poco de miedo al destino? Pensaría que los seres sobrenaturales que viven en una ciudad oculta en medio de Tanzania tendrían un poco más de fe que eso". Su reprimenda sonaba inquietantemente como la madre de Zaid.

Zaid no contestó; había terminado con esta conversación. Esperaba que Haris captase la indirecta y se callara.

Vieron la televisión durante diez minutos antes de que Haris se levantara. "Está bien, necesito dormir. Puedes quedarte con el sofá. Despiértame por la mañana". Fue a caminar por el pasillo, pero se dio la vuelta. "Ah, ¿Y eras tú el que estaba ligando con el destino en mi balcón?" Señaló con la cabeza la puerta corredera. "Tsk, tsk. Cuidado, Zaid, casi parecías feliz".

Su forma larguirucha había entrado en el dormitorio antes de que Zaid tuviera oportunidad de lanzar su daga.

CAPÍTULO 15

SIN VUELTA ATRÁS

Kinza se sentía en el cielo. El olor a café recién hecho flotaba en el interior del vehículo. Haris había obligado a Zaid a parar en una gasolinera para tomar desayuno antes de regresar a su casa. Entró porque era el único que no era sospechoso en una investigación de asesinato, pero todos los pensamientos sobre cadáveres abandonaron la mente de Kinza cuando volvió a salir con tres cafés y una pila de humeantes sándwiches de desayuno.

"¿Los has comprado todos?", preguntó ella alrededor de un bocado de huevo y bizcocho que sabían vagamente a cartón. Se comió tres.

Haris se encogió de hombros en el asiento trasero. "Zaid dijo que él iba a invitar". "No", dijo Zaid. "Tomó mi tarjeta y se fue". Dio un sorbo a uno de los cafés pero no tocó los bocadillos. La luz de la mañana apenas llegaba a las cimas de las casas mientras conducían por las calles hacia el otro lado de la ciudad. Kinza se bajó las mangas del suéter que le había prestado Haris. El frío de la mañana había impregnado la cabina del vehículo. Era casi pacífico ver el amanecer sobre el lago mientras pasaban por él, pero saber que el mundo estaba contaminado por cosas como los Ubir hacía que fuera difícil disfrutarlo. Lo intentó de todos modos.

El viejo hotel estaba tranquilo cuando entraron en el aparcamiento. Todavía era demasiado temprano para salir, y los huéspedes dormían profundamente en sus habitaciones. Esta vez dieron la vuelta, más cerca de la casa de Haris.

Zaid y Kinza siguieron a Haris mientras éste avanzaba por el corto sendero hacia el bosque. La pintoresca casita apareció, y Kinza se fijó en el cartel de "Casa de campo" que había a la izquierda de la puerta. Haris empujó la puerta para abrirla, ya que aún no estaba cerrada con llave, y entró, con Zaid detrás de él. Mientras los seguía, Kinza vio la talla en forma de remolino que había visto la última vez en el marco de la puerta. De repente, le sonó el lugar donde lo había visto antes.

"¡También tenemos algo así en mi casa!", exclamó. Era el mismo diseño de símbolos infinitos superpuestos.

Haris y Zaid la miraron desde el salón. Todavía estaba destruida, y Haris había empezado a enderezar muebles y a recoger papeles. "Es poco probable, amiga mía. Es la marca de los Ummanu. Todos la llevamos en nuestras puertas para que los Venari nos reconozcan". Volvió a enderezar los muebles.

"¿Qué?" Preguntó Kinza, muda, todavía de pie en la puerta. Zaid se acercó y se puso cerca.

"¿Esto está en la puerta de tu casa?", preguntó. "Sí", dijo ella, mirándolo.

"¿Estás segura?", preguntó él, agachando la cabeza hasta su nivel.

"Sí", dijo ella esta vez. "He vivido allí toda mi vida. Podría dibujarlo mientras duermo".

"Entonces, alguien de tu familia era o es Ummanu, o estás viviendo en la antigua casa de uno". Se volvió hacia Haris: "¿Hay portales en Chicago?".

Ahí va el retazo de paz que tenía esta mañana, pensó Kinza para sí misma. ¿Era la abuela Ummanu y ella no lo sabía? ¿Lo eran sus padres? En ese momento, no sabía qué pensar.

Kinza cerró la puerta y entró. "Mi abuela ha vivido en esa casa desde que era una niña, así que ha estado en nuestra familia durante mucho tiempo".

La mitad de una lámpara rota cayó al suelo y se hizo añicos. Haris, sosteniendo la otra mitad, suspiró. "No que yo sepa. Hay Ummanu que no vigilan directamente los portales, pero suelen ser parientes de los que lo hacen y viven cerca. Sería inusual que un Ummanu viviera en solitario lejos de los portales y sin conexión con Rhapta, pero no sería inaudito. Eso podría explicar algunas cosas, en realidad", dijo, mirando hacia Kinza.

"¿Sí?", preguntaron ella y Zaid al unísono. Él había empezado a enderezar las cosas de nuevo, haciéndolo varias veces más rápido de lo que ella y Haris podían hacer en una hora.

En cuestión de instantes, los cojines estaban de nuevo en el sofá, los cristales barridos del piso, los muebles restantes en su posición correcta y los papeles apilados ordenadamente en la mesa de la cocina que Kinza podía ver a la vuelta de la esquina.

"Bueno... no debería decir 'explicar', pero demostraría que tienes alguna conexión con los Anunnaki. ¿Tienen tus padres una gran colección de cristales o algo parecido?"

Kinza se rascó la cutícula del pulgar. "Mis padres murieron hace mucho tiempo. Sólo vivo con mi abuela. Y no, ella no tiene cristales ni nada que yo sepa".

"Pero sí tiene esa Piedra de la Muerte", la profunda voz de Zaid resonó desde la cocina. El sonido de los platos colocados en su sitio le pareció tan *mundano*.

Haris se levantó y esta vez la miró de verdad. "Kinza, es muy probable que tu abuela sea Ummanu entonces. ¿Nunca mencionó a Rhapta o a los Anunnaki? ¿Ni siquiera como un cuento o un mito?"

Kinza se limitó a negar con la cabeza. No quería seguir hablando de ello. Zaid había vuelto a la sala de estar y miró hacia su cara. "¿El portal sigue bien?", preguntó, cambiando bruscamente de tema.

"Sí, en realidad no pueden hacerle nada. ¿Están listos para irse?" preguntó Haris.

Kinza miró hacia Zaid y éste asintió. "Bien entonces, síganme". Los dos siguieron a Haris hasta la primera puerta del pasillo. Conducía al sótano por una escalera destartalada. Kinza casi esperaba que hubiera un círculo luminoso gigante allí abajo, en la oscuridad, pero la habitación estaba bien cuidada y aparentemente carecía de portales obvios. Dos paredes estaban recubiertas de estantes de madera, con cientos de cristales de diferentes tamaños y colores, colocados de forma ordenada. Había una hilera de cristales en el suelo frente a una de las paredes. La tercera pared albergaba lo que parecía un almacén, y contra la cuarta pared había una lavadora y una secadora.

"¿Lavandería por la mañana y saltar al portal por la tarde?", preguntó. Zaid se volvió para mirarla, pero Haris esbozó una sonrisa irónica.

"Sí, pero yo no soy el que salta", dijo Haris. "¿Los Ummanu no pasan nunca?", preguntó ella.

Haris se encogió de hombros. "No es necesario. En realidad es sólo para que los Venari viajen de un lado a otro de Rhapta, y a veces a otras ciudades del mundo. Aparte de eso, los portales no tienen mucho uso".

"Casi parece un desperdicio", dijo Kinza más para sí misma. Si hubiera sabido que en el norte del estado de Michigan había un portal a cualquier país del mundo, ella y sus padres habrían podido ir de vacaciones. Simplemente ir a Marruecos un fin de semana y volver a casa a tiempo para la cena del domingo con la abuela. Guardó ese pensamiento en la pila de cosas que nunca tendría la oportunidad de hacer con sus padres.

Mientras Haris rebuscaba en las estanterías agarrando varios cristales, Zaid se volvió hacia ella. "Esto probablemente será desagradable la primera vez, pero no te hará daño".

"¿Desagradable cómo?", preguntó ella. ¿Iba a salir del otro lado sin extremidades?

"Pero no me vomites encima", dijo y se volvió hacia Haris, que estaba alineando sus cristales en el piso en un patrón aleatorio y perpendicular a la otra línea al otro lado de la habitación.

"Entonces, ¿Dónde está este portal? ¿Lo guardas en una caja o algo así?"

"En realidad está a nuestro alrededor, prácticamente en toda la casa. Sólo guardo los cristales aquí abajo".

"¿Para qué sirven?"

Haris levantó la vista y le sonrió, con sus ojos marrones casi negros en la tenue iluminación. "Simplemente abren la puerta". Mientras lo decía, colocó el último cristal al final de la fila. Casi de inmediato, el aire empezó a brillar a lo largo de ellos, elevándose hasta el techo, casi como ondas de calor que ascendían. Kinza se adelantó para ver mejor, pero no era más cálido a medida que se acercaba. Realmente parecía un espejismo en el desierto o una cortina ondulante. Al principio, podía ver a través de ella hasta el otro lado de la habitación, pero después de un momento, juró que podía ver el cielo azul y el interior de una casa. La imagen entraba y salía de foco, haciéndola parpadear, tratando de ver mejor.

Zaid se puso a su lado: "Recuerda lo que dije sobre el vómito", murmuró, echándose la mochila al hombro.

"Bueno, Kinza. Ha sido un placer, y estoy seguro de que volveré a verte pronto", dijo. Se apoyó en una pared de estanterías, con los brazos cruzados.

"Espera, ¿No vas a venir con nosotros?", preguntó ella. "¿Y ese otro Ubir? ¿Y si vuelve?"

"Ese no será un problema. Probablemente se haya ido hace tiempo, esperando que aparezcan otros Venari", dijo Haris.

"Pero...", empezó ella.

"No te preocupes, estará bien", dijo Zaid, mirando hacia el portal. "Vamos", dijo y, sin mirarla, atravesó la línea de cristales hacia la pared brillante y desapareció.

Kinza se quedó sin aliento.

"Ya estás en camino, pequeña anomalía", dijo Haris, acercándose para empujarla hacia el portal.

Kinza contuvo la respiración y se estremeció al atravesarlo.

KINZA FUE INMEDIATAMENTE GOLPEADA con una oleada de náuseas, y sintió como si un millar de agujas recorrieran su piel. Estaban en una habitación vacía con una ventana abierta que daba a una calle soleada. A un lado había una puerta sencilla que daba al exterior; ella corrió inmediatamente hacia la puerta, abriéndola de un tirón. Kinza ni siquiera miró a su alrededor y vomitó a lo largo del costado de la casa, vaciando su querido desayuno hasta la última gota.

Desde el interior de la habitación, una mujer gritaba en otro idioma, y la voz de Zaid retumbaba en respuesta en el mismo idioma. Cuando Kinza terminó, se limpió la boca con el dorso de la manga y volvió a entrar. No había visto el pasillo al otro lado de la habitación. Una mujer con una camiseta y una falda de tirantes estaba de pie en el pasillo haciendo señas en la dirección de Kinza mientras le gritaba a Zaid. Por los movimientos aplacadores de la mano que hacía, pudo adivinar que la mujer estaba enfadada porque acababa de vomitar fuera de su casa.

"Lo siento", dijo Kinza, sintiéndose culpable, sin saber si la mujer la entendía.

"¡Ah! Los Anunnaki entran y salen de mi casa como si fuera un hotel", dijo en inglés. "¿Y quién es esta? ¿Un nuevo Venari?" Ella se rió, brillante y aguda. "Tiene el mismo aspecto que tú la primera vez que pasaste por aquí. Haz que se limpie", gritó la última parte a Zaid y se fue por el pasillo, hacia el interior de la casa.

Zaid sacudió la cabeza y le gritó algo por el pasillo. "Vamos", le dijo a Kinza y la condujo de nuevo a la calle. Ella se tambaleó un poco cuando salió, la ola de calor contrastaba con la fría mañana de Michigan. Zaid la agarró por debajo del brazo y evitó que se cayera.

"Gracias", murmuró ella.

Él suspiró. "Al menos no has vomitado sobre mí. Vamos. Supongo que quieres comida y ropa".

Ella asintió vigorosamente con la cabeza, y su estado de ánimo mejoró ante la perspectiva. Se sintió como si estuviera soñando mientras miraba su entorno en su totalidad ahora. Atrás quedaba la pequeña casa de campo junto al lago Michigan, sustituida por una bulliciosa ciudad y el sol del mediodía golpeando su cabeza. El sudor empezaba a acumularse en su nuca.

Kinza siguió a Zaid por la calle, pasando por casas de una sola planta similares a la que acababan de dejar. La gente caminaba en todas direcciones, gritando y riendo, y los coches tocaban el claxon al esquivar a los peatones. Pronto llegaron a una gran intersección de calles, la mayoría de las cuales parecían estar llenas de tiendas, restaurantes y negocios, todos con puertas y ventanas abiertas de par en par para que entrara la brisa.

"¿Dónde estamos?", preguntó finalmente. Ya hacía demasiado calor para su suéter, así que se lo quitó. Además, olía a vómito. Por suerte llevaba una camiseta de tirantes debajo.

"Moshi, una ciudad a una hora en coche del monte Kilimanjaro", dijo él adelantándose a ella. Se alegró de que, por una vez, fuera tan grande, las posibilidades de perderlo entre los enjambres de gente eran escasas.

"¿Y esa mujer de ahí atrás era Ummanu entonces?", preguntó. Un vendedor a un lado vendía fruta y lo que parecía carne en un palo. Se le hizo la boca agua ahora que su estómago estaba vacío de nuevo.

"Sí, Bahati es la Ummanu del portal más cercano a Rhapta. Su familia lo ha mantenido durante generaciones y, al ser el más cercano, suele ser el más activo. No te preocupes, ella me grita siempre. Es casi como una tradición", dijo. Recorrió la calle hasta encontrar lo que buscaba. Un cajero automático situado entre dos edificios. Tras introducir su tarjeta y marcar unos cuantos números, la máquina escupió un montón de billetes que no reconoció.

"¿En qué idioma estaba hablando?"

"Swahili, la mayoría de la gente habla eso o inglés aquí", dijo él, dando la vuelta por la calle. Su larga zancada la hizo trotar para seguirle el paso. Necesitaba desesperadamente agua.

"¿Hablas swahili?", preguntó ella apartándose del camino de un grupo de hombres que llevaban cajas.

"Hablo diecisiete idiomas fluidamente y cinco aceptablemente. Así que sí".

Kinza se quedó con la boca abierta. La voz de Mitra irrumpió en su mente como un hada inoportuna en su hombro. *¿Así que es atractivo y muy inteligente?* Kinza rechazó la idea. No dijo nada mientras lo seguía por la calle. Justo cuando estaba a punto de quejarse de una posible insolación, él entró en una pequeña tienda al aire libre. Los ventiladores soplaban en cada esquina, refrescando al instante su sofocada piel.

En el pequeño espacio se amontonaban estantes de ropa, artículos de aseo y varias neveras con bebidas.

"Aquí", dijo Zaid, señalando a su alrededor. "Toma lo que necesites".

Kinza no necesitó que se lo dijera dos veces. Tomó rápidamente dos botellas de agua, un paquete de toallitas desinfectantes, desodorante, cepillo y pasta de dientes, un par de pantalones verde oscuro que se ceñía a los tobillos y una mochila de lona, y lo dejó todo sobre el mostrador. Zaid pagó y el hombre que estaba detrás del mostrador le mostró un pequeño vestidor en la parte de atrás donde podía cambiarse. Cinco minutos después, salió sintiéndose un millón de veces mejor.

Hacía días que no se alisaba el pelo, y con el infierno que había pasado, los bordes empezaban a rizarse. Decidió que recogerlo en una coleta baja era lo mejor que podía hacer por el momento. Tiró el jersey a un cubo de basura en un rincón y prometió mentalmente comprarle otro a Haris.

Se bebió la primera botella de agua y le dio la segunda a Zaid. Él asintió y se bebió la suya también. "Muy bien, aquí es temprano por la tarde. Si nos damos prisa, tenemos tiempo para conseguirte comida y después nos dirigiremos hacia la montaña".

"¿Cuánto falta para que lleguemos a la ciudad?", preguntó ella, entrecerrando los ojos a la luz del sol.

"Son unos cuarenta y cinco minutos en coche y luego dos horas a pie hasta la barrera. Así que probablemente llegaremos a última hora de la tarde, pero está bien".

Le siguió por la calle de nuevo, manteniéndose cerca de su espalda. Kinza estaba segura de que ya la habrían atropellado varias veces, pero Zaid se movía por la concurrida calle como el agua alrededor de una roca, apartando a ambos del camino de los coches, las bicicletas y los peatones. No fue muy lejos antes de entrar en un restaurante al aire libre. Todas las mesas del interior estaban ocupadas, así que se sentaron afuera, bajo un gran toldo. No tuvieron que esperar mucho hasta que un hombre se acercó, tomó su pedido y depositó dos Coca-Colas en la mesa.

Cuando se marchó, Kinza se recostó en la silla, dejando que la suave brisa le envolviese los hombros. Era mucho mejor estar a la sombra. "¿Alguna vez te vas de vacaciones?", preguntó bruscamente.

Zaid reflejó su posición al otro lado de la mesa. "No hay tiempo", dijo. "Cada día hay más Ubir y no hay suficientes Venari para capturarlos".

"Oh", dijo ella sin entusiasmo.

Zaid se sentó y puso los antebrazos sobre la mesa. "Pero, de vez en cuando, me tomo más tiempo en una misión cuando es en lugares agradables", dijo con una media sonrisa.

"¿De verdad?", preguntó ella. "¿Cómo dónde?"

"Unos cuantos lugares. Grecia, Machu Picchu, Bali, Nebraska..." "¡¿*Nebraska*?!", preguntó ella incrédula. "¿Qué hay en Nebraska que grite 'vacaciones' para ti?"

Zaid la miró con las cejas fruncidas, como si estuviera debatiendo si debía decírselo o no. Finalmente, miró a su alrededor y dijo: "Vi muchos caballos allí. Me gustaba verlos". Miró a todas partes menos a ella.

"Eso es tan... Adorable", dijo ella, estallando en una carcajada. Zaid parecía arrepentido de habérselo dicho. "¿Has montado en uno?"

"No". Parecía afligido. "No soy tan estúpido como para subirme a una de esas cosas. En realidad no soy invencible, ¿Sabes?".

Fue el turno de Kinza de mirarlo. "Me engañaste". Él la

miró a ella y luego a otro lado, y apareció un fantasma de sonrisa. "Quería ir a China cuando era más joven", dijo ella, esperando que no le avergonzara demasiado.

"¿Por qué no ahora?", preguntó él.

"No hay dinero", dijo ella con sinceridad. "Sólo estamos la abuela y yo, y ella sólo recibe un poco de dinero de la seguridad social, y luego lo que yo hago limpiando, y ayudo a la abuela con las facturas cuando puedo. Por suerte, tengo una beca para la escuela, si no, tampoco habría podido hacerlo. De hecho, ahora mismo debería estar en clase". Dijo la última parte mientras lo miraba con atención.

"Mmm." Él tarareó pero no parecía sonar culpable en lo más mínimo. "¿Qué estudias?", preguntó él en cambio.

"Servicios Humanos", dijo ella, animándose un poco. Siempre le gustaba hablar del tipo de cosas que quería hacer en el futuro, aunque no supiera exactamente cómo iba a hacerlo. "Chicago tiene una gran población de personas sin hogar y desatendidas, así que quería hacer algo para ayudar. Todavía no he decidido exactamente cómo voy a hacerlo, pero pensé que un título era un buen punto de partida. Hay muchas ciudades y personas en todo el mundo que se pierden en las grietas del sistema, y ayudar me hace sentir que estoy haciendo algo y que no estoy desperdiciando mi vida. ¿Sabes?"

Zaid parecía perdido en sus pensamientos. "A Rhapta probablemente le vendría bien algo así", dijo curvando el labio.

"¿De verdad? ¿Hay muchos pobres o sin techo?", preguntó ella, curiosa.

Asintió con la cabeza cuando llegó la comida. Un enorme plato de pescado frito y verduras con una guarnición de patatas fritas para ella, Zaid sólo recibió un pequeño cuenco de fruta. Ella no comentó la falta de grupos alimenticios necesarios y empezó a devorar su propio plato.

"Desde hace unos cuarenta años, la población ha ido

disminuyendo hasta el punto de que la ciudad está medio vacía y una cuarta parte de la gente que queda vive en los barrios bajos".

"¿Por qué?", preguntó ella con la boca llena de patatas fritas.

"Por varias razones", dijo él, respirando profundamente. "Los Ubir siempre han sido un problema. Algunos Anunnaki no quieren estar vinculados a la ciudad y no quieren renunciar a sus habilidades. Pero nunca hemos tenido tantos como ahora. Algunos de los Ancianos creen que se debe al deterioro de la barrera psíquica que rodea la ciudad".

Ante la expresión confusa de ella, se explicó. "Hay una barrera de energía psíquica que impregna la ciudad. Es lo que nos permite hablar telepáticamente entre nosotros, mantener la ciudad invisible y protegida, ayuda a que crezcan los alimentos. En su mayor parte, proviene de las Piedras de alma, pero se supone que también comprende la energía de la gente, por lo que ambas energías trabajan en conjunto. A medida que la gente abandona la ciudad, hay menos energía para mantener la barrera. El colapso de la barrera hace que la vida sea menos atractiva en la ciudad. Las habilidades se debilitan, la comida se echa a perder, la gente empieza a preocuparse de que no podamos ocultar la ciudad con el tiempo. Así que se van.

"Hay zonas fuera de la ciudad que aún se benefician de la protección, pero no reciben ninguno de los otros beneficios. Esos son los barrios bajos donde van los pobres y los que no están de acuerdo con los ancianos y quieren irse pero no se deciden a hacerlo. El gobierno de Rhapta intenta ayudarles, pero está claro que les importan menos los que no quieren participar en el mantenimiento de la barrera. Así que eso, mezclado con los Ubir hace un gran problema que es cada vez más difícil de arreglar".

"Eso suena... Mal", dijo ella con sinceridad. Se había terminado casi todo lo que había en el plato, excepto un pepinillo perdido que estaba mezclado con las verduras. "¿No hay manera de...?"

Se encogió de hombros. "No que yo sepa, aparte de hacer que regrese suficiente gente a la ciudad para aumentar la energía psíquica. Lo peor es que han empezado a formarse algunos grupos rebeldes clandestinos. Son personas que realmente desprecian el gobierno de los Ancianos y quieren una democracia. Otros grupos quieren que vuelva la monarquía. ¿Vas a comerte eso?", preguntó señalando su pepinillo.

"¿Qué?" Al parecer, esa fue una respuesta suficiente, ya que lo cogió de su plato y se lo metió en la boca.

"¿Qué?", respondió él. "Los pepinillos son uno de los pocos alimentos humanos que me gustan. No voy a dejar que lo desperdicies".

Kinza se quedó mirándolo un momento. "Eh, no, es... No me gustan los pepinillos. ¿Dijiste monarquía?"

"Sí, hasta hace unos cientos de años, Rhapta estaba gobernada por una línea de reyes. Cuando el último rey murió, su heredero desapareció la misma noche, y la línea terminó".

"¿Por qué no se elige un nuevo rey?"

"Hay un poco de debate sobre eso". Hurgó en los restos de su fruta. "La mayoría de los estudiosos creen que esa línea en particular estaba más en sintonía con las Piedras de alma y tenía una presencia psíquica más fuerte. Algunos creen que sólo esa línea fue elegida por los cielos para guiarnos, y que ninguna otra lo hará". Se encogió de hombros. "En realidad, ahora no hay ninguna diferencia. Sólo hago mi trabajo y me pagan, y eso es todo".

"Hmph", dijo ella, cruzando los brazos. Casi parecía que no le importaba mucho su pueblo. Pero, ¿Cómo no iba a hacerlo? Toda una raza de personas se estaba extinguiendo, y no parecía que nadie hiciera nada al respecto. Antes de que ella tuviera la oportunidad de interrogarlo más, él se puso de pie.

"Muy bien, pongámonos en marcha. Todavía tenemos que robar un coche antes de irnos".

Kinza puso los ojos en blanco. "Por supuesto que sí".

CAPÍTULO 16

EN LA OSCURIDAD DE LA MONTAÑA

El viento azotaba a través de las ventanas abiertas del coche, ondulando la camisa de Zaid de una manera que no era desagradable.

Habían encontrado un coche aparcado en un callejón a pocos minutos de donde estaban. Era un viejo cacharro plateado con las ventanillas bajadas y las llaves bajo la visera. Habían tenido suerte. Unos minutos más tarde, estaba serpenteando entre el tráfico vespertino. Era más tarde de lo que había pensado, y el sol estaba en su arco descendente. Sin embargo, aún les quedaban algunas horas de luz.

Kinza puso la radio en una emisora local de reggae y apoyó los pies en el tablero. Parecía tranquila por el momento, y él no quería molestarla. Poco después de sentarse a comer, sintió una sensación familiar de otra aura moviéndose cerca de él. Similar a las grandes criaturas marinas que surcan las aguas profundas. No se veían pero se podían sentir por las olas que provocaban. Estando tan cerca de Rhapta, no era improbable que se tratara de otro Venari de paso, pero ante la falta de contacto que presentaba la otra Aura, dudaba. Se mantuvo atento a cualquier figura oscura y afinó su mente ante cualquier Aura invasora. No valía la pena escuchar los latidos del corazón, ya que estaban por todas partes.

Por suerte, ningún coche les siguió cuando salieron de las zonas más concurridas de la ciudad. Entraron en la carretera principal en dirección este durante diez minutos antes de volver a salir, tomando una carretera secundaria hacia el norte. Era una ruta popular para los que querían ir de excursión a la montaña, pero ellos saldrían de esta carretera mucho antes. Había tomado este camino tantas veces a lo largo de los años que podía hacerlo mientras dormía.

"¿Vas a quedarte para mi juicio?" preguntó Kinza por encima del rugido del viento y de la emisora de radio. La bajó para no tener que gritar. La música humana siempre sonaba tan caótica y ruidosa.

"Iba a llevarte a Tahir primero, y luego te llevarían al juicio desde allí. Los Venari no tienen ninguna razón para estar en los juicios; sólo traemos a la gente". No mencionó que no había visto un juicio de Ubir en siete años. Nunca había tenido estómago para ellos después del último que había presenciado. Kinza frunció el ceño ante su respuesta y se replanteó sus planes. "¿Quieres que lo haga?"

Ella volvió a mirar por la ventana y asintió con la cabeza, y dijo "Sí" casi en voz demasiado baja para que él lo oyera. Su cola de caballo se movía alrededor del cuello con el viento. Zaid agarró el volante con más fuerza. Si ella quería que la acompañara, se obligaría a soportarlo por un día. Lo más probable es que descubrieran lo que estaba pasando antes. Era posible que ni siquiera necesitara un juicio, dependiendo de lo que dijeran los Ancianos. Permanecieron en silencio durante la siguiente media hora, observando cómo los edificios acababan dando paso a más árboles a medida que se acercaban a la selva que rodeaba la montaña.

Unos cuantos coches viajaban por este camino con ellos, y Zaid estaba siempre atento a los que se mantenían en la ruta. Finalmente, se adentraron en la selva y, justo antes de una curva pronunciada, Zaid encendió las luces de emergencia y se detuvo a un lado de la carretera.

"¿Qué estamos haciendo?" preguntó Kinza cuando dos coches les rodearon y siguieron adelante. Zaid se apartó un poco más de la carretera y se adentró en los árboles.

"Aquí es donde nos detenemos. A partir de aquí caminaremos". Se bajó y empezó a tirar de lianas y ramas sobre el coche. En realidad no era tan importante dejarlo aquí, era poco probable que alguien lo investigara, pero lo hizo por si acaso.

Kinza se bajó y se estiró. Varias articulaciones hicieron huelga en señal de protesta. La luz del día, que se iba apagando, pasó rozando las copas de los árboles hasta posarse en su cara. Por un momento, ella brilló con la luz del sol, y a él le costó apartar la mirada.

Recordó el aura en Moshi y volvió a concentrarse en su entorno. Estaban en el límite de la selva y ahora se daba cuenta de lo oscuro que estaba. Su plan original era simplemente cargarla, y podría hacer el viaje hasta la barrera en diez minutos. Pero ahora parecía demasiado oscuro entre los árboles para que pudiera moverse tan rápido. Suspiró; tendrían que caminar.

"Vamos a ponernos en marcha", dijo. "Se nos acaba la luz del día". No miró, pero pudo oír los latidos de su corazón mientras le seguía. El sonido de los pájaros resonaba a su alrededor mientras se adentraban por completo entre los árboles. Cada pocos metros, oía a Kinza tropezar detrás de él, maldiciendo de vez en cuando el follaje inmóvil. *Esto va a ser eterno.*

"¿Tienes familia? ¿Una novia o una esposa o algo así?", preguntó después de unos veinte minutos de tropiezos.

Pensó por un momento en Amir y se preguntó qué habría

pensado de ella. Decidió que le habría gustado y luego enterró rápidamente el sentimiento en ese oscuro lugar. "Mi madre vive en Rhapta". Después de un momento, dijo: "Te agradaría".

¿Por qué había dicho eso?

"Y no, no tengo una novia o una esposa o algo así. Te lo dije, los Venari no tienen tiempo para esas cosas".

"¿Así que no se te permite vivir tu vida en absoluto? ¿Sólo esto hasta que mueras?" Una raíz se rompió bajo su pie, y ella tropezó antes de enderezarse.

"Sí".

"¿Por qué eliges hacer eso? Yo simplemente lo dejaría y haría otra cosa".

"No pude elegir. Me eligieron para hacer esto". Todos los Venari lo son".

"Espera, ¿Qué? ¿De verdad?" Intentó acercarse corriendo, pero sólo consiguió chocar con una franja de follaje que atrapaba su pelo. Suspiró y se giró para ayudarla, retirando suavemente las hojas y ramitas de sus oscuros mechones.

"Sí, algunas personas pueden elegir el tipo de trabajo que quieren, otras son elegidas por sus habilidades. Las personas con habilidades de combate son elegidas para ser guerreros. Las personas con habilidades de sigilo y de visión suelen ser elegidas para ser exploradores que rodean la ciudad. Los que tienen habilidades curativas son elegidos para ser sanadores. Ya te haces una idea". Se giró y siguió caminando, tratando de no distraerse por su cercanía. Sus pasos se movieron un poco más rápido.

"Ah, así que correr súper rápido y escuchar los latidos del corazón es bueno para un cazador. ¿Las personas con habilidades mediocres pueden elegir lo que quieren hacer?"

"A veces, sí, sólo depende de lo que nos falte".

"¿Qué hace tu madre?"

Sonrió, pensando en su madre sentada en su casa, cubierta

de montones de sedas que estaba remendando. "Es costurera. Su habilidad es la vista". Se rió. "Puede ver como un halcón, así que si estás a su alcance, no hay forma de esconderse de ella".

Kinza gimió. "Mi madre solía ser así, excepto que con el oído. Te juro que podía estar en mi habitación, silenciosa como un ratón, y al primer crujido de una barra de caramelo, podías oír mi nombre desde el final de la calle".

Zaid se rió ante la imagen de una Kinza más joven escondida con caramelos en su habitación. "¿Cómo...?" Hizo una pausa, arrepintiéndose de haber preguntado, pero Kinza se dio cuenta.

"Los asesinaron", dijo en voz baja. "Un día volví a casa del parque y la abuela los había encontrado en el salón. Nunca encontraron a quien lo hizo. Ni una sola prueba". Lo dijo como si ya fuera historia antigua.

Se detuvo a mirarla. Perder a su padre sólo había sido duro para su madre, ya que era la única que lo recordaba. Pero después de Amir, no podía imaginarse perder también a su madre. Y aquí estaba Kinza, yendo a la escuela para hacer del mundo un lugar mejor. Dando su dinero a su abuela y sonriendo mientras lo hacía. No había personas así. Había estado en todo el mundo, y la gente era codiciosa y egoísta. Era casi una rareza encontrar a alguien que pusiera a los demás por delante de sí mismo y lo hiciera de buen grado. Pero, supuso, Kinza era una rareza en más de un sentido.

"Lo siento", dijo simplemente. "Sé lo que es perder un familiar". Se dio la vuelta antes de decir algo estúpido.

Caminaron durante otros treinta minutos, pero la luz era casi inexistente. Kinza no dejaba de tropezar con cada raíz, e incluso apenas podía ver delante de sí mismo. "Muy bien, vamos a tener que parar para pasar la noche".

"¿Aquí?", preguntó ella, mirando a su alrededor. Estaban junto a un árbol alto, tan ancho alrededor como un coche pequeño, con grandes raíces que se extendían en todas las direcciones. Era el mejor refugio que iban a conseguir.

"Sí, esto tiene buena pinta. Nos iremos en cuanto vuelva a amanecer. Quédate aquí un momento. Voy a hacer una hoguera.

La dejó de pie junto al árbol y en pocos minutos tenía una buena cantidad de troncos y palos. Tras unos cuantos intentos infructuosos de encender el fuego a mano -y unas cuantas risitas inoportunas de Kinza-, sacó un mechero de su bolsa de viaje y la pequeña pila de troncos empezó a rugir en unos instantes.

"¿No crees que alguien vea el fuego?", preguntó, sentándose junto al anillo de troncos. Desgraciadamente, tenía que sentarse de espaldas al árbol para no perder de vista, así que le obligó a sentarse a pocos metros de ella. Sin embargo, ella no pareció darse cuenta.

Sacudió la cabeza. "No, en realidad nadie pasa por aquí. Nos estamos acercando lo suficiente a la ciudad como para que los humanos tiendan a evitar esta zona, aunque no sepan por qué".

Ella se limitó a asentir. "Nunca he ido a acampar antes", dijo, mirando alrededor de los árboles. "Supongo que tampoco he salido nunca del país".

Zaid pensó por un momento, considerando que los Anunnaki estaban limitados a una ciudad, pero él había visto el mundo. Por otro lado, los humanos tenían el mundo, y ella sólo había visto un pequeño rincón de él. "Me alegro de que hayamos podido tachar tantas cosas de la lista en un día. ¿Crees que podamos tachar algo más esta noche?"

Kinza se quedó con la boca abierta e inmediatamente se dio cuenta de su error. "No quería decir...", dijo al mismo tiempo que ella: "No, por supuesto...".

"Espera, realmente no quise decir nada de eso", trató de decir, pero le salió un desordenado.

"No... yo, eh, no, lo entiendo perfectamente. No te preocupes".

"Lo siento", murmuró patéticamente. Había oído que su ritmo cardíaco aumentaba, y ahora gemía mentalmente y quería arrojarse por el acantilado más cercano. Avergonzarla era lo último que quería hacer.

Se sentaron en un silencio incómodo durante varios minutos antes de que ella hablara. "¿Qué pasará después de mi juicio?"

Él la miró, con la luz que iluminaba la mitad de su rostro. Ella se llevó las rodillas al pecho.

"Digamos que están de acuerdo en que no soy Ubir y que mis habilidades son sólo una casualidad o algo así. ¿Me envían a casa y se acabó?"

"Hmm, lo más probable es que quieran asegurarse de que tienes una buena medida de control sobre tus habilidades primero, pero esto no ha ocurrido nunca antes. Dicho esto, no veo por qué no te dejarían ir. La única razón por la que no dejan al resto de nosotros vagar por ahí es que esencialmente nos convertimos en humanos, o algunos eligen convertirse en Ubir. Realmente no hay una tercera opción para nosotros".

"¿Me llevarías a casa entonces?"

No había considerado la parte del después, y ahora empezaba a agriar su estado de ánimo. "Probablemente me enviarán a otra misión antes de que tenga la oportunidad. Lo más probable es que te dejen de vuelta en Moshi y te digan que "te las apañes desde allí".

"Así que... Probablemente no te veré después de ir a mi juicio entonces". Su tono de naturalidad le hizo sonar una extraña campana. Ella estaba mirando fijamente al fuego ahora, como si algo que vio en sus profundidades la confundiera.

"Sí... Supongo", dijo él lentamente. Echó una ramita al fuego y la vio arder.

"Hmm, ¿y si quisiera ser Venari? ¿Me dejarían hacerlo?"

"¡¿Qué?!", espetó él, azotando la cabeza en su dirección. ¿De verdad había dicho eso? La idea era totalmente ridícula. "¿Por qué querrías eso? Nadie quiere eso".

"Bueno..." Respiró profundamente. "Entonces podría ir por todo el mundo y ver muchos lugares como tú. Y atrapar a los Ubir parece algo bueno para el mundo. Y puedes enseñarme lo que necesite saber".

Totalmente absurdo. La idea de que alguien *quisiera* hacer esto lo confundía a otro nivel. "¿Tú querrías... venir conmigo?" Ella se volvió para mirarlo completamente entonces. Sus ojos eran lo suficientemente oscuros como para que él sintiera que estaba mirando el cielo nocturno, y ella se inclinó ligeramente hacia él.

"Sí".

KINZA NO SABÍA lo que estaba diciendo, pero se dio cuenta de que lo decía en serio.

La idea de volver a casa después del juicio como si nada hubiera pasado le parecía casi aborrecible. Si siquiera ella era capaz de controlar sus habilidades, ¿Cómo se suponía que iba a vivir el resto de su vida sabiendo que esa gente existía y que ella estaba apartada de ellos? Y la idea de irse sin Zaid casi la confundía.

Ya no sabía lo que sentía por él. Al principio, lo odiaba por habérsela llevado, luego le disgustaba por lo frío que parecía, y ahora... Ahora no sabía lo que sentía. Estaba claro que él intentaba cuidarla lo mejor que podía, aunque fuera a su manera. De alguna manera, en tres días, él había logrado tallar una porción de su mente y había decidido acampar allí. No tenerlo cerca para discutir se sentía... Extraño.

¿Pero poder hacer lo que él hacía, viajar por el mundo, librarlo de gente peligrosa? Ahora se sentía segura de ello. Podía aprender, ayudar y viajar al mismo tiempo. Era algo que nunca imaginó que sería una posibilidad para ella. La idea la entusiasmó.

"Sí", dijo de nuevo. "Quiero hacer lo que tú haces". Sonrió y volvió a mirar al fuego. La facilidad con la que acababa de tomar esa decisión ni siquiera la molestó. Simplemente se sentía bien. "Kinza", dijo con paciencia. "Nadie quiere ser Venari por una razón. Los Anunnaki nos rechazan básicamente, pero tampoco lo hacemos dentro de las sociedades humanas. Siempre estamos solos".

Arrugó la nariz. "¿Por qué serían rechazados? Ustedes están haciendo mucho bien al mundo".

Él negó con la cabeza y se apoyó en el árbol. "Los Venari son rechazados porque lo que hacemos se considera un trabajo sucio. Limpiamos la suciedad de nuestro pueblo mientras pasamos gran parte de nuestras vidas en la sociedad humana, que todavía se considera como "otra" para los Anunnaki. Rhapta puede existir para guiar a la humanidad, pero eso no significa que queramos ejemplificarla. Los Venari son una reminiscencia de los humanos".

Kinza se burló. "Ya dijiste eso antes, que los Anunnaki guían a los humanos. Suena más bien a que nos evitan a toda costa".

"No tenemos la opción de vivir fuera de la ciudad tal y como estamos. Y cuando nos envían fuera, es para hacer recados para los Ancianos. Ocurre pocas veces, pero a veces tenemos que interferir en la humanidad para evitar que se maten. Influimos en los negocios, en los mercados, ayudamos a los futuros líderes y, con menos frecuencia, asesinamos a aquellos que podrían causar una destrucción masiva en el futuro".

La emoción de Kinza se estaba convirtiendo en leche cuajada en su estómago. Sabía que los Anunnaki tenían un impacto en la humanidad, pero esto era más amplio de lo que había imaginado. Y Zaid actuaba como si fuera de dominio público, como si no importara. "Eso me parece controlar. Los Ancianos suenan como si les gustara el control que tienen sobre la ciudad y sobre la humanidad y están contentos de esconderse en su pequeña ciudad, para no tener que interactuar con los sucios humanos". Matar a los Ubir era una cosa, pero ¿Asesinar a humanos inocentes antes de que hicieran algo que justificara la acción? La idea le repugnaba.

Zaid levantó las manos y no respondió.

Su falta de respuesta sólo la enfureció. "Es casi una barbarie. Nos tratan como animales, nos arrean como ovejas y matan a los que no parecen estar bien. ¿Por eso me persiguen los asesinos? ¿Soy una amenaza?". Se rió, pero no había humor en ello. "Parece que la desaparición de los Anunnaki es la forma que tiene la evolución de decir que son basura".

Zaid se limitó a encogerse de hombros, quedándose callado de nuevo. "Sí, tal vez".

Ella se giró hacia él. "No te entiendo. En un momento me dices que respete a tu gente, y al siguiente, que no te importa que se extingan. Estoy un poco confundida aquí, así que ayuda a esta chica. ¿Realmente te importa algo o no?"

"Cállate, Kinza". Sólo la hizo hervir de ira.

"Oh, no te preocupes. Sé cuál es tu problema". Ella no podía parar ahora. La amargura la estaba ahogando. "Haris me contó toda tu pequeña historia de sollozos y cómo tuviste que ejecutar a tu propio hermano. Tal vez finalmente te diste cuenta de lo enfermos y retorcidos que son los Anunnaki, ¡Y realmente lo disfrutaste!" Le escupió las palabras.

Zaid se quedó helado, inmóvil como el hielo. La miró por un momento, y el miedo se apoderó de ella al ver la mirada de muerte en sus ojos. Un momento después, se fue, moviéndose más rápido de lo que ella podía seguir.

Permaneció sentada durante varios minutos, inhalando por la nariz y volviendo a salir por la boca. Después de demasiadas respiraciones, la ira se calmó y se dio cuenta de que había ido muy lejos, demasiado lejos.

Se golpeó la frente con un puño y las lágrimas se le clavaron en los ojos. El trato que los Anunnaki daban a los humanos y a sus propios Venari la había disgustado, pero no era su intención desquitarse con él. De hecho, se había enfadado con él en algún momento de la conversación.

Él tenía razón. No era capaz de controlar sus propias emociones. Tuvo suerte de no haber tenido miedo, de lo contrario, podría haberlo matado por accidente. ¿Cómo se había vuelto tan destructiva?

Sólo había oscuridad y los sonidos del bosque más allá del anillo de la luz. Estaba sola, y se lo merecía. Sin nada más que hacer y sin poder disculparse, se hizo un ovillo en el suelo y trató de dormir, con las lágrimas deslizándose por las grietas de sus párpados.

ZAID CORRIÓ durante quince minutos antes de decidirse a dar la vuelta. Quería enfadarse, pero se sentía destrozado. Había demasiadas emociones, más de las que había tenido en años, y tardó en enterrarlas. En un momento dado, ella había dicho que quería quedarse con él y al siguiente afirmaba que su pueblo merecía morir. ¿Lo decía en serio?

Había visto el miedo y la ira en sus ojos cuando había mencionado a los asesinos. Era algo en lo que, sinceramente, no había pensado antes. ¿Podrían los Ancianos haber enviado a alguien a matarla? ¿Estaba profetizada para causar una destrucción masiva de la humanidad? La idea de llevarla a los brazos de un asesino en la puerta de Rhapta le hizo doler el pecho. Ella no se merecía eso.

Recordar a los asesinos le hizo moverse un poco más rápido.

De repente, sintió que dos auras salían de la nada y se acercaban. Se detuvo para escuchar, pero se movían rápidamente.

Maldita sea.

Volvió a salir en dirección a Kinza. No debería haberla dejado sola, independientemente de cómo le hiciera sentir. Las auras estaban casi encima de él, pero no podía ver a nadie. Escuchó y oyó un par de pasos casi silenciosos que se acercaban a través de los árboles, pero sólo las sombras se retorcían en esa dirección. Se dio la vuelta, escuchando el otro conjunto de pasos, pero no oyó nada.

Algo se movía entre los árboles. Zaid sacó su daga. Una tercera y luego una cuarta aura llegaron a sus sentidos.

Esto era malo. Realmente malo.

Zaid se tapó los oídos con las manos cuando apareció el sonido agudo de una piedra de la muerte. Sintió que el cráneo se le partía, jadeó y trató de resistir. Más piedras de la Muerte fueron sacadas cuando un par de pies entraron en el pequeño claro en el que se encontraba.

Zaid cayó de rodillas. Justo antes de desmayarse, vio un par de ojos verdes y enfermizos que lo miraban desde la oscuridad.

CAPÍTULO 17

REALIDADES INSONDABLES

Zaid se abrió paso por la escalera de caracol que se adentraba en la tierra. Como la mayor parte de Rhapta, era de piedra caliza, pero el camino era oscuro. Llevaba una antorcha para iluminar el camino, ya que había aprendido la primera vez que uno podía caerse fácilmente por una escalera en la oscuridad, y nadie vendría a ayudarle.

Había recorrido este camino cientos de veces en su entrenamiento, pero nunca había descendido a las celdas de la ciudad para ver a uno de sus propios cautivos. Y menos a su hermano.

Habían pasado dos semanas desde que trajo a Amir de vuelta. Después de capturarlo en Osaka, lo había llevado al portal que se abría en un pequeño pueblo al sur del monte Kilimanjaro y, desde allí, habían caminado hasta el borde de la ciudad y habían entrado. Había sido uno de los momentos más duros de su vida al enterarse de lo mal que estaba realmente su hermano.

Amir apenas podía caminar, dando tumbos como un loco.

Se reía histéricamente y un momento después se lanzaba como un perro rabioso. Zaid se había derrumbado y había tratado de suplicarle varias veces, pero nunca sirvió de nada. Amir seguía murmurando sobre sangre, reyes, carne y profecías.

Hubo un momento en que se detuvieron a un costado del camino, en el trayecto a Rhapta, para descansar. Amir se había vuelto hacia él y, con los ojos completamente concentrados y sin ningún rastro de locura, había dicho *has crecido, hermanito*.

Zaid le miró fijamente, creyendo que había estado soñando. Pero un minuto después, Amir había vuelto a caer en la locura y había intentado comerse un lagarto que había encontrado en el suelo. No consiguió llevárselo a la boca antes de que Zaid lo atrapara, pero aun así consiguió hacer trizas al pobre animal con sus manos atadas. Se rió y se revolcó en la hierba amarilla.

Fue por ese momento que Zaid volvió a adentrarse en la tierra. Quería ver a su hermano una vez más antes del juicio, sólo para ver si aún quedaba una chispa de la persona que conocía. Si la había, tal vez podría hacer una petición en su nombre. Tal vez podría rogar a un curandero de nuevo para tratar de curarlo.

Zaid sabía que existía la posibilidad real de que Amir no fuera encontrado redimible en su juicio, y ese pensamiento lo asustó mucho. Si eso ocurría, ya había planeado esconderse en las afueras de la ciudad, quizá en casa de Khalil, durante una semana. No quería estar dentro de la ciudad, dentro del Aura colectiva cuando le quitaran la vida a su hermano. No podría soportarlo.

Después de haber traído a Amir, sólo se le permitió un día de descanso antes de ser enviado a otra misión. Fue a casa de su madre y le dijo que había encontrado a su hermano. Ella le gritó y le chilló, pidiéndole que en ningún momento le mintiera. Al final, cayó al suelo y sus sollozos desgarradores se oyeron en el patio y en la calle. Todo el mundo supo entonces lo que había sucedido.

Zaid la había abrazado mientras ella se aferraba a él. Unas horas más tarde, se durmió llorando y él la acostó en la cama. No se atrevió a irse sin verla por la mañana, así que durmió allí esa noche. Cuando se despertó, ella ya estaba levantada, con los ojos hinchados pero sin llorar. Le dio un beso de despedida y le dijo que volvería pronto.

Odiaba dejarla, pero no tenía otra opción. Los Venari eran estrictos y vendrían a llamar a su puerta si no aparecía antes de su próxima misión. Después de haber completado su año inicial de entrenamiento, Savar se había acercado de nuevo a él y había colocado su Piedra de alma en el pecho de Zaid. Sabía lo que le esperaba esta vez, y la piedra se calentó sólo por un momento. Cuando volvió a mirar hacia abajo, había crecido hasta enroscarse en su pecho y hasta la parte inferior de su cuello.

Enhorabuena, había dicho Savar. *Ahora eres un Venari*. Zaid no había sentido nada.

Antes de cada misión, acudía a Savar, que hacía lo mismo. El tatuaje se desvanecería en un mes si no lo mantenía, y luego no podría salir al mundo sin que su Aura se desvaneciera.

Había completado otra misión, ésta en Chile, con facilidad. Esta vez fue muy sencilla, y regresó a los pocos días. Completó dos más antes de volver para el juicio de su hermano. Le concedieron unos días para asistir. Sin embargo, el juicio en sí sería sólo un día.

Zaid llegó por fin al final de la escalera y saludó con la cabeza al guardia que estaba al final. El guardia le devolvió el saludo en señal de respeto. La mayoría de la gente de la ciudad le rehuía por completo ahora, pero los guardias apostados en las celdas siempre parecían menos temerosos. Quizá porque veían lo que el Venari hacía realmente por Rhapta. Salir al mundo extraño y capturar a personas que eran casi monstruos. Era el único lugar de la ciudad donde lo trataban así. Era divertido. Tenía que estar en una mazmorra subterránea con filas y filas de gente nadando en la locura antes de recibir una pizca de respeto.

Zaid caminó hasta el final de la larga sala, pasando por filas de celdas de piedra caliza con barrotes de obsidiana. Las celdas en sí mismas parecían sencillas, pero sabía que la piedra que las rodeaba estaba impregnada de *laqueus* para amortiguar todas las habilidades. Dependiendo de la habilidad particular del Ubir, algunos también estaban atados con él.

Giró a la derecha y recorrió también la mitad de este pasillo, deteniéndose ante una celda a la izquierda. Las pocas que la rodeaban estaban vacías. Aquí abajo había más celdas de las que necesitarían. Con suerte.

Dentro estaba sentado Amir. No estaba atado con *laqueus*, pero estaba encadenado a la pared. Tenía la cabeza apoyada en el pecho. Zaid abrió los barrotes y entró. Todos los Venari tenían una llave de las celdas por si acaso. Al fin y al cabo, eran ellos los que los habían puesto allí.

Cuando la puerta se cerró, Amir levantó la cabeza. Sus ojos se enfocaron y desenfocaron al ver la cara de Zaid. Parecía borracho y febril. El pelo le había crecido mucho y olía como un cadáver en descomposición.

Hermanito, dijo Amir, dedicándole una sonrisa ladeada. Zaid miró hacia abajo y vio su tatuaje en el lado izquierdo. La última vez que lo había visto, se había sentido ligeramente celoso de lo normal que parecía. Había querido que el suyo fuera así. Pero en lugar de eso, el antes hermoso mandala se extendía por su abdomen y su espalda. En lugar de la elegante tinta oscura, estaba elevado y rojo, casi como si estuviera infectado. Parecía doloroso.

Hola, Amir, ¿Sabes por qué estoy aquí?

Amir tiró un poco de las cadenas. *Vamos, no deberías estar aquí... Eres demasiado joven*, murmuró, con la cabeza ladeada.

¿Qué?

Amir soltó una risita aguda, con espuma en la boca. *Hay sangre salpicada en la luz. ¿Lo sabías? No pude encontrar el pasaje, porque la sangre se interpuso en las páginas.*

No sé de qué estás hablando. Vine aquí para que me hablaras, para que me convencieras de que aún eres tú. Sabes quién soy, ¿Verdad?

Amir volvió a mirarlo con ojos desenfocados y se mantuvo firme. Zaid esperó con la respiración contenida y confió en que el hermano que conocía saliera a la superficie.

Amir se lanzó hacia adelante con un grito, con los dientes dirigidos a la cara de Zaid, sólo las cadenas lo retenían. Gruñó y gritó como un animal salvaje. La esperanza que había surgido en el pecho de Zaid se había desvanecido, y solo quedaba un dolor ardiente y reseco.

Su hermano se rió en su cara, subiendo de tono. Zaid salió de la celda y la cerró con llave. Caminando por el pasillo y de vuelta a la escalera, pudo oír la risa maníaca de su hermano durante todo el camino.

LA LUZ CORRÍA a través de los tragaluces cayendo justo sobre la silla del Gran Anciano en la más grande sala del consejo del Gran Salón. Zaid supuso que había sido algo estratégico, pero aun así se maravilló de su ubicación.

La sala del consejo era rectangular, como el resto del edificio. En la pared más alejada se había colocado una formación semicircular de cuarenta sillas, que parecían más bien tronos, con la silla del Gran Anciano en el centro. El Gran Anciano

Hakim estaba allí, a decir verdad, sólo por razones de decoro, ya que su mente estaba casi siempre aturdida por las profecías, algunas relevantes y otras no.

Delante de los Ancianos, una cadena corta estaba clavada en el suelo de mármol. Allí iría Amir. Una multitud de personas se encontraba a ambos lados del largo pasillo que conducía a la cadena, y la única luz provenía de unas cuantas lámparas en la pared y de los tragaluces situados arriba.

Zaid esperaba a un lado del pasillo, como era su deber. Estaba junto a Savar y algunos otros Venari, todos ellos mayores que él. Junto a ellos había otros miembros administrativos de varios consejos que gobernaban la ciudad. Al otro lado del pasillo estaba el lugar donde se permitía a los ciudadanos estar de pie y observar. Cualquiera podía asistir a los juicios, y de vez en cuando se fomentaba para que la gente viera las consecuencias de desertar para convertirse en un Ubir.

Su madre estaba de pie entre algunos amigos suyos. Llevaba la cabeza erguida, pero incluso desde donde él estaba, podía ver los profundos huecos bajo sus ojos y la nitidez de sus pómulos. Se recordó mentalmente que debía asegurarse de que ella comiera. Los Anunnaki no necesitaban mucho, pero tenían que comer en algún momento.

Las puertas del extremo opuesto de la sala se abrieron y un largo grupo de ancianos entró, seguido por algunos guardias. Tomó bastante tiempo acomodarlos a todos, ya que todos eran viejos y se movían lentamente. Una vez que estuvieron todos en su sitio, un asistente susurró al oído del Gran Anciano Hakim y éste golpeó con un bastón el piso.

Traigan al prisionero.

Por las mismas puertas entró Amir. Tenía las manos encadenadas a la espalda y cuatro guardias caminaban a su lado. Se tambaleaba y tropezaba al pisar, y su respiración era un jadeo. Lo encadenaron en el lugar del piso ante los ancianos. Hakim volvió a golpear su bastón ante los susurros de su ayudante.

Que comience el juicio.

Durante la hora siguiente, varios ancianos, asistentes y un curandero intentaron interrogar a Amir. Le preguntaron sobre su vida antes de desertar, con quién había hablado, los grupos rebeldes con los que podría haber estado en contacto y su familia. Sólo consiguieron fragmentos de discurso y palabras masculladas. A veces se reía de ellos, y otras veces chasqueaba los dientes y retorcía las cadenas.

Zaid sólo había encerrado en una caja la tristeza que sentía por su hermano. La rabia que había sentido en Osaka seguía ahí, pero se había apagado ante la momentánea lucidez de Amir en su viaje. A pesar de todo, conocía el resultado del juicio y se había preparado mentalmente para él igual que parecía hacerlo su madre. Eso no le impidió gritar cuando llegó el veredicto.

El prisionero ha sido considerado demasiado enfermo por la locura de la magia de sangre. Será condenado a muerte. Hakim golpeó su bastón una vez más para indicar el fin del juicio.

La madre de Zaid había gritado, y algunas otras mujeres la abrazaron mientras lloraba. Se calmó rápidamente tras el veredicto inicial, pero las lágrimas seguían cayendo sobre el suelo de mármol. Amir sería llevado de vuelta a su celda, y uno de los Venari más viejos completaría su ejecución al amanecer. Los *Venari* que eran demasiado viejos para trabajar en el campo se resignaron a esa tarea.

Cuando los ancianos se pusieron de pie, uno de ellos habló.

El Anciano Yuvaan se aclaró la garganta y los demás se volvieron para mirarlo. Era el representante de los guerreros y a menudo tenía opiniones firmes sobre el resto del consejo.

Disculpen, ancianos. Quiero plantear una pregunta. Se dirigió al anciano Ishar. *Ishar, ¿No es cierto que todo Venari debe ejecutar él mismo su primer Ubir condenado?*

Todos los pensamientos se esfumaron de la cabeza de Zaid.

Los ancianos hablaron en susurros, y la gente que estaba a su lado se volvió hacia ellos. ¿Qué regla era ésta? Ninguno de ellos la recordaba.

Ishar cerró los ojos como si le doliera decir las siguientes palabras. *Técnicamente, Yuvaan, tienes razón. Esa fue una ley promulgada hace siglos, pero desde entonces ha caído en desuso.*

¿Dejó de aplicarse? ¿Entonces no fue eliminada? preguntó Yuvaan.

¿Qué diferencia hay, Yuvaan? preguntó el anciano Tahir. *El acto se completará como siempre.*

Zaid no podía pensar. No podía respirar.

Ishar suspiró, pero asintió con gesto adusto. *Sí, Yuvaan tiene razón.* Los otros Ancianos comenzaron a susurrar furiosamente, y la multitud se volvió para mirar a Zaid.

Yuvaan volvió a hablar. *Entonces creo que si es una regla, debemos cumplirla. ¿O es que ahora no importan nuestras reglas?* El parloteo se hizo más fuerte, y el interior de la cabeza de Zaid se volvió más silencioso. Tras varios minutos de deliberación, Hakim golpeó su bastón para pedir silencio.

Hemos decidido mantener esta ley. Mañana, al amanecer, comenzará la ejecución de Amir Hatem a manos del Venari que lo trajo.

Desde algún lugar en el fondo de su destrozada mente, Zaid oyó gritar a su madre.

LOS RAYOS DEL SOL se asomaban por encima de Rhapta, tiñendo las cimas de los edificios de un delicado color dorado.

Zaid caminó por el bulevar principal como lo había hecho toda la noche. No había dormido ni un solo instante. La decisión había sido tomada por los Ancianos, y todo lo que había sucedido después era un borrón. Se había sentido lejos de su cuerpo, como si estuviera mirando hacia abajo, viéndose a sí mismo moverse por el mundo. Desde lo alto, había visto a su madre gritar y suplicar frenéticamente a los Ancianos que tuvieran piedad. Dijo que había perdido a su marido, a su primogénito, y que no quería perder la mente de su hijo menor.

La rechazaron.

Observó cómo su cuerpo pasaba junto a la multitud de gente, sin ver cómo susurraban y miraban fijamente. Si antes se habían alejado de él, ahora lo evitaban como la peste. Su cuerpo caminó por el pasillo, pasando por las estatuas del centro del Gran Salón, a través del ala norte y saliendo a la Gran Plaza. El sol se había puesto y él comenzó a caminar.

A través del barrio norte, su cuerpo pasó por el campo de entrenamiento de los guerreros, hacia el este, donde estaba la casa de su madre, y hacia el sur, donde estaban las canteras, y finalmente hacia el oeste, hacia el edificio abandonado al que había corrido años atrás.

Miró las pequeñas flores de lavanda que crecían en las enredaderas y que le recordaban a su madre, y miró el lugar en el que se había quedado dormido, sólo para encontrarse con Amir allí más tarde, persuadiéndole para que volviera a casa.

Zaid vio cómo se daba la vuelta y se marchaba. Caminó por las calles toda la noche, aunque el aire se enfriaba y su cuerpo anhelaba entrar en calor. Sin embargo, no podía sentirlo. Estaba demasiado alto, demasiado apartado para sentir el frío.

Con el paso de las horas, volvió a acomodarse en su cuerpo, pero no se detuvo ahí. Recogió todas las emociones que amenazaban con acabar con él, las ató con fuerza y las enterró en el fondo. Tan abajo, que era como si las colocara en el manto de la tierra, y luego volvió a tapar ese lugar oscuro. Lo cubrió para que las emociones no pudieran volver a salir y hacerle daño. Sabía que si volvían, moriría. Se rompería en miles de pedazos.

Se dirigió lentamente a las celdas del centro de la ciudad. Sin las emociones, había una niebla refrescante asentada en el borde de su mente. Era un bálsamo suave, como...

Su mente cerró el pensamiento.

Llegó a las puertas de las celdas más rápido de lo que esperaba. El anciano Ishar estaba allí para asegurarse de que se presentara, y el anciano Tahir también. Puso una mano pesada en el hombro de Zaid en señal de compasión. Savar también estaba allí, y le entregó una larga daga de obsidiana de aspecto perverso y asintió a Zaid, con rostro sombrío.

A lo largo de los últimos años, Zaid había comprobado que Savar era inmensamente estricto y que su entrenamiento era duro, pero que no tenía el corazón frío y que sus castigos eran justos. No estaba de acuerdo con la decisión del Anciano en esto, pero obedecería.

Entró por la puerta y descendió por la larga escalera hacia las entrañas de la tierra. El final llegó demasiado pronto, y el guardia de la puerta lo miró, sin siquiera asentir hoy. Zaid recorrió como en un sueño el último tramo hasta la celda de su hermano. Durante todo el trayecto, levantó mentalmente un escudo de obsidiana, hueso y hielo en su mente para protegerse de las emociones, por si acaso.

La celda estaba ante él, y Amir se sentó en el mismo lugar que antes. Se rió y se retorció cuando Zaid entró.

Zaid se sintió hueco, como si sus brazos y piernas no contuvieran nada en su interior mientras entraba y sacaba la hoja. Pero no esperaría. No dudaría.

La cabeza de Amir giró en su dirección, y miró con ojos desenfocados. Sonrió.

Hola, hermano—

Una línea de sangre se extendió rápidamente por la garganta de Amir y goteó por su pecho. Zaid se dio la vuelta y salió de la celda. Volvió a caminar por los pasillos, subió la escalera de caracol y salió a la luz de la mañana.

CAPÍTULO 18

SANGRE TAN OSCURA COMO EL RUBÍ

Kinza atravesó una ciudad muerta. Los muros desmoronados parecían haber sido abandonados hace siglos, y el bosque empezaba a crecer dentro de las grietas, empujando la piedra. Un débil sol se filtraba a través de la espesa niebla, iluminando su camino lo suficiente mientras avanzaba a trompicones por las calles. Aquí no había nadie. Ni una sola alma viva. Pero las sombras se retorcían en los bordes de su visión, siguiéndola mientras caminaba.

Tenía que llegar al centro de la ciudad, pero no recordaba por qué. Había algo que tenía que hacer, pero ¿Qué? Caminó durante un rato y las sombras la siguieron, acercándose cada vez más. De su dirección salían débiles sonidos que parecían una especie de discurso. Era áspero y entrecortado, y ella no podía entenderlo, pero una abrumadora sensación de peligro empezó a recorrer su piel.

Ahora corría por las calles, evitando las esquinas oscuras y alejándose de las sombras susurrantes hasta que llegó a una gran plaza. Vio una estatua que le resultaba vagamente familiar, pero no se detuvo hasta llegar a la enorme piedra azul en el centro. Zumbaba una melodía insistente, y ella necesitaba acercarse. Las sombras estaban ahora en la plaza, moviéndose a través de la niebla como un arroyo.

Iban a matarla. Lo sintió en sus voces, aunque no entendiera las palabras. Apestaban a malevolencia, pero Kinza no podía preocuparse por eso ahora. La piedra era lo único que importaba. Sólo que no podía recordar por qué. Cerró los ojos y, sin pensarlo, puso la mano sobre ella.

Estaba tan fría como el hielo.

Abrió los ojos y se encontró en una gran sala llena de estatuas. Al principio pensó que no había nada, pero luego se volvió y vio un cuerpo en el suelo. Al acercarse a él, vio un charco de sangre que arrastraba su esencia vital. Estaba tumbado boca abajo, así que le dio la vuelta.

Era Zaid y estaba muerto.

No, no, no, no, no, suplicó su mente. Lo agarró por el hombro y lo sacudió. Todo esto era culpa suya. Ella lo hizo, pero no recordaba cómo. Simplemente lo hizo. Las lágrimas salpicaron el cuerpo rígido cuando se dio cuenta de que sus esfuerzos eran inútiles.

En los bordes de la habitación, la niebla se deslizaba, trayendo consigo sombras que murmuraban. La habían encontrado, y no había lugar a donde huir. Se estaban acercando y ella no podía hacer nada.

Jadeó cuando una mano le apretó la muñeca. Mirando hacia abajo, vio cómo los ojos de Zaid se abrían y hablaban.

Kinza.

KINZA SE DESPERTÓ JADEANDO y miró a su alrededor. El fuego se había reducido a brasas, pero el bosque seguía a oscuras. Sentada, trató de respirar lentamente, el sudor le pegaba la camisa y los pantalones a la piel, y su corazón galopaba ante temores invisibles.

"¿Zaid?", susurró en la oscuridad. Miró a su alrededor y vio que estaba sola. Tardó un momento en recordar lo que había pasado.

Su discusión. Las cosas que había dicho. El sentimiento de culpa la invadió de nuevo al recordarlo, y se dio cuenta de que Zaid no había vuelto. Sin embargo, tenían que haber pasado al menos unas horas, ¿Acaso no volvería? Kinza empezó a sentir pánico, pensando que la había abandonado en el bosque, pero también pensó que no sería del todo injusto.

¿Qué debía hacer ella? Quizá era su forma de decir que podía volver a casa. Él sabía que ella no era Ubir; por lo tanto, ya no era de su incumbencia y podía irse. Pero, ¿Realmente la dejaría así? Ella iba y venía entre la culpa de su conversación y el miedo a ser abandonada aquí.

La luz estaba casi apagada y ella se estaba empezando a congelar. No había nada más que hacer que caminar. Se levantó y tomó un palo largo y pesado que ardía débilmente en un extremo. Era lo mejor que podía hacer para alumbrarse. Se puso la mochila y trató de elegir la dirección por la que habían venido y comenzó a caminar.

Sólo había dormido unas horas como mucho y seguía agotada. Las brasas de su bastón no le servían de consuelo y echaba mucho de menos a la abuela en ese momento. Las lágrimas le llenaban los ojos mientras caminaba, lo que dificultaba aún más su visión. Tropezó varias veces, pero inhaló y siguió adelante. Al final tenía que amanecer y encontraría el camino, ¿No?

La luz del bastón sólo iluminaba el mínimo espacio delante de ella, pero hacía que la oscuridad entre los árboles se retorciera y deformara. Intentando no entrar en pánico ante su situación, respiró más larga y profundamente. Empezó a sentir un cosquilleo en la nuca.

Kinza.

Levantó la cabeza. "¿Zaid?", preguntó, mirando a su alrededor. Sólo estaban los árboles, las enredaderas y los sonidos del bosque. Siguió caminando y juró que algunas sombras se movían con ella. El hormigueo recorrió su columna vertebral hasta los brazos y las piernas, moviéndose rápidamente.

Kinza. Lo oyó de nuevo. Era sin duda la voz de Zaid, débil, pero suya. "¡Zaid!", gritó esta vez un poco más fuerte. Caminar más rápido no serviría de nada, ya que seguía tropezando, así que trató de mantener la vista fija en el frente, pero su corazón temeroso quería que siguiera mirando hacia atrás. Siguió caminando durante unos minutos más cuando volvió a sonar.

Kinza, ¡Corre! Se detuvo y escuchó. La voz de Zaid provenía aparentemente de ninguna parte, y ella no sabía en qué dirección andar. También podría haber jurado que vio algo moverse a pocos metros de ella. Sus temores se triplicaron cuando una rama se rompió unos instantes después.

Kinza corrió. Probablemente fue lo peor que pudo haber hecho, porque inmediatamente dejó caer su bastón y tropezó con una raíz, para caer de bruces en el suelo. Oyó pasos y pensó que se perdería sólo por el miedo, pero al segundo siguiente, un sonido agudo y chillón amenazó con arrancarle los tímpanos. Los huesos de su cuerpo se agitaron y una oleada de náuseas la invadió. Gimió y se tapó los oídos con las manos, tratando de mantener su cuerpo firme.

Sin embargo, el sonido se hizo más fuerte y en pocos segundos sucumbió a la dulce oscuridad de la inconsciencia.

EL OLOR del fuego despertó a Kinza esta vez. Afortunadamente, no hubo pesadillas que plagaran su sueño. En su lugar, se despertó en una pesadilla verdadera.

Abriendo los ojos, miró a su alrededor. El sonido del agua atrajo su mirada hacia un pequeño río a unos seis metros delante de ella. Estaba en un claro cerca de la orilla, rodeada por tres fuegos en semicírculo a su alrededor. La fuente de sus temores se encontraba en la orilla del río; dos personas estaban envueltas en telas oscuras de la cabeza a los pies. Lo único que quedaba al descubierto era el rostro de uno de ellos. Parecía un hombre de profundos ojos marrones que miraba con desprecio a su interlocutor. El otro parecía lo suficientemente delgado como para ser una mujer.

Los asesinos. Su respiración se aceleró pero abandonó por completo su pecho cuando miró a la derecha. Acurrucado contra un árbol estaba Zaid, atado por los tobillos y las muñecas con una cuerda gris plateada que ella reconoció como *laqueus*. Tenía los ojos cerrados y no podía saber si respiraba. Si creía que había tenido mal aspecto en el hotel, esto lo hacía olvidarlo.

La sangre cubría su cara y su pecho. A la luz del día, pudo distinguir las innumerables laceraciones que cubrían su pecho. Tenía la cara desencajada y no podía ver si su pecho subía y bajaba desde donde ella estaba tumbada.

Se movió para levantarse, pero una pesada bota la empujó de nuevo al suelo.

"Ah, ¿Estamos despiertos?", dijo el hombre junto al río, mirando hacia ella. Hablaba en un inglés quebrado, y su voz era ronca, casi como si estuviera en desuso. "Yo no me molestaría en intentar levantarme, Yusuf ha estado esperando por esto". Señaló con la cabeza a la persona que estaba encima de ella. Ella se giró, intentando echar un vistazo, y casi soltó un grito ahogado.

Era el hombre que la había seguido a casa a principios de esa semana. Incluso bajo las franjas de tela oscura, era inconfundible. En ese momento, aparecieron otros dos asesinos alrededor del árbol contra el que estaba Zaid. Reconoció al de los ojos verdes y enfermizos, y el otro no hizo ningún ruido al caminar.

"A Rafiq le ha costado mucho seguirte la pista", dijo el hombre junto al del río, señalando con la cabeza al de los ojos verdes. "Y no creo que hayas conocido a Ghufran o a Aisha aquí", dijo, indicando al otro hombre y a la mujer que estaba a su lado. ¿Qué importancia tenía que ella los conociera? Estaba claro que querían algo de ella, y luego iban a matarla. Sin embargo, el hombre se acercó y se agachó, con una pequeña sonrisa en la cara. La miró como un niño mira a un cachorro, como un juguete con el que jugar. "Puedes llamarme Jafar, Kinza. Has causado un montón de problemas, pero ahora lo solucionaremos todo pronto, ¿No?".

Se levantó y sacó una larga daga de obsidiana, similar a las que tenía Zaid.

"¿Qué demonios quieres?" Kinza le gruñó. "¿Por qué me sigues?"

La perversa punta de la daga brilló a la luz mientras retrocedía y se paseaba por la orilla del agua. "Esto es lo que vamos a hacer, mi pequeña Kinza. Tengo que hacerte unas preguntas muy específicas, y voy a necesitar que las respondas con sinceridad. Está bien, ¿Vale?", preguntó burlonamente.

Cuando ella no dijo nada, los ojos de Jafar se dirigieron a Yusuf detrás de ella. Kinza gruñó y una bota conectó con su caja torácica no una sino tres veces. La dejó sin aliento y jadeó en el suelo. "Bien", dijo Jafar.

Kinza... volvió a oír la voz de Zaid. Al mirar, vio que sus ojos estaban abiertos de par en par, pero no parecía que hubiera hablado. Ghufran vio hacia dónde miraba y se agachó ante Zaid. Le agarró la garganta y lo levantó a medias del suelo.

"Los dos están despiertos, Jafar", dijo Ghufran con la misma rudeza, mirando el rostro de Zaid antes de dejarlo caer de nuevo al suelo.

Zaid luchó por incorporarse, y Kinza se dio cuenta de que tenía muchas más laceraciones de las que había pensado en un principio, y su cabeza se balanceaba por la pérdida de sangre. Quería gritar. Nadie se merecía esto. "¿Por qué le han hecho daño? ¿No son todos Anunnaki? ¿En el mismo bando?", le espetó a Jafar.

Él había observado la lucha de Zaid con leve desinterés, y ahora esa mirada giraba hacia ella. "No hay bandos, pequeña. Sólo hacemos lo que tenemos que hacer, para proteger a nuestro pueblo. En este momento, él se interpone en ese camino". Se acercó. "Ahora, apresuremos esto un poco. Tu nombre es Kinza Solace, ¿Verdad?"

Ella frunció el ceño hacia él. "Es una pregunta estúpida, ya que ya sabes".

"Voy a necesitar que seas un poco más agradable", dijo Jafar en voz baja. Por el rabillo del ojo, vio a Rafiq pinchando el pecho de Zaid, que gruñó de dolor.

Kinza escupió en la cara de Jafar.

Muy lentamente, se limpió y suspiró. Tan rápido como una víbora, su mano salió disparada y le agarró el brazo. El dolor estalló en cada nervio de su cuerpo, tan brillante y caliente como si hubiera estado en el aire. Oyó a alguien gritar y se dio cuenta de que era ella misma. Su cuerpo sufrió un espasmo mientras intentaba zafarse de la mano de Jafar, pero fue inútil. Él la soltó después de una eternidad, y ella se desplomó de nuevo en el suelo, sollozando.

¡Kinza! gritó esta vez la voz de Zaid, y ella pensó que estaba

en su cabeza. Supo que era mejor no mirar y se dejó caer en el suelo.

¿Zaid? preguntó tímidamente.

La mujer junto al agua, Aisha, había comenzado a caminar, y Jafar miró hacia ella por un momento, claramente molesto. Quizá también estaban hablando mentalmente.

Kinza, aguanta. Estarás bien, aguanta. ¡Era Zaid! Y estaba hablando en su cabeza. No le importaba cuándo ni cómo había sucedido, pero sus sollozos se convirtieron en sollozos de alivio al oír su voz, aunque ambos estuvieran a punto de morir.

"Te llamas Kinza Solace, ¿Verdad?" Preguntó Jafar de nuevo. Esta vez ella se limitó a asentir.

"Y tu madre se llamaba Sadia Solace, ¿No?"

Al oír el nombre de su madre, se puso rígida. Hacía años que no oía a nadie decir el nombre de sus padres, ¿Y ahora este asesino del otro lado del planeta le preguntaba por ella? Se incorporó mientras la confusión la atormentaba. ¿Cómo? ¿Cómo podía conocer a su madre?

Había esperado demasiado tiempo para responder, y él alargó la mano para tocarla de nuevo. "¡Sí!", gritó ella. "Ese era su nombre. ¿Por qué me preguntas por mi madre?", preguntó. Se dio cuenta de que el cosquilleo en el cuello no había cesado en todo este tiempo y que le seguía produciendo pinchazos en los brazos y las piernas. Al mencionar a su madre, el calor comenzó a acumularse en su abdomen.

Jafar la ignoró. "¿Y tu madre tenía un tatuaje?", preguntó en su lugar.

"No que yo recuerde", intentó arrastrarse hacia atrás, pero la bota de Yusuf conectó con su espalda, lanzándola hacia delante. Jafar levantó la vista, ligeramente molesto.

"Pero tú sí", dijo Jafar. No lo formuló como una pregunta, pero lo era. Mirando de nuevo a Yusuf, le agarraron los brazos y las piernas, inmovilizándola en el suelo de espaldas. Kinza empezó a sentir verdadero pánico, agitándose con todas sus fuerzas. Pero sólo duró un momento, ya que Yusuf le arrancó la camiseta de tirantes para revelar el tatuaje de su abdomen.

Estaba brillando. Débilmente, pero en la oscuridad, era inconfundible. Se congeló para mirarlo.

"Ahí está", susurró Jafar, más para sí mismo que para nadie. Los ojos de Ghufran se dirigieron a donde estaba Aisha. Debió de decirles algo en su mente.

"Jafar", dijo Aisha. Sonó como una súplica y una advertencia a la vez. Él respondió en un idioma que ella no reconocía y se levantó, soltándola. Yusuf también retrocedió dos pasos.

Zaid estaba ya totalmente despierto, luchando contra sus ataduras; algunas de ellas se rompieron. No consiguió avanzar más que unos pocos centímetros antes de que Ghufran y Rafiq le dieran puñetazos y patadas. Sin embargo, no se detuvo, ya que sacaron dagas de obsidiana.

"¡Para!" gritó Kinza. "No ha hecho nada, sólo estaba haciendo su trabajo. Deténganse!", la última parte salió en un sollozo. La ignoraron y aparecieron nuevos cortes en el pecho y los brazos de Zaid. Uno de sus ojos estaba inflamándose y su respiración era entrecortada.

Debieron recibir una orden silenciosa de Jafar, porque ambos retrocedieron al unísono, dejando que Zaid se desangrara en el suelo. La luz de la linterna brillaba sobre la sangre que caía al suelo. Kinza no sabía lo buena que era la curación Anunnaki, pero apostaría a que intentaban superarla, por lo que estaba incapacitado.

"¿Qué tienen que ver mi tatuaje y mi madre?", se atragantó. "Nunca te hemos hecho nada".

Jafar había dado un paso atrás para observarla como un crítico consideraría un cuadro en un museo, con un dedo golpeando su barbilla. "No se trata de lo que han hecho, sino de lo que harán". Al ver la expresión de confusión de ella, suspiró y empezó a pasearse de un lado a otro en pequeños círculos. Miró al cielo nocturno y dijo: "Supongo que no está de más decirte por qué. No soy tan cruel".

Kinza se lamentó de que no fuera así. Se había puesto de rodillas, pero Yusuf se cernía detrás de ella, una presa siempre amenazante, así que no se atrevió a avanzar. Sus ojos volvían a mirar a Zaid, que ahora estaba tumbado en el suelo, forzando su ojo bueno para mirarla. Parecía... Culpable. Eso la dejó perpleja, ya que sentía que era ella la que debía sentirse culpable. Él sólo quería hacer su trabajo, y ella era el obstáculo. "Si aún no lo sabes", dijo Jafar. "Hay muchas profecías en la tribu Anunnaki. Algunas son para el futuro cercano, otras predicen la lluvia, otras predicen guerras humanas, pero sólo una ha durado casi doscientos años." Levantó un dedo. "Se ha visto a través de visiones de múltiples Ancianos y no Ancianos por igual. Todo el mundo lo conoce. Incluso Zaid lo sabe".

Zaid miró a Jafar con los dientes apretados.

"¿Qué tiene eso que ver conmigo?" preguntó Kinza con recelo. "La profecía dice que un día un Anunnaki nacido

fuera de la tribu volverá a la ciudad. Tendrá habilidades desconocidas y hará caer el caos y la destrucción sobre la ciudad, acabando con las estirpes de los Anunnaki para siempre".

"Eso no es..." Zaid empezó a gritar, pero la bota de Rafiq conectó con su boca. Aisha estaba de pie junto al agua, manteniendo un pie dentro y otro fuera, pero incluso bajo los pliegues de la tela oscura, una cierta tensión sostenía su cuerpo. ¿No estaba de acuerdo con los demás?

Jafar se volvió para mirar a Zaid un momento y luego a Kinza. "Es bastante sencillo, ¿No? Aunque los que tienen las visiones hablan de lo espantoso de la predicción. Rhapta no sería más que ceniza, y la gente estaría muerta o desaparecida.

Una especie de infierno surgiría en lo que ahora llamamos hogar".

Kinza resopló. "¿Y crees que yo soy esa persona?"

"Lo hago ahora, sí, pero tuvimos una especie de... ¿Problema la última vez?", dijo.

"¿Qué es lo que...?" Ella se detuvo. El hielo le llenó las venas y su visión se estrechó cuando empezó a entender.

"Verás, nos dijeron dónde encontrarte... Pero no cuándo te encontraríamos", dijo él.

No. Su corazón empezó a latir con fuerza, tratando de escapar de su pecho. No pudo frenar su respiración y empezó a hiperventilar.

Kinza, dijo Zaid en su mente. *Kinza, respira. No le hagas caso.*

"El caso es - dijo Jafar, con cara de culpabilidad - que nos dijeron que sería una joven llamada Solace. Y hace diez años, la encontramos con bastante facilidad. También hubo el desafortunado asunto del marido que se interpuso, pero se consideró un trabajo bien hecho".

Los pulmones de Kinza crispaban mientras empezaba a llorar. La mitad de su pelo se había soltado y ahora colgaba alrededor de su cara, pegándose a las lágrimas. Se rodeó con los brazos y se sujetó, esperando no desmoronarse allí mismo, en el suelo. Ahí estaba. Había vivido sin saber qué les había pasado durante diez años, y allí estaba la respuesta, a su alrededor.

¿No había querido esto? ¿No había querido saber? No, esto era peor. Mucho peor, saber que sus padres pagaron un precio que debía ser suyo.

"Pero pasaron varios años", continuó Jafar. Ella no sabía cómo podía haber más en esto. Quería que se acabara. "La gente seguía teniendo las visiones del forastero cuando deberían haber dejado de hacerlo. Entonces, no hace mucho, nuestro Gran Anciano Hakim tuvo otra visión. Esta vez nos dijo que vio algo diferente. El forastero podría ser conocido por una marca, un tatuaje como el nuestro. Excepto que el suyo sería más grande, pero diferente al de los Venari o los Ubir. Y ya sabes el resto de la historia. Dijo, haciendo un gesto en su dirección.

Kinza seguía sollozando. Se sentía débil e impotente; no había nada que pudiera hacer. El conocimiento no podía salvar a sus padres ahora. Hacía tiempo que estaban muertos, con sus cuerpos inertes en la tierra. ¿Y cómo podía culpar a los Anunnaki por venir tras ella? Sólo intentaban proteger a su pueblo. Sentía que se estaba convirtiendo en nada, como el polvo que se lleva el viento. La abuela se rompería cuando no volviera a casa. ¿Cómo iba a saber lo que había pasado? La garganta se le estrechó cuando el familiar cosquilleo y el calor le sacudieron el cuerpo junto con las lágrimas. Todo le *dolía*.

Aisha había empezado a pasearse de nuevo por la orilla del agua. La luz empezaba a aparecer sobre las copas de los árboles. Brillaba en el río, y Kinza podía ver cómo se movía perezosamente río abajo. En cambio, los pasos de Aisha de un lado a otro parecían rápidos por la ladera de una montaña. Algo la inquietaba, y Ghufran y Rafiq no dejaban de mirar en su dirección, sujetando sus dagas.

Jafar se acercó y se agachó de nuevo, apartando un mechón de pelo de la cara de Kinza. El breve contacto provocó una momentánea descarga de dolor que desapareció tan pronto como llegó. "Es una pena, de verdad", dijo en voz tan baja que sólo ella pudo oírlo. "Eres una cosa muy bonita". Sus ojos recorrieron su rostro con avidez, pero su ensoñación se vio interrumpida por las sacudidas de Zaid detrás de él. Se había soltado casi por completo de sus ataduras. Gritaba en el mismo idioma que habían hablado antes. Jafar suspiró y dijo un poco más alto: "Podemos ocuparnos de eso primero si te hace sentir un poco mejor". Se puso de pie y se dirigió a Zaid, con la daga desenfundada.

Primero iban a matarlo.

"No", dijo Kinza. Zaid tenía que irse. Esto no tenía nada que ver con él. No se merecía esto. "¡Deténganse!", gritó, pero Jafar se limitó a señalar con la cabeza a los otros dos hombres. Agarraron a Zaid por los brazos y lo levantaron. El pánico empezaba a hacerla temblar. Zaid intentó agitarse más, pero estaba demasiado débil y apenas podía moverse.

Por favor, deténganse. Por favor, deténganse. Por favor, detente. Su mente giraba, tratando de encontrar una salida: el bosque, el río, el cielo. Pero no había nada. Presa del pánico, se puso en pie en dirección a Zaid, pero Yusuf la echó hacia atrás, agarrándola por los brazos. Ella clavó los pies en la tierra, tratando de apoyarse. Pero, sólo consiguió clavarse en el suelo.

Ghufran sujetó la cabeza de Zaid hacia atrás, exponiendo su cuello ya empapado de sangre, mientras Jafar daba un paso adelante.

"¡Para, por favor, para!", gritó esta vez en voz alta. "¡Por favor!", gritó.

Kinza, dijo la voz de Zaid en su cabeza. La pena que había en ella sólo la hizo llorar más fuerte. *Kinza, lo siento.*

La realidad la llevó al límite. El calor fue creciendo hasta alcanzar un clímax en su abdomen, y una luz blanca convirtió la noche en día.

CAPÍTULO 19

LUCES ENCENDIDAS

E l goteo de la luz del sol sobre las copas de los árboles no era nada comparado con la luz que estallaba a su alrededor. Kinza no pudo oír nada, pero sintió que gritaba, de rabia y de dolor. Un estallido sónico atravesó el claro en un instante dejando un sonido tan fuerte que pensó que los átomos de su cuerpo se romperían. No se dio cuenta cuando dejó de gritar.

La luz se desvaneció antes que el sonido; se mantuvo como una sola nota tocada por un dios, ondulando en el aire. Hizo que los pájaros de todo el bosque salieran disparados hacia el cielo en una nube de plumas. Pero finalmente también se desvaneció y Kinza abrió los ojos.

Lo primero que vio fue el fuego. Las hogueras que la rodeaban se habían apagado, pero las copas de los árboles que rodeaban el claro se estaban quemando, enviando humo negro al aire. La luz blanca se había desvanecido, pero fue sustituida por el bosque en llamas. Las ramas ardientes cayeron al suelo, incendiando también el bosque. El humo tardaría en llegar a sus pulmones; necesitaba moverse.

Luchó por ponerse en pie. Sus articulaciones se habían bloqueado y le dolían las costillas por la bota de Yusuf. Miró detrás de ella, y su cuerpo yacía tendido en el suelo, con sangre saliendo de sus orejas y nariz. Kinza miró hacia los demás y vio a Rafiq en el suelo, con los brazos agarrándose las orejas antes de quedar inerte un momento después. Jafar gritaba con los dientes apretados, pero también cayó. La sangre brotaba de todos los orificios de su cara hasta que, finalmente, dejó de moverse, con los ojos muy abiertos.

Justo detrás de ellos estaba Zaid, boca abajo en el suelo. "¡Zaid!", intentó gritar, pero casi no le salió ningún sonido. Su voz era débil. El fuego se arrastraba hacia el claro y el humo empezaba a entrar en sus ojos. *¡Zaid!* lo dijo en su mente esta vez. Efectivamente, él empezó a moverse. Sus hombros se movieron como los de un león mientras trataba de impulsarse hacia arriba. Kinza empezó a arrastrarse hacia él, tosiendo por el humo.

Él levantó la vista, buscándola. La divisó rápidamente y empezó a moverse, pero seguía malherido y apenas se movió un centímetro.

Sólo avanzó unos metros cuando una forma oscura salió a trompicones de entre los árboles, a su derecha. Zaid vio en su línea de visión y le gritó en su mente *¡Kinza, corre!*

Ghufran salió tambaleándose de los árboles con un brazo bajo la nariz. La tela que le rodeaba la cabeza se había desgarrado y ella pudo ver las líneas afiladas y angulosas de su rostro. Le salía sangre de los ojos y las orejas, pero no tanta como a los demás. Una mirada de rabia se apoderó de él al verla a ella y a su entorno. Agarró una daga de obsidiana que había caído al suelo y se dirigió hacia ella.

Kinza estaba demasiado asustada para moverse. Se quedó sentada mientras Ghufran se acercaba a ella, con la daga en alto, para quedarse congelada en esa posición a pocos metros de ella. Su mirada de rabia se convirtió en una de asombro cuando miró hacia abajo. Una espada de obsidiana sobresalía de su pecho. La espada fue arrancada, y el cuerpo de Ghufran cayó al suelo.

Aisha estaba detrás de él con la espada ensangrentada. Estaba empapada como si acabara de salir del río. Kinza trató de retroceder cuando Aisha dio un paso hacia ella.

"¡Atrás!" Kinza carraspeó, ahora le salía algún sonido. Volvió a toser y sus ojos se humedecieron por el humo. Tenía que coger a Zaid y marcharse.

Aisha se detuvo y dejó caer la espada al suelo. Levantando las manos, dijo: "No voy a hacerte daño", como si estuviera aplacando a un animal herido. Kinza no hizo ademán de creerle y se quedó dónde estaba. Pudo ver a Zaid tosiendo al otro lado del claro. El sol estaba ya cerca de las copas de los árboles. Enviaba rayos de luz a través del humo creciente.

Aisha levantó la mano y tiró de la tela que le rodeaba la cara. Tenía una piel marrón clara, similar a la de Kinza, pero una mandíbula estrecha y ojos muy abiertos. Eso la hacía parecer asustada. "Kinza, no voy a matarte. Lo que te dijo Jafar sobre la profecía no era cierto. Era sólo una parte. Hay gente en Rhapta que te ha estado esperando durante mucho tiempo". Se agachó en el suelo acercándose a Kinza. Tenía una mirada de reverencia en su rostro mientras extendía la mano hacia ella.

"¡Aléjate de mí!" Kinza gritó. No podía creer una palabra de lo que decía. Sólo quería tomar a Zaid y marcharse. Ya no importaba lo que dijera Jafar.

La reacción de Kinza había sacado a la mujer de su posición, poniéndose en pie de nuevo. Ella asintió con cautela y se dio la vuelta y se zambulló en el río. No la vio levantarse mientras el agua se movía río abajo.

En cuanto estuvo segura de que la mujer había desaparecido, Kinza se puso en pie, permaneciendo agachada. Sus costillas rugieron en señal de protesta, pero las ignoró y pasó junto a los cuerpos de Ghufran y Jafar hasta llegar a Zaid. Agradeció que siguiera vivo, aunque fuera a duras penas. Lo agarró por debajo del pecho y lo levantó. Él gimió, pero se incorporó y la miró. El ojo empezaba a curarse, pero lentamente. También había dejado de sangrar, pero ella estaba segura de que seguía agotado por la pérdida de sangre y la curación de las laceraciones. No le sorprendería que tuviera varios huesos rotos. Al verlo, le dieron ganas de volver a llorar.

Tenemos que irnos, le dijo, sin confiar en su voz.

Él asintió débilmente. Eso fue suficiente para ella, y puso uno de sus brazos alrededor de sus hombros y envolvió uno de los suyos alrededor de su cintura. La siguiente parte fue difícil. Zaid volvió a gemir mientras ella lo ponía en pie con una fuerza que ella no sabía que tenía. Ambos volvieron a toser, el humo era espeso y el claro ardía de verdad ahora.

Se adentraron en el bosque tan rápido como pudieron, pero Zaid estaba más herido de lo que Kinza había pensado. Apenas podía levantar los pies y tenía la cabeza caída hacia delante. Se detuvo a unos metros, mirando a su alrededor. No había visto adónde la habían llevado los asesinos y no conocía el camino de vuelta al coche. Zaid no era de ayuda, ya que apenas se sostenía. Decidió seguir la dirección del río y caminó tan rápido como pudo. El humo llegaba hasta ella a través de los árboles. Ella sólo quería alejarse de la zona y así poder descansar.

Siguieron así durante veinte minutos, pero los pasos de Zaid se habían vuelto aún más lentos y las costillas de Kinza estaban ardiendo. Se inclinó hacia un lado cuando ya no podía sostenerlo. Lo dejó caer al suelo con suavidad. Se quedó sentada tosiendo. Zaid se había desmayado, pero por el momento estaban fuera de la línea de humo. Sin embargo, no duraría mucho.

¿Qué debía hacer entonces? No iban a conseguirlo al ritmo que llevaban. El miedo volvió a apoderarse de ella cuando vio a los animales a varios metros de distancia entre los árboles. Se sentó junto a Zaid con una mano en el pecho y lo miró. Tenía que sacarlo de aquí.

Una idea surgió en su mente.

Mirando hacia atrás, dejó que el miedo se apoderara de su corazón, que empezó a latir más rápido, pero no se dejó llevar por el pánico que sentía en el claro. Cerrando los ojos, pensó en el coche que habían dejado escondido a un lado de la carretera. No podía estar tan lejos.

Su corazón latió una vez, dos veces, y al tercer latido, sintió que las raíces debajo de ella se movían. Abrió los ojos y casi lloró al ver el coche delante de ellos y la carretera más allá.

Se había teletransportado. A propósito. Y con otra persona. Ya se lo contaría a Zaid más tarde, pero por el momento, tragó una gran bocanada de aire limpio y luchó con él para volver a ponerse en pie. Sus ojos parpadeaban y se cerraban, pero lo hizo lo mejor que pudo mientras ella lo empujaba a la parte trasera del coche, colocándolo sobre los asientos.

Cuando cerró la puerta, vio a Aisha de pie junto a la parte delantera del coche. Kinza se tensó y dio un paso atrás.

"Por favor, escúchame", dijo la mujer, con las palmas de las manos extendidas. Kinza se dio cuenta de que tenía el mismo acento que los demás, el mismo que Zaid. No se movió, pero observó a la mujer por si hacía algún movimiento brusco. No es que la ayudara mucho, estaba muerta de miedo. "Los dos están heridos y no tienen a dónde ir. No me mientas", dijo cuando Kinza empezó a hablar. "Déjenme ayudarles. Sé de un lugar seguro cerca, a treinta minutos en coche hacia Moshi. Pueden descansar en el camino".

Kinza la miró. La mujer había protestado en el claro cuando Jafar los estaba torturando, pero en realidad no había hecho nada para impedirlo. Kinza tampoco creyó su pequeña historia sobre la profecía. Por otro lado, tenía razón. No tenían dónde ir y necesitaban desesperadamente un lugar seguro para descansar.

"Sé que no confías en mí, pero realmente no tienes otra opción".

Kinza dudó antes de ceder. "Bien, pero yo conduzco".

La mujer frunció los labios, claramente descontenta con esa idea, pero asintió. Subieron al coche y se pusieron en marcha.

Más tarde, Kinza no recordaría el viaje en detalle, estaba demasiado delirante, pero quería mantener cierta medida de control mientras Aisha estaba en el coche con ellos. Permaneció callada en el asiento del copiloto y sólo habló para dar indicaciones. Al cabo de media hora, llegaron a un camino de entrada en un barrio tranquilo. Una pequeña casa estaba detrás de una línea de árboles, y el interior parecía oscuro.

Bien. Kinza no quería estar rodeada de otras personas en ese momento.

Las dos trabajaron juntas para meter a Zaid en la casa. Constaba de una sala de estar principal, una pequeña cocina, un baño y un solo dormitorio. Estaba escasamente amueblada, como si nadie viviera allí habitualmente. Dejaron caer a Zaid en un lado de la cama, y éste no se movió, respirando profundamente.

"Te dejaré por ahora, pero volveré con vendas y ropa", dijo Aisha. Kinza asintió, sin importarle lo que hiciera. La puerta se cerró en silencio al salir.

Una vez que la mujer se marchó, Kinza miró las heridas de Zaid. Ninguna de ellas sangraba profusamente, pero su aspecto era bastante malo, y no sabía qué tipo de lesiones internas tenía. Por desgracia, no podía hacer nada más por el momento.

Al menos los había puesto a salvo temporalmente. Sólo

tenía que esperar que la curación Anunnaki funcionara rápido. Cuando se acurrucó en el otro lado de la cama, se quedó dormida antes de que su cabeza tocara la almohada.

CUANDO KINZA ABRIÓ sus ojos de nuevo, la habitación estaba iluminada sólo por una pequeña lámpara en la esquina. El cielo a través de la ventana sobre ella estaba oscuro. ¿Cuánto tiempo había dormido? Se dio la vuelta y vio que Zaid estaba despierto.

Estaba sentado en el otro borde de la cama, jugueteando con uno de sus cuchillos. ¿Dónde lo tenía? ¿Lo había llevado todo el tiempo? Algunas cosas de él seguían siendo un misterio para ella.

Levantó la vista y gruñó al ver que ella también estaba despierta. "¿Cómo te sientes?", preguntó, volviendo a mirar su cuchillo. Kinza casi pensó que había soñado lo malherido que estaba con el aspecto que tenía ahora. Llevaba ropa nueva, una camiseta gris clara y unos pantalones negros de estilo cargo. Tenía los ojos abiertos y no tenía cortes en la cara ni en los brazos. Respiró aliviada.

Kinza se sentó con cautela, esperando que le doliera, pero le daba lo mismo. Las costillas ya no le dolían y la garganta ya no estaba en carne viva. Se sentía mejor, aunque todavía un poco cansada. "Creo que estoy bien. ¿Y tú?"

Una sonrisa irónica apareció, y sus ojos se arrugaron con diversión. "Parece que yo era la damisela en apuros, y fui rescatada por un caballero muy efectivo". Él la miró, con una suave risa en los ojos. Ella le devolvió una sonrisa irónica.

El recuerdo del viaje en coche hasta la casa volvió a ella, y miró hacia la puerta.

"No está aquí, pero...", empezó a decir, pero Kinza le cortó.

"Lo siento", dijo, bajando la mirada a sus manos en el regazo. Necesitaba decir esto antes de que el momento pasara. "Siento lo que te dije. Fue horrible y erróneo, y ni siquiera lo decía en serio. Sólo estaba... Intentando ser mala, supongo". Cuando él no dijo nada, ella lo miró de reojo, preparada para la ira, pero sólo se encontró con la incredulidad.

"Después de lo que pasó anoche, ¿Es de eso de lo que quieres hablar?", preguntó él.

Ella estaba segura de que las otras cosas podían esperar. "Sí", dijo ella, asintiendo. "No quería que pensaras que lo decía en serio".

"Te perdono, pero ahora es mi turno. Lo que dijo Jafar no era del todo cierto, sobre la profecía".

Ella volvió a mirar su regazo. "Realmente no me importa".

"Deberías, porque aunque no dijo toda la verdad, es una posibilidad muy real que tuviera razón".

Kinza se acercó.

"Sólo escucha", dijo Zaid y suspiró. "Rhapta tiene muchas profecías, y es cierto que ésta es probablemente la más grande, pero era más ambigua que eso. Dice que alguien, un forastero, vendrá a la ciudad y traerá la destrucción o la devolverá a su antigua gloria y salvará a nuestro pueblo de la extinción. No es definitivo, y mucha gente cree que es esa persona la que decide lo que hará.

"Y aunque es cierto que algunos grupos clandestinos quieren que esa persona muera, hay tanta o más gente que la espera con impaciencia. No había oído hablar de la reciente visión de Hakim, incluso podría haber sido después de que me fuera la última vez, pero si mencionó un tatuaje más grande como el tuyo, entonces es muy posible. Y parece que tienes habilidades inusuales".

"¿Eso explicaría por qué me las estoy sacando a relucir

ahora entonces?" Ella realmente no quería pensar en la profecía. Eso era demasiado para manejar en ese momento.

"Sí, en realidad podría. La profecía no explica realmente quién es la persona o por qué existe fuera de Rhapta, así que podría ser cualquier cosa".

"Entonces no estaba mintiendo", preguntó en voz baja, "Cuando dijo todo eso de mis padres; ¿Mi madre?".

"No lo creo", dijo él en voz baja. "Lo siento de verdad, Kinza". Ella asintió y aceptó que al menos sabía la verdad.

Eso no impidió que su labio temblara mientras sus ojos se llenaban de lágrimas. Se miró las manos, esperando que las lágrimas no cayeran.

Zaid agachó la cabeza para mirarla a través de la cortina de pelo que había caído. *Todo irá bien, Kinza*, le dijo dentro de su mente. Se dio cuenta de lo cerca que se sentía tener a alguien ahí dentro con ella y, por un segundo, se sintió menos sola. El dique que contenía sus lágrimas cedió y lloró sobre su regazo. Los brazos de Zaid la rodearon y la atrajeron hacia su pecho. Lloró en su camiseta por lo que le habían hecho a sus padres. Por la abuela, que tuvo que vivir la muerte de su hija. Por el infierno por el que había hecho pasar a Zaid, sin darse cuenta, esta última semana. Y por ella misma y la injusticia del mundo. Sabía que no debía sentir lástima por sí misma, pero lo hizo. Sentía pena por las cosas que se había perdido en su vida, por la falta de padres o de dinero, y por la fealdad que suponía esta profecía.

Mientras lloraba, Zaid murmuraba en voz baja en el mismo idioma de la noche anterior. Finalmente, el cansancio se apoderó de ella y volvió a caer en el abismo del sueño.

ZAID CUBRIÓ con una sábana a Kinza. Seguía con la ropa ensangrentada de la noche anterior, pero ya no había nada que hacer.

Volvió a la sala de estar, reflexionando sobre su propia estupidez. Debería haber escuchado a Haris cuando había mencionado la profecía. Zaid nunca había seguido las profecías como lo hacía su madre. Nunca habían afectado a su vida; desde luego, no de esta manera. Pero ahora, la chica que dormía en la otra habitación podía ser muy probablemente la persona de la profecía más notable de toda Rhapta.

¿Qué pasaría cuando la llevara de vuelta a Rhapta? ¿Habría gente esperando para matarla? No, él no dejaría que eso ocurriera. Incluso podría ser mejor entrar por los barrios bajos.

Zaid suspiró, sintiéndose más cansado que en mucho tiempo. Era de nuevo de noche, habían dormido todo el día, y él sólo se había despertado hacía una hora. Al principio había entrado en pánico, sin saber dónde estaba, pero luego había oído la suave respiración de Kinza a su lado, y su pánico se calmó.

Mirando la cocina, no había mucho que comer. Había ropa, vendas y agua en el salón cuando se había despertado. Recordó vagamente a la mujer, Aisha, llevándolo con Kinza a la casa. Debió de dejar las cosas. Kinza volvería a despertarse pronto y querría comida de nuevo. Después de comprobarlo una vez más, salió de la casa hacia la noche.

Avanzó por las calles hacia el centro de la ciudad, evitando las luces de la calle y los faros. En realidad no importaba, nadie lo habría visto, pero quería ser cuidadoso. Su bolsa de viaje estaba en algún lugar del bosque, y eso significaba que tenía que robar comida en lugar de pagarla. Se movió con rapidez, tomando un pedido preconfeccionado que estaba en la ventana de un vendedor antes de que alguien lo viera. Tomó nota mentalmente de que tendría que pagar al dueño de la tienda en el futuro. No tardó más de cinco minutos en entrar en la casa.

Aisha estaba sentada en el salón.

¿Qué estás haciendo aquí? le espetó. Aunque ella hubiera ayudado a traerlos de vuelta, no podía confiar en ella.

Regresé para ver si alguno de ustedes estaba despierto. Hay cosas que deberían saber. Se sentó en el sofá como si fuera la dueña del lugar. Pensándolo bien, probablemente lo era.

"Qué considerada eres. Deberían haberme dicho muchas cosas esta semana". Lo dijo más alto de lo que debía. Un momento después, los latidos del corazón de Kinza se aceleraron en la otra habitación hasta despertar. Se reprendió a sí mismo por ser tan ruidoso.

"Yo no estoy a cargo de los Venari. Lo están Savar e Ishar, pero por lo que tengo entendido, ¿Tahir es un mentor tuyo aunque no represente a los Venari?", preguntó. Zaid pudo oír cómo Kinza se cambiaba en la otra habitación.

"Sí, me ayudó unas cuantas veces cuando era más joven, y hemos permanecido cercanos. Llevaré a Kinza a verlo cuando regresemos". En ese momento, Kinza salió del dormitorio. Aisha le había traído una camiseta y una falda estampada que se podía encontrar en cualquier mercado. Sus ojos se dirigieron a Aisha y se entrecerraron.

"Le estaba diciendo a Zaid que hay cosas que deben saber antes de ir a Rhapta", le dijo Aisha. Se volvió hacia Zaid. "Una de ellas es no confiar en Tahir".

Aquella afirmación no ayudó en nada a las sospechas que tenía sobre ella. Se cruzó de brazos. "¿Qué? No. Él va a ayudar a Kinza, y mantendrá a los grupos más violentos alejados de ella".

"Él fue quien hizo esto", respondió ella.

"¿Qué hizo qué? Tahir sólo se ha portado bien con mi familia y conmigo. Parece que estás tratando de separarnos".

"Chico, no me estás escuchando. No confíes en Tahir. *Él es quien nos ha enviado*", dijo ella, inclinándose hacia delante.

Zaid creyó haber escuchado mal por un segundo. "¿Tahir? ¿El anciano Tahir? Debes haberte confundido..."

"¡No voy a jugar a estos juegos!" Gritó Aisha. "Estoy aquí para advertirte. Él fue quien obtuvo la profecía de Hakim. Él fue quien nos envió a matarla". Señaló a Kinza. "Y nos dijo que lo hiciéramos antes de que llegaras o que te matáramos si no lo hacíamos". Se puso de pie. "Me voy, tengo que ocuparme de los cadáveres junto al río". Miró hacia Kinza y sus ojos se calmaron. "Me refería a lo que dije sobre la gente de la ciudad que te está esperando. Te necesitamos desde hace mucho tiempo".

Kinza sólo le devolvió la mirada, confundida. Aisha no pareció darse cuenta. Asintió una vez hacia Zaid y salió por la puerta principal, desapareciendo en la noche.

Kinza se movió y se sentó en el lugar que Aisha acababa de dejar. Todavía parecía cansada. "¿Es Tahir la persona de la que me hablaste antes? ¿A quién me llevabas?", preguntó. Se sentó en una silla al otro lado de la habitación.

"Sí". ¿Podría tener algún mérito la afirmación de Aisha? No. Conocía a Tahir desde hacía años y le había ayudado una y otra vez.

"¿Realmente haría eso?"

Zaid la miró. La luz del dormitorio era la única iluminación y proyectaba su rostro en suaves sombras. "No, no lo haría". Respiró profundamente. "Pero para estar seguros, entraremos por las afueras de la ciudad, los barrios bajos. Mi amigo Khalil vive allí; es un sanador. Podemos acudir a él primero, y él puede mantener nuestra presencia en secreto hasta que averigüemos qué demonios está pasando". Se frotó la cara con las manos.

Cuando abrió los ojos, Kinza lo miraba fijamente. Se dio cuenta de que ella había pasado de mirarlo con puro terror, a un odio salvaje, a una confianza abierta en sólo unos días. Parecía una hazaña en sí misma. Tal vez podría hacer algo para ayudar a su pueblo.

Bostezó y se levantó. "Bien entonces, sigo agotada, así que voy a volver a dormir. Supongo que volveremos a la montaña por la mañana".

Él asintió, y ella volvió a entrar en la habitación. Después de que ella se durmiera, Zaid pasó las siguientes horas despierto, repasando todos los recuerdos que tenía de Tahir.

CAPÍTULO 20

EL DESTINO DE LA DESTRUCCIÓN

El pie de Kinza golpeaba el tablero al ritmo de la radio. La mañana había traído consigo una sensación de renovación para ella. Aunque nada de lo malo de la noche anterior había desaparecido, esta mañana se sentía menos ahogada.

Zaid los condujo de vuelta por la autopista en su coche robado. Antes de salir de la ciudad, habían comprobado que alguien había visto el fuego y lo habían apagado antes de que pudiera extenderse demasiado. Dio gracias por no haber quemado una montaña entera.

Zaid la miró, con la luz del sol que se colaba por la ventana en su cara y su pecho. Sin embargo, la miró extrañamente y bajó el volumen de la radio. "Tengo que preguntarte algo sobre lo de anoche".

Ella levantó las cejas para interrogarle, esperando que hablara más rápido. Le gustaba esa canción y quería volver a subirla.

"¿Cómo llegamos desde el río hasta el coche? No recuerdo

nada de eso, así que debo haberme desmayado. ¿Me llevaste en brazos?"

Kinza se rió. "Mejor aún", dijo ella, sonriéndole.

Cuando él no entendió, ella dijo: "¡Nos teletransporté!". Fue el turno de Zaid de alzar las cejas. "¿Tú sola? ¿A propósito?" Se volvió hacia la carretera, con una mirada ligeramente impresionada. Se volvió de nuevo hacia ella: "¿Nos caímos o algo?".

Ella resopló y le dio un golpe en el brazo. "No, sólo corríamos el riesgo de morir quemados o de quedarnos sin oxígeno. Por lo visto, eso funciona igual de bien".

Condujeron por la autopista y volvieron a tomar la carretera secundaria hacia el norte. Tuvieron que parar un poco antes, ya que los vehículos oficiales se alineaban en la carretera donde habían parado la noche anterior. Zaid se detuvo, puso los intermitentes y aparcó el coche bajo un árbol. Pasó unos minutos cubriéndolo con hojas.

"¿Así que tenemos que volver andando como ayer?", preguntó ella. Aunque estaba contenta por la luminosidad de la mañana, el sol había traído consigo el calor y ya estaba sudando. Además, Aisha sólo le había traído un par de sandalias, ya que sus zapatillas estaban empapadas de la sangre de Zaid. Era agradable caminar con zapatos limpios, pero no eran ideales para recorrer el bosque.

"En realidad, hay suficiente luz como para poder correr. Vamos, súbete a mi espalda". Se giró y se agachó un poco para que ella se subiera.

"¿De verdad?" preguntó Kinza con una carcajada. Ella no esperó y se lanzó sobre su espalda, haciendo que él gruñera un poco. Él sólo suspiró y comenzó a caminar.

Ella no sabía qué esperar cuando Zaid dijo que iba a correr, pero jadeó una vez que se adentraron en la línea de árboles. De repente, todo se movía en un borrón de verde y marrón. Por miedo a caerse, se agarró a él por los hombros y se sujetó con fuerza, rezando para no vomitarle encima.

Él corrió durante casi veinte minutos, y ella se maravilló por el hecho de que no conocía a nadie que pudiera correr a toda velocidad mientras cargaba con otra persona; humana o Anunnaki.

Finalmente se detuvieron en lo que parecía otro grupo de árboles dentro del bosque.

"Caminaremos desde aquí. Está más adelante". Kinza le siguió mientras empezaban a abrirse paso entre las lianas y el follaje. Ella tropezó menos esta vez, pero todavía más que él, si es que tropezaba. A medida que se acercaban, Kinza empezó a sentir un débil zumbido que venía de adelante. Las únicas veces que lo había escuchado fue en sus pesadillas, y ahora descubrió que sus pies no se movían más.

Zaid dio unos pasos antes de darse la vuelta. "¿Qué pasa?", preguntó, arrugando el ceño.

"No estoy segura", dijo con sinceridad. Algo se sentía mal.

No es que estuviera necesariamente en peligro, pero sí que algo estaba mal.

Zaid volvió a acercarse a ella y la tomó de la mano. Su mano estaba caliente y los viejos callos rozaban su piel. *Ya casi hemos llegado, y entonces podremos relajarnos*, dijo en su mente. Ella asintió, pero el malestar no disminuyó.

La empujó hacia delante y ella la siguió, sin dejar de sostener su mano. Fue un pequeño consuelo cuando vio la barrera frente a ellos. Al igual que en sus sueños, brillaba en el aire, como los portales. Él miró hacia atrás justo antes de atravesarla, y ella contuvo la respiración.

A diferencia del portal, no vomitó. De hecho, lo único que sintió fue una ligera sensación de tirón, y luego la atravesó, todavía dentro de los árboles.

No está tan mal, ¿Verdad? preguntó Zaid.

Sí, he tenido cosas peores. Ella le dedicó una leve sonrisa tratando de aligerar el ambiente, pero la misma sensación la punzaba aún más ahora que habían pasado.

Caminaron entre los árboles, Zaid iba ligeramente por delante cuando de repente se detuvo en seco. Kinza lo alcanzó, con una mirada de miedo manifiesta en su rostro. Él soltó su mano.

Ella miró lo que había atraído su mirada. Más allá de la línea de árboles, pudo ver una gran franja de chozas destartaladas y más allá de ellas se alzaba la ciudad de Rhapta. Enormes edificios de piedra caliza que se extendían más allá de lo que ella podía ver.

Pero cada una de ellas tenía paredes que se habían desmoronado o estaban manchadas de hollín negro. Muchas de las cabañas habían sido arrasadas y la comida y la ropa estaban esparcidas por el suelo. El humo aún se elevaba por toda la ciudad, pero parecían los restos de un incendio que había terminado hacía días. No se veía ni un alma. No se oía ni un solo sonido.

EPÍLOGO

Tahir se movió por el túnel, sosteniendo una antorcha encendida delante de él para iluminar su camino. No estaba aún tan profundo bajo la tierra como para esconderse de los gritos que bajaban desde arriba. Incluso para él, que los Anunnaki usaran sus voces era un sonido espeluznante, especialmente cuando estaban muriendo.

Se movió más rápido, rodeado de guerreros tanto delante como detrás de él, que le eran leales de todas formas. Se detuvieron en una intersección. Al frente de la fila, un guerrero dio una patada a un hombre de baja estatura al que habían encadenado entre ellos. Éste chilló y luego dijo, de mala gana, *márchense*. Tahir se alegró de no haber matado también a Hunar. Había demostrado su utilidad durante los últimos siete años, tanto si disfrutaba de su participación como si no. La procesión comenzó por el pasillo de la izquierda.

El hombre se había atrevido a hablar contra él en público. Le costó menos esfuerzo que respirar para que su reputación quedara verdaderamente arruinada. Se había visto obligado a caer en la pobreza y, finalmente, en las afueras de la ciudad.

Tahir había sonreído al pensar en él allí, hablando en voz alta como el resto de los animales. Eso fue hasta que Tahir lo necesitó de nuevo, así que volvió al redil.

Los gritos eran cada vez más débiles, para alivio de Tahir.

Significaba que se estaban acercando el final. Casi se arrepintió de lo que había hecho. La ciudad era gloriosa, pero había cosas que tenía que hacer, cosas que los otros Ancianos se negaban a hacer, todo para mantener viva la estirpe Anunnaki. A veces era necesario sacrificar la manada para salvarla.

Finalmente, llegaron al final, y una gran puerta de hierro ocupaba todo el pasillo. Tahir apartó a los hombres del camino mientras avanzaba. El hielo se deslizó por las bisagras hasta la cerradura, congelándose, se rompió y cayó al suelo. Retrocedió y dejó que los demás le abrieran.

Al pasar, se cruzó con Hunar, que lo miró con desprecio. El pobre hombre parecía un niño petulante con sus túnicas demasiado grandes y su cara apretada. *Vamos, Hunar. Agradece que eres uno de los que aún vive. Hay mucho trabajo que hacer.* La última parte fue más para sí mismo que para cualquier otra cosa.

Salió del túnel hacia la noche, con sus túnicas blancas revoloteando a su alrededor. Los guerreros salieron del túnel hacia los árboles, comprobando si había alguien esperando. No habría nadie, por supuesto. Los que necesitaba ya se habían marchado, y los que no, permanecían en la ciudad.

Tahir miró hacia atrás y, a lo lejos, pudo ver el humo que se elevaba sobre la luz del fuego en la ciudad. Los gritos estaban demasiado lejos para oírlos individualmente. Ahora era más bien un zumbido. No es la primera vez que se pregunta si debería sentir algún tipo de remordimiento al contemplar su hogar. Había permanecido más tiempo que cualquier civilización humana.

Se dio la vuelta con desinterés y se adentró en el bosque, los demás le siguieron.

GLOSARIO DE TÉRMINOS

Habilidades Poderes que cada Anunnaki tiene. Las habilidades varían según la persona y son de naturaleza sobrenatural.

Anunnaki (*ahn new nock ee*) s. Especie que se cree que se originó en Rhapta para guiar a la humanidad. Viven más que los humanos, pueden hablar entre ellos telepáticamente y tienen habilidades. Sólo residen en Rhapta. Si un Anunnaki sale de los límites de la ciudad, sus habilidades se desvanecen y poco a poco se convierten en humanos y se olvidan de Rhapta. Algunos viven fuera de los límites de la ciudad, pero todavía dentro de la barrera psíquica. Sus habilidades están debilitadas y han desarrollado la necesidad de hablar.

Anciano Uno de los cuarenta líderes de Rhapta. Uno de cada cincuenta es un Gran Anciano que dirige las ceremonias y las profecías.

guakal (*gwa kall*) Fruta de tamaño considerable, de cáscara rígida y color verde lima, con pequeñas espinas rojas en el exterior; originaria de Rhapta.

laqueus (*la kwees*) s. Cuerda, de color gris plateado, hecha por los Anunnaki para atar o amortiguar habilidades. Ligeramente molesto para los Anunnaki, físicamente doloroso para los humanos.

magalkan'a (*muh gal kahn uh*) s. Comúnmente conocida como Piedras de Alma, se cree que son el origen de las habilidades Anunnaki. Las tonalidades van del blanco al azul.

marcas Tatuaje tribal con el que nacen todos los Anunnaki. Sólo los Venari y los Ubir tienen tatuajes diferentes. Los de los Venari son más grandes y deben volverse a aplicar mensualmente; les permite entrar en el mundo humano conservando sus habilidades durante un breve periodo de tiempo. Los tatuajes de los Ubir son similares, pero rojos e hinchados, como si estuvieran infectados.

reykalkan'o (*ray kal kon oh*) s. Comúnmente conocida como Piedra de la Muerte. Es una Piedra de Alma agrietada. Se crea mediante magia de sangre o sacándola de Rhapta. Su presencia es extremadamente dolorosa para los Anunnaki, creando un zumbido agudo. Si los Anunnaki no pueden oírlo, es poco probable que sea perjudicial.

Rhapta (*rap tuh*) s. Antigua ciudad situada cerca del monte Kilimanjaro. Está oculta tras una barrera psíquica y es desconocida para la humanidad. Actualmente se encuentra a la mitad de su capacidad debido a la disminución de su población.

ubir (*oo beer*) s. Anunnaki que han desertado de Rhapta y han recurrido a la magia de sangre para existir fuera de la ciudad sin perder sus habilidades. Rápidamente se vuelven locos y necesitan sacrificar humanos para mantener sus habilidades. Su aura es caótica y dolorosa.

ummanu (*oo mon oo*) n. Humanos que conocen la existencia de los Anunnaki y se han aliado con ellos. La mayoría vigila los portales de todo el mundo.

venari (*venn are ee*) s. Cazadores de recompensas Anunnaki encargados de localizar y devolver a los Ubir de la sociedad humana. Son rechazados en Rhapta debido a su trabajo "sucio" y a su cercanía con la sociedad humana.

NOTA DEL AUTOR

Querido lector,

Me siento muy agradecida y honrada de que te hayas tomado el tiempo de leer mi primer libro publicado, ¡Magia Críptica! Los lectores de este primer libro siempre ocuparán un lugar especial en mi corazón. Estoy muy emocionada con esta serie y espero que hayan disfrutado de la lectura de Kinza y Zaid. Si lo hicieron, les agradecería mucho que dejaran una reseña. Las reseñas ayudan a otros lectores a encontrar mi trabajo, y cada reseña significa mucho para mí.

Sé que el desenlace de este libro puede haberte dejado un poco conmocionado, pero me complace anunciar que el Libro 2, Magia Errática, está disponible en Amazon, así que asegúrate de conseguir tu copia.

No dejes de visitar mi sitio web LilySkyy.com. Hay una impresionante mercancía disponible para cada una de mis series. Mientras estás allí, asegúrate de inscribirte en mi lista de correo para ser el primero en enterarte de los nuevos lanzamientos y de acontecimientos especiales como adelantos y promociones.

Me encanta recibir comentarios de mis lectores, y si quieres estar en contacto (o simplemente desahogarte sobre el final de Magia Críptica), únete a mí en el grupo de lectores de Lily Skyy. También me encantaría conectarme contigo en Instagram, TikTok y Twitter. No dudes en ponerte en contacto conmigo directamente por correo electrónico en social@lilyskyy.com. Puedes encontrar todas mis redes sociales visitando: https://smartpa.ge/lilyskyy.

De nuevo, gracias por leerme y estoy deseando acompañarte en la próxima aventura.

Sinceramente,

Lily Skyy.